【結界の魔術師】

ルイス・ミラー

リディル王国七賢人の一人で、結界術を得意とする。
その規模、強度、精度、持続時間は並ぶ者がいない。
美しい容姿と上品な佇まいで知名度・人気ともに高く、
単独での竜討伐も数多くこなす武闘派な一面もある。

サイレント・ウィッチII
沈黙の魔女の隠しごと
Secrets of the Silent Witch

モニカは、無詠唱で遠視の魔術を発動する。
地竜、青年、そして青年の放つ火球。
その三つのタイミングが合う瞬間を、静かに待った。
（……ここ）

絶望する青年も、兵士達も、
この場にいる誰もが気づいていなかった。
青年が放った火球の陰で、
一本の炎の矢が生みだされたことに。

モニカはカップを両手で包むように持つと、
眉を下げてへにゃりと笑った。
「……わたしが一番、場違いですね」

サイレント・ウィッチ
III
沈黙の魔女の隠しごと
Secrets of the Silent Witch

依空まつり
Illust
藤実なんな

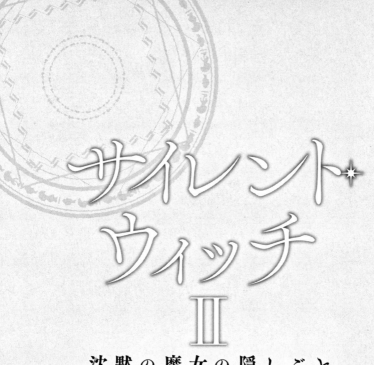

口絵・本文イラスト
藤実なんな

装丁
百足屋ユウコ＋モンマ蚕（ムシカゴグラフィクス）

Contents

Secrets of the Silent Witch

プロローグ　休日のささやかな挑戦

リディル王国の名門校セレンディア学園の寮はティールームや談話室などが充実しており、休日でも賑《にぎ》やかな声が止《や》まない。

ことに女子寮ともなれば、休日には制服を脱いで華やかなドレスを身につけた令嬢達が茶会を開き、優雅に談笑を楽しんでいた。

そんな賑やかなティールームの横を、足音を殺して歩く少女が一人。

薄茶の髪を編んでひとまとめにした小柄なその少女は、休日なのに学園の制服を身につけている。

セレンディア学園では制服にリボンやフリルなどの装飾を加えて構わないことになっているし、アクセサリーの着用も認められているが、少女の制服は元の形のまま。

アクセサリーの類も身につけておらず、髪を結ぶリボンだけが唯一の装飾品だった。

少女はすれ違う人と目を合わせぬよう俯《うつむ》きながら、コソコソと廊下を歩いている。すると、そんな少女の前に、華やかなドレスを身に纏《まと》った三人の令嬢が立《た》ち塞《ふさ》がった。

「ご機嫌よう。モニカ・ノートン嬢」

声をかけられた小柄な少女――モニカは、ビクッと肩を震わせて足を止める。

そうして俯いたまま、前髪の隙間《すきま》からチラチラと自分を通せんぼしている少女達を見た。

三人ともモニカのクラスメイトだ。先頭に立っている少女の名はカロライン・シモンズ。

モニカが編入したばかりの頃《ころ》、階段から転落する原因となった令嬢である。

モニカが「ご機嫌よう」の一言を口にするべく、唇をモゴモゴと動かしていると、カロラインは細い眉《まゆ》をひそめた。

「あらあら。貴女《あなた》、休日なのにどうして制服を着ているのかしら？」

「そっ、それ、は……あの……」

寮で過ごす女子生徒は皆、休日は私服のドレスを着ているので、制服姿のモニカは非常に浮いていた。

モニカは最低限の服しか持ってきておらず、普段着にしているダボダボのローブか制服のどちらかしか選択肢がなかったのだ。

モニカが俯き口ごもると、カロラインの取り巻きの少女達がクスクスと笑った。

「もしかして、今日が授業の日と勘違いしたのではなくて？」

「あら、からかってはダメよ。どうせ、他に服を持っていないのでしょう」

「こんな子が生徒会役員に選ばれたなんて、やっぱり何かの間違いよねぇ」

扇子越しに聞こえるクスクス笑いに、モニカは何も言い返せずに唇を噛《か》み締《し》める。

そうして黙って項垂《うなだ》れていると、カロライン達の背後から凛《りん》とよく響く声が聞こえた。

「あら、そんなところで何をなさっているの？」

こちらに歩み寄ってくるのは、オレンジ色の巻き髪の少女。

少女の名はイザベル・ノートン。ケルベック伯爵令嬢で、この学園におけるモニカの協力者である。

イザベルは一目で、今の状況を察したらしい。

「ごめんあそばせ」

イザベルはカロライン達に一言断り、モニカとカロラインの間に割って入る。

そうしてとびきり意地の悪いお嬢様の顔で、モニカに言い放った。

「貴女には買い物を言いつけたのに、まだこんなところでグズグズしていたの⁉　相変わらずロバより鈍間《のろま》なのね！」

モニカがオドオドとイザベルを見れば、イザベルはカロライン達に背を向けたまま、モニカにこっそりとウィンクをする。

「さぁ、早く買い物に行きなさい。一つでも買い忘れがあったら許さなくってよ！」

「は、はいっ！」

モニカは頷《うなず》き、心の中でイザベルに礼を言いながら、その場を逃げるように立ち去る。

そうして寮の外に出たモニカは長いため息をついて、額の汗を拭《ぬぐ》った。その幼さの残る顔は、目に見えて疲弊している。

「おう、モニカ。なんで寮の外に出るだけで、そんなに疲れてんだよ」

呆《あき》れたようなその声は足元から聞こえた。

モニカが目を向ければ、艶《つや》やかな毛並みの黒猫が、金色の目をじとりと細めてモニカを見上げている。

モニカは周囲に人がいないことを確認し、その場にしゃがんで黒猫と目線を合わせた。

「ネロ……なんかもう、休日にお外に出たら、すごく頑張った気がしてきた……帰っていいかな」

「これから買い物に行くんだろ！　オレ様に屋台で美味《うま》いもんを買ってくれる話はどうなった！」

黒猫のネロはしゃがみ込んでいるモニカの背後に回ると、急《せ》かすようにモニカの尻《しり》を前足でポムポム叩《たた》く。

「今日は王子が一日寮にいるって予定が分かってるからこそ、護衛のお前は安心して街に買い物に行けるんだろ！　今日を逃したら、次はいつになるか分かんねーんだろ！」

「うぅっ……そうだけどぉ……」

休日に寮の外に出ただけで息も絶え絶えになっているこの少女こそ、第二王子の護衛任務のため派遣された、リディル王国の頂点に立つ魔術師。

七賢人が一人〈沈黙の魔女〉モニカ・エヴァレット。

そして前足でモニカの尻を叩いている猫が、モニカの使い魔のネロである。

モニカの護衛任務は、第二王子や他の生徒達に気づかれてはならない超極秘任務。

それ故、モニカはセレンディア学園の女子生徒モニカ・ノートンとして、学生生活を過ごしていた……が、モニカは筋金入りの人見知りである。

人前ではまともに話せないからこそ、喋《しゃべ》らなくても魔術を使える無詠唱魔術を会得し、七賢人になってからは山小屋に引きこもって研究三昧《ざんまい》。

そんなモニカにとって休日の買い物は、竜の群れに突撃するよりも遥《はる》かに困難だった。

やっぱりお部屋に帰りたい……とブツブツ呟《つぶや》くモニカに、ネロは呆れの目を向ける。

「お前、普段はちゃんと寮を出て、教室まで歩いてるじゃねーか」

「きゅ、休日は別なのっ！　だって、いつもより寮の廊下に人が多いし、わたしだけ制服姿だから、すれ違う人にジロジロ見られるし……」

ブツブツと言い訳を口にするモニカにネロは何かを言いかけたが、ハッとしたように耳を立てると、素早く近くの茂みに飛び込んだ。

ネロ？　とモニカが声をかけるより早く、誰かがモニカの名を呼ぶ。

「あら、モニカじゃない」

振り向けば、そこには亜麻色の髪の少女、クラスメイトのラナ・コレットが佇《たたず》んでいた。

いつもは制服姿の彼女も今日は私服のドレスを身に纏《まと》い、日傘をさしている。上品な天鵞絨《ビロード》のドレスは深みのあるボルドーで、色白で華奢《きゃしゃ》な彼女によく似合っていた。

「休日に見かけるなんて珍しいわね。モニカもどこかに出かけるの？」

「えっと……買い物……櫛《くし》が、欲しくて」

モニカが指をこねながら言うと、ラナはパッと目を輝かせる。

「奇遇ね！　わたしも新しいアクセサリーを買いに行くところだったの。ねぇ、一緒に行きましょうよ。わたしの行きつけのお店なら、銀や象牙《ぞうげ》の可愛《かわい》い櫛も扱ってるわ！」

リボン付きの日傘をくるくる回してははしゃぐラナの誘いに、モニカは困ってしまった。

ラナが行こうとしている店は、きっと一流の貴金属を扱う店なのだろう。

そんな店に自分みたいな冴《さ》えない人間がいたら、きっと場違いに決まっている。ラナもきっと、モニカが隣にいることを恥ずかしく思うはずだ。

「……ごめんなさい、わたし……一人で行く、から」

モニカがボソボソと小声で言うと、ラナは分かりやすく不機嫌そうに眉を吊《つ》り上《あ》げ、唇を尖《とが》らせてそっぽを向いた。

「あっそ、じゃあいいわよ」

ラナはそれだけ言って、早足でモニカの横をすり抜け、門の前に待たせている馬車に乗り込む。

モニカが遠ざかっていく馬車をぼんやり見送っていると、ネロが茂みから顔を出した。

「いいのかよ。一緒に行かなくて」

「……わたしがラナと同じお店に行ったら、場違いでしょ」

だからこれで良いのだ。そう自分に言い聞かせ、モニカは鈍い足取りで街に向かって歩きだした。

＊　＊　＊

セレンディア学園から徒歩一時間程度のところに、クレーメという街がある。

大きな街道沿いにある、そこそこ栄えている街で、街の中央には煉瓦《れんが》造りの時計台が設置されている。教会や図書館が時計台を兼ねているのではなく、独立した時計台というのは少し珍しい。

「わぁ、立派な時計台……」

時計台を見上げるモニカは、傍目《はため》には立派な建築物に感動する子どものようだが、その頭の中では目まぐるしい速さで計算式が展開されていた。

建築物と数学は切っても切れない関係である。煉瓦の積み方一つとっても、緻密《ちみつ》な計算に基づき、衝撃に強くするための工夫が施されているのだ。

あぁ、なんて美しい数学の世界！　とモニカは立派な時計台を見て現実逃避をしていた。

……現実逃避をしたくなる程度に、街には人が多かったのである。

時計台を見上げていた首をゆっくりと戻せば、目の前には行き交う人、人、人。

(せ、制服姿のわたしって、もしかして、すごく浮いてる？　セレンディア学園の生徒ってだけで目立つよね、きっと……あああ、上着を持ってくるんだった……っ)

モニカは震える足で建物の陰に移動し、額の汗を拭う。この僅《わず》かな移動だけで、今日一日分の体力を使い果たしたような気がした。

建物の陰でモニカが呼吸を整えていると、ネロが急かすように尻尾《しっぽ》でモニカの足を叩く。

「おい、モニカ。買い物に行くんだろ」

「や、やっぱり、今日は、帰ろう、かなぁ……」

「ふざけんな！　オレ様、今日は絶対に肉を食うって決めてたんだからな！」

でもぉ、とモニカが泣き言を漏らすと、ネロは不機嫌そうに鼻を鳴らし、モニカに背を向けた。

「じゃあ、オレ様、勝手に食べ歩きしてくるぜ。あばよ」

そう言い捨てて、ネロは近くの屋根に飛び乗る。

モニカは慌てて追いかけたが、あっという間にネロの姿は見えなくなってしまった。

「ま、待ってぇ……っ！　やだっ、置いてかないで……っ、ネロぉ……！」

半泣きで建物の陰から飛び出したモニカは、すぐに周囲の人々の視線に立ちすくむ。

向けられる視線は全《すべ》てが悪意混じりのものではないと分かっていても、モニカの喉《のど》は詰まり、呼吸が乱れる。

ヒィッ、フゥッ、と浅い呼吸を繰り返していると、今度は段々と目の前がクラクラしてきた。

モニカはその場にうずくまり、耳を塞いで目を閉じる。

そうして外からもたらされる情報の全てを遮断し、数字のことを考えていれば、少しだけ気が紛れた。

（……このままじゃ、駄目なのに。ちゃんと、立ち上がって、自分の足で歩かないと、なのに）

なんとか震える足を動かして立ち上がろうとしていると、誰かがモニカの肩をポンと叩いた。

モニカは恐怖に息をのみ、閉じていた目をゆっくりと開く。

「大丈夫っすか？」

顔を上げれば、しゃがみ込んで心配そうにモニカを見つめている金茶色の髪の青年と目が合った。

年齢はモニカと同じぐらいだろうか。動きやすそうな服装で、肩に斜めがけの鞄《かばん》をかけている。

「どっか、具合悪いんすか？」

「………ぁ、ぅ……」

初対面の人間と話すのは、モニカにとって苦痛だった。

それでも、この青年は自分を心配してくれているのだ。なんとか言葉を返さねば、とモニカは震える喉を動かす。

「あの、わたし、ネロ……猫と、はぐれて」

「それってどんな猫？」

「……金色の目の、黒猫、です」

青年はフンフンと頷くと、勢いよく立ち上がり、白い歯を見せてモニカに笑いかけた。

「ちょっとその辺ひとっ飛びしてくるから、ここで待っててほしいっす！」

そう言って青年は何やら小さく呟き始める。

微《かす》かに聞こえてくる声に、モニカはハッと目を見開いた。青年が口にしているのは、魔術の詠唱だ。

（しかも、この詠唱は……！）

詠唱が終わると同時に、青年の体の周囲に風が巻き起こる。青年が「よっ」と呟いて地面を蹴《け》ると、その体は屋根よりも高く飛び上がった。

あれは飛行魔術だ。空を自由に飛べる便利な術だが、魔力消費が激しい上にバランス感覚が必要なので、モニカは主に後者の理由で使うことができない。

上級魔術師でも飛行魔術を使える者は、そう多くない。通行人達は物珍しげに屋根の上に飛んだ青年を見上げている。

青年は目の上に手をかざして辺りを見回していたが、やがて近くの赤い屋根に向かって急降下した。

頭上から「捕まえた！」という青年の声と、フギャーーーッ！　という鳴き声が同時に響く。

数分後、屋根からゆっくりと降りてきた青年は、その腕にネロを抱えていた。

「そこの屋根の上をウロウロしてたんすけど、こいつがネロで合ってる？」

青年が指さした屋根は、モニカがうずくまっていた場所のすぐ近くである。どうやらネロは、屋根の上からモニカの様子を窺《うかが》っていたらしい。

青年に抱えられたネロはバツが悪そうにそっぽを向いて、尻尾をユラユラ揺らしていた。

「……ネロ、ごめんね」

モニカが謝ると、ネロは「仕方ねぇなぁ」と言わんばかりの顔で、ニャアと鳴く。

その時、カァン、カァン、と鐘が鳴った。

やけに性急で荒々しいその音は、時刻を告げるための鐘ではない。非常事態を意味する鐘だ。

「竜だ！　はぐれ竜が、街の近くに出たぞー！」

誰かが大きな声で叫んだ。

その声に人々はざわめき走りだし、露店商達は慌てて店を片付ける。

竜は主にリディル王国東部の山間部でよく見られるが、群れからはぐれた竜が、こうして平地に迷い込んでくることがしばしばあった。

街の周りには石造りの壁が築かれているが、翼を持つ竜はそれを容易《たやす》く飛び越えてくるし、翼の無い竜でも、城壁を破壊して侵入してくることは珍しくない。

人々がざわついている中、金茶色の髪の青年はネロをモニカに手渡し、早口で詠唱を始めた。

「オレ、ちょっと様子を見てくるっす！　君は街の奥の方に避難するんすよ！」

そう言い残して、青年は飛行魔術で正門の方に飛んでいく。

取り残されたモニカの腕の中で、ネロが小さく囁《ささや》いた。

「おい、モニカ。どうすんだ？」

これだけの規模の街なら警備兵はそれなりにいるだろうけれど、竜害の少ない土地で、竜退治のための装備が揃《そろ》っているとは考えにくい。

しかし、竜退治の専門家である王都竜騎士団の助けを呼ぶには、時間がかかりすぎる。

（……どうする、なんて……決まってる）

竜が気紛《きまぐ》れに尾を一振りしただけで、甚大な被害が出る。この街に買い物に来ているラナも、巻き込まれるかもしれないのだ。

なにより、モニカは第二王子の護衛である。はぐれ竜が突然セレンディア学園に向かい、第二王子を危険に晒《さら》す可能性がある以上、放置はできない。

町人達は誰《だれ》も彼もが大慌てで街の奥へ、或《ある》いは建物の中へと逃げ込んでいる。

そんな中、モニカはゆっくりと顔を上げて、ネロに訊《たず》ねた。

「ネロ、竜の位置と種族は分かる？」

「大した魔力は感じねぇから、多分下位種だな。正確な位置は分かんねぇけど、方角はあっちだ」

ネロは尖った耳をピクピクと震わせて、正門の方角に目を向ける。

下位種の竜となると、翼竜、地竜、火竜といったところか。

いずれも上位種には劣るものの、硬い鱗《うろこ》は刃も攻撃魔術も弾《はじ》いてしまう強敵だ。確実に倒すためには、眉間《みけん》を狙《ねら》う必要がある。

「どこか高くて、見晴らしが良くて、人のいない場所は……」

ぐるりと周囲を見回したモニカの目に映ったのは、煉瓦造りの時計台。

モニカの腕からするりと地面に降りたネロは、近くに人がいないことを確認すると、モニカを見上げてニヤリと笑う。

「やるんだな？」

「……うん。わたしが、やらなきゃ」

自分に言い聞かせるように呟いたモニカは、決意に満ちた顔で時計台に向かって走りだし……。

「あっ、急に走ったら脇腹《わきばら》が……い、痛っ……うぅっ……」

「お前……運動不足にも程があるだろ」

この国の頂点に立つ魔女は脇腹を押さえて走りながら、ヒンヒンと泣き言を言う。

その走り方たるや、ボテンボテンと表現するのが相応《ふさわ》しい、絶望的な鈍臭さであった。

見かねたネロはヤレヤレとため息をつくと、周囲に人がいないことを確認して、尻尾をユラリと揺らす。

するとたちまち黒猫の姿は、黒い霧に包まれた。その霧が大きく膨れ上がり、人の形を作る。

やがて黒いインクを水で流したかのように黒い霧が消え、その下から古風なローブを着た黒髪の男が姿を現した。ネロが人間に化けたのだ。

長身の男に化けたネロは、ボテボテと走るモニカの首根っこを掴《つか》むと、軽々と持ち上げて肩に担ぐ。麦の詰まった麻袋を担ぐような雑さだった。

「まったく世話の焼けるご主人様だなぁ！　しっかり掴まってろよ」

「こ、これ、どこに掴まればいいのぉ⁉」

「なんか良い感じのとこ掴んどけ！」

なんとも適当なことを言って、ネロは風のように走りだす。

人に化けたネロは結構な長身なので、肩に担がれたモニカはその高さにクラクラした。怖い。

とりあえずモニカはネロの背中の布地をしっかりと握りしめ、歯を食いしばった。そうしていないと、舌を噛《か》みそうだったのだ。

やがて到着した時計台は、当たり前だが鍵《かぎ》がかかっていた。ガラスや格子の無い、明かり取り用の窓があるにはあるが、二階相当の高さだ。跳躍して届く距離じゃない。

時計台が施錠されている可能性をすっかり失念していたモニカが絶望的な顔をすると、ネロは時計台の明かり取り用の窓を見上げて、ニヤリと口の端を持ち上げた。

「小説家ダスティン・ギュンター曰《いわ》く。『限界を超えた先にこそ、真の成長がある』……カッコいいよな？　カッコいいよな？」

「ネ、ネロ、まさか……」

「オレ様、ひこーまじゅつなんてモン、使えねーからな」

ネロはモニカを肩に担いだまま、近くにある木に器用によじ登り、木の枝から民家の屋根に跳び移る。

ネロが激しく動くたびに、モニカはプラプラと揺れながら悲鳴をあげた。だが、モニカの恐怖はこれで終わらない。

民家の屋根と時計台の窓は、運動能力の高い人間が助走をつけて跳んで、ギリギリ届くか届かないかという距離だ。

「ネ、ネロ、この距離は、流石《さすが》に、無理なんじゃ……」

「いーくーぜぇ……っ！」

ネロは全身をバネのようにグッと縮めると、助走もつけずに屋根から跳んだ。

ネロとモニカの体は、明かり取り用の小さい窓をくぐり抜け、そのまま時計台の中に着地する。

ネロのブーツが地面を強く擦る音が、時計台の内部に反響した。

体勢を立て直したネロは振り向いて、ぐったりしているモニカに話しかける。

「見たか、猫生活で培った跳躍技術！　オレ様最強にカッコいいな！　これはもう、物語の主人公って感じだよな！　おい、モニカ。白目剝《む》いてないで、なんか言えよ。具体的にはオレ様を褒めろ！　おいってば！」

ネロの肩の上で半ば気絶していたモニカは意識を取り戻すと、ノロノロと頭《こうべ》を巡らせて辺りを見回した。

時計台の中に照明の類は無く、明かり取り用の窓から差し込む日の光だけが光源だ。

徐々に暗さに目が慣れてくれば、時計台の上へと続く螺旋《らせん》階段が見える。

「……ネロ……上へ……」

「おっと、いけね。竜が来てるんだったな」

ネロは何のために時計台に来たかを忘れかけていたらしい。

彼は「よっ」と軽く声をあげてモニカを担ぎ直すと、長い足を駆使して、二段飛ばしで階段を駆け登る。モニカは手足をプラプラと揺らしながら、意識が飛びそうになるのを必死で堪《こら》えた。

「よし、到着っ！」

やがて時計台の天辺《てっぺん》、大時計の裏側に到着したところで、ネロはモニカを肩から下ろす。

最上階は換気のための窓が複数あり、外の様子を見渡すことができた。

ネロの肩から下ろしてもらったモニカは、フラフラと窓の前に立ち、無詠唱で遠視の魔術を発動する。

街からいくらか離れたところに、茶色い鱗の竜がいる。大きさは雄牛より二回り大きいぐらいだろうか。

「……あれは、地竜」

「オレ様の予想通りだな。下位種だけど、頑丈なのが取り柄のやつだ。生半可な攻撃じゃ倒れないぜ」

地竜は翼を持たず、空を飛ぶこともないが、鋭い爪の生えた太い手足はそれだけで脅威だ。

そんな地竜のそばでは一〇数人程の兵士達が、矢や槍《やり》で応戦している。それと、地竜の上空を飛び回っている人影が一つ。

遠視の魔術を使っているモニカの目には、その人物の姿がハッキリと見えた。先程、ネロを見つけてくれた金茶色の髪の青年だ。

彼は飛行魔術で地竜の周りを飛び回って、地上の兵士達に攻撃がいかないよう注意を引きつけている。そして隙を見ては地面に降り、火球を放つ魔術で地竜を攻撃していた。

青年が放つ火球は、大人二人が腕で輪を作ったぐらいはある。派手に破裂する火球はなかなかの威力だが、魔力耐性の高い竜が相手では足止めにすらならない。

たとえ相手が下位種の竜であろうと、高威力の魔術で弱点である眉間を狙わなくては、倒すことは不可能だ。

眉間を狙わずとも竜を倒せるほど強力な攻撃魔術の使い手など、それこそ七賢人の〈砲弾の魔術師〉ぐらいのものだろう。

モニカが遠視で状況の把握に努めていると、ネロがモニカの頭に顎《あご》を乗せて目を細める。

ネロは遠視の術を使う必要がないぐらい目が良いのだ。

「なぁ、モニカ。あいつ、なんで空飛んだまま攻撃しないんだ？」

ネロの言う通り、金茶色の髪の青年は攻撃魔術を使う時は、一度地面に降りている。

そうして攻撃魔術を使った後、青年は再び飛行魔術を使って空に飛び、地竜の攻撃を回避しているのだ。それが、ネロの目には非効率的に見えるのだろう。

「二つの魔術を同時に維持するのって、すごく難しいの」

ネロが「へぇ」と意味深に呟《つぶや》いた。

「お前が当たり前のように使ってるから、魔術師なら誰《だれ》でもできるのかと思ってたぜ」

ネロの軽口には応《こた》えず、モニカは遠視の魔術を維持したまま、時計台と竜の距離を計算する。

地竜、青年、そして青年の放つ火球。その三つのタイミングが合う瞬間を、モニカは静かに待った。

窓から強い風が吹いて髪を揺らしても、モニカは瞬《まばた》き一つしない。

いつもオドオドしている幼い顔から表情が抜け落ち、茶色がかった目が日の光を反射して、新緑色に煌《きら》めく。

（……ここ）

そして、その時はきた。

＊＊＊

（やばい、やばい、やばいっすー！　全っ然、効いてないっ！）

青年は飛行魔術で竜の攻撃を回避しながら、密《ひそ》かに焦っていた。

青年が放った攻撃魔術が、全くダメージになっていないのだ。

矢を持った中年の兵士が、心配そうな顔で青年に声をかける。

「君、大丈夫か！」

「大丈夫っす！」

この場にいるクレーメの兵士達と、青年は知り合いでもなんでもなかった。そもそも青年はクレーメの住人ですらない。街の危機に居合わせて駆けつけた、通りすがりの魔術師見習いだ。

見習いである彼が使える魔術は、飛行魔術と火球を飛ばす魔術の二つだけ。

それも同時には使えないし、火球は射程が短い上に命中精度がさほど高くない。

威力にはそこそこ自信があったので、当たれば多少はダメージになるだろうと思っていたのだが、地竜の鱗に、ちょっぴり煤《すす》がついただけだった。やはり、眉間を狙《ねら》わないと駄目なのだ。

（こんなことなら師匠の言う通り、もっと命中精度を上げる訓練しとくんだった！）

後悔しつつ、青年は地面を走りながら早口で呪文《じゅもん》を唱えた。

この詠唱が、なんとも煩わしいのである。

彼は飛行魔術を使いながら他の魔術を使うことはできないので、攻撃魔術を使う時は、走って逃げ回らなくてはいけないのだ。全力で走りながらの詠唱は、正直かなりきつい。

青年はゼェゼェと荒い息を吐きながら、それでもなんとか詠唱を終わらせ、魔術を編みあげる。

そして、地竜の眉間に狙いを定めて、特大の火球を放った。

火球は地竜の横っ面に直撃し、轟音《ごうおん》と共に火の粉を散らす。だけど、それだけだ。

（ダメだ……眉間には当たってない！）

絶望する青年も、兵士達も、この場にいる誰もが気づいていなかった。

青年が放った火球の陰で、一本の炎の矢が生みだされたことに。

それは派手な火の粉に紛れてしまうような、小枝のように細い矢だ。だが、多重強化術式で強化された魔力密度の高いその矢は、火球を遥《はる》かに上回る威力を秘めていた。

その細い矢は恐ろしく静かに、正確に、地竜の眉間を貫く。

竜が咆哮《ほうこう》をあげ、ゆっくりと地面に倒れた。ドゥッと重い音が響き、土煙が巻き上がる。

その様子を息を呑んで見守っていた兵士達が、一斉に喝采《かっさい》をあげた。

「倒した！　倒したぞ！」

「君！　よくやってくれたな！」

兵士達は顔をクシャクシャにして喜びながら、青年の背中を叩《たた》いて褒め称《たた》える。

青年は信じられない気持ちで、目の前に倒れている竜を見た。

竜の眉間には、黒く焦げた跡がある。この竜は間違いなく火属性の魔術で倒されたのだ。

「え、えへへ……いやぁ、まぐれ当たりっすよ」

謙遜《けんそん》しつつ、青年の顔には隠しきれない喜びが滲《にじ》んでいた。

＊　＊　＊

時計台の窓の前に立っていたモニカは、竜が完全に動かなくなったことを確認すると、遠視の魔術を解除した。

「終わったのか」

「うん」

攻撃魔術で竜の眉間《みけん》を貫くのは、モニカにとって難しいことではない。

だが、既に複数人が竜と交戦している状態で、誰にもバレないように竜を仕留めるとなると、難易度が一気に跳ね上がる。

そこでモニカが使ったのが、遠隔魔術と呼ばれる術だ。

一般的な魔術は、術者の周囲に展開される。だが、遠隔術式という術式を組み込むと、遠く離れた場所で魔術を発動させることができる。それが遠隔魔術だ。

モニカは青年が攻撃するタイミングに合わせて遠隔魔術で炎の矢を放ち、竜の眉間を貫いたのだ。

遠隔魔術は非常に強力で便利に思えるが、精度が著しく落ちるという欠点がある。

それをモニカは無詠唱でやってのけたのだ。少しでも魔術をかじったことがある者なら、その奇跡に言葉を失っていただろう。

人知れずそんな奇跡を起こした魔女は、目をクルリと上に向け、未《いま》だ自分の頭に顎を乗せている使い魔を見上げる。

「……ネロ、重い」

「ほう、ここまでお前を運んでやったオレ様に、随分な言い草だな」

主人よりも偉そうな使い魔は、モニカの頭にグリグリと顎を擦りつけながら意地の悪い声で言う。

「働き者の使い魔に褒美を寄越《よこ》せよ、ご主人様。鶏肉《とりにく》がいいな。塩をキツめに効かせたやつ」

「売ってるお店、あるかなぁ……」

なにせ竜が現れたせいで、街は大混乱だったのだ。こんな状況で店を開いている呑気者《のんき》がいるのだろうか。

モニカが首を捻っていると、ネロが「見ろよ」と眼下の景色《けしき》を指さす。

早くも竜を倒したことが伝わったのか、街の人々は徐々に落ち着きを取り戻しているようだった。

露店商や屋台の人間は店を再開しているし、中には竜の鱗《うろこ》を拾おうと街の外に飛び出していく者もいる。

「人間って、たくましいよなぁ」

「どうせわたしは、たくましくないですよー……」

拗《す》ねたように呟くと、ネロはモニカの頭を掴《つか》んで無理やり上を向かせた。

そうしてネロは真上からモニカの顔を覗《のぞ》き込んで、ニヤニヤ笑う。

「さてはお前、気づいてないな？」

「……？　何に？」

「人間の姿のオレ様が近くにいても、平気になってることに」

あ、とモニカは声をあげて目を丸くする。

モニカは極度の人見知りだが、特に苦手なのが大柄な男性だ。

だから少し前までは、人に化けたネロのことが直視できなかったし、触られるだけで震えが止まらなくなっていた。

それが、いつの間にか平気になっている。

「少しは、たくましくなったんじゃねぇの？」

「そう、かな……」

ネロの言葉に自信なげに相槌《あいづち》を打ちつつ、モニカはほんの少し頬を緩めた。

(……そうだと、いいな)

＊　＊　＊

「ラナお嬢様、無事に竜は退治されたみたいですよ」

「……そう」

馬車の座席でクッションにもたれて頬杖《ほおづえ》をついていたラナは、隣に座る中年の侍女に短く言葉を返し、窓の外を見た。

さっきまで静まり返っていた街には、人が戻り始めている。その行き交う人の流れを目で追ってみたが、モニカの姿は無い。

(……あの子、大丈夫かしら)

竜は街道に近づく前に撃退されたらしいから、モニカが巻き込まれた可能性は低いが、それでもラナはモニカのことが心配だった。

避難する人混みに流されて、転んで泣いている……なんてことが、鈍臭いモニカなら大いにあり得る。

そんな不安を押し隠すように、ラナは殊更強気な口調で侍女に話しかけた。

「あーあ、今日は最悪！　せっかくショッピングしようと思ったのに、良い物は見つからないし、竜は出るし……」

それに、と小さい声で呟き、ラナは手元に視線を落とす。そうすると、強気な声は自然と萎《しぼ》んだ。

「……モニカは、わたしと買い物したくないみたいだし」

拗ねたようなその呟きに、中年の侍女は、おやおやと幼い娘を見るような顔で笑う。

この侍女は、ラナとその友人のやりとりを馬車の前で見ていたのだ。

ラナの友人だという少女は、休日でもドレスを身につけず、アクセサリーの類もつけていなかった。

だから、あの小柄な少女が何を気にしていたか、侍女はなんとなく理解していたのだ。

「お友達が欲しかったのは、銀細工の櫛《くし》ではなかったのではありませんか」

「…………」

「わたくしは、木彫りの櫛を愛用しておりますよ」

その言葉にラナはハッと顔を上げる。

そうしてしばし気まずそうに葛藤《かっとう》していたかと思いきや、ツンと顎を持ち上げて高慢に言った。

「わたし、焼き栗が食べたくなっちゃった。屋台のあるところまで連れて行ってちょうだい」

「はいはい、かしこまりました」

長年お仕えしているお嬢様のわがままに、侍女は穏やかに笑い、御者に行き先を告げた。

＊＊＊

モニカから小遣いを貰《もら》ったネロは、人型のままご機嫌で屋台に向かっていった。

その背中を見送りながら、モニカは街路樹にもたれる。

(……そういえば、櫛を買いにきたんだっけ……)

今更、街に来た目的を思い出したモニカは、ため息をついた。

大通りから外れた街路樹の陰に隠れて、じっとしているのが今の自分には精一杯なのだ。

櫛を売っている店の場所を人に訊《き》いて買い物をするのは、まだ早すぎたらしい。

櫛を買うのは、また別の機会にしよう、と苦く笑っていると、モニカの名を呼ぶ声が聞こえた。

ネロの声じゃない。

「モニカ！　やっと見つけた！」

声の方を見れば、馬車を降りたラナが早足でこちらに近づいてくる。

今朝《けさ》のやりとりを思い出し、モニカは思わず顔を強張《こわば》らせた。今朝は、自分のせいでラナを不快にさせてしまったのだ。きっと怒ってる。

実際、ラナは不機嫌そうに眉《まゆ》を吊《つ》り上《あ》げてモニカを睨《にら》んでいた。

モニカが指をこねて視線を泳がせていると、ラナはムスッとした顔でモニカに小ぶりの紙袋を押し付ける。

思わず紙袋を受け取ったモニカは目を丸くした。中を覗けば、丸い焼き栗がたっぷり詰まっている。

「食べ飽きちゃったから、もういらない。あげる」

食べ飽きたと言う割に中身は殆《ほとん》ど減っていないし、まるで今しがた買ったばかりのように紙袋は温かい。

「あ、えっと……あの……」

礼を言おうとしたモニカは気がついた。紙袋に何やら簡素な地図が描いてある。

焼き栗屋の場所だろうかと思ったが、よく見れば地図には、通りの名前と小間物屋の文字が記されていた。

「……小間物屋？」

「そこなら、木彫りの櫛とかも扱ってるんですって」

そう言ってラナはプイッとそっぽを向く。その頬はほんの少しだけ赤くなっていた。

モニカは温かい紙袋をギュッと胸に抱いて口を開く。

「あ、あの……っ！」

何故《なぜ》か、自分でも信じられないぐらい大きな声が出てしまった。

モニカの頭をよぎるのは、先程のネロの言葉。

——少しは、たくましくなったんじゃねぇの？

ちょっとだけ成長した自分なら、きっと言えるはずだ。そう自分を叱咤《しった》し、モニカは必死で声を絞り出す。

「い、一緒にっ…………行きたい……です」

モニカがチラリとラナを見れば、ラナは何やら口の端をムズムズさせていた。

「仕方ないわね！　ほら、こっち！」

「う、うんっ！」

得意げに笑うラナに手を引かれ、モニカは街路樹の陰を出る。

やっぱり人の多い場所は怖いけれど、それでも今は不思議と俯《うつむ》かずに顔を上げて歩ける。

今まで塞《ふさ》がっていた道が、パッと開けたような心地《ここち》がした。

＊＊＊

「これと、これと……あぁ、このケープも可愛《かわい》らしいですね。買いましょう」

七賢人が一人〈結界の魔術師〉ルイス・ミラー（もうすぐパパになる浮かれポンチ・二七歳）は、王都の服飾店で、機嫌良く買い物をしていた。

仕事中は七賢人のローブを着て、長い杖《つえ》を手にしている彼だが、今日は重たいローブを脱いで秋物のコートを羽織っている。

彼が軽やかな足取りで店内を歩くたびに、コートの裾《すそ》とトレードマークの長い三つ編みが、浮かれた彼の気持ちを代弁するかのように大きく揺れた。

ルイスが手にしているのはどれも、近い内に生まれてくる我が子のための服である。

カウンターに景気良くドサドサと積まれていく子ども服を見て、ルイスに同行していたメイド服の美女――ルイスの契約精霊リィンズベルフィード、通称リンが口を開いた。

「女児用の服ばかりですね」

リンの言う通り、ルイスが選んだ服はどれもフリルやリボンをたっぷりとあしらった女児用の服であった。

まだ出産まで半年近くある上、性別も分かっていないのに気が早いのではないか、と言外に匂《にお》わせるリンに、ルイスはレース編みの靴下を手に取りながら、フフンと鼻を鳴らす。

「生まれてくる子は、きっとロザリー似の可愛い娘に決まっています」

「何か根拠があるのですか?」

「私の勘は大体当たるのですよ」

その浮かれっぷりを遺憾なく発揮して、生まれてくる娘のために大量の服をカウンターに積み上げたルイスは、今度は一〇代の娘が好みそうな服を物色し始めた。

そんなルイスに、リンが抑揚のない声で進言する。

「流石《さすが》に気が早すぎるのでは?」

「何を勘違いしているのです。これは〈沈黙の魔女〉殿の分ですよ」

サラリと答えるルイスに、リンは僅《わず》かに目を見開いた。

風の精霊であるリンは人間とは異なる感性をしており、その整った顔は滅多に表情を変えることがない。

そのリンが目を見開くほどに、ルイスの発言は衝撃的だったらしい。

「……なんと」

万感の思いがこもったリンの一言に、ルイスは細い眉をはね上げて、己の契約精霊をジトリと睨んだ。

「お前は私を、血も涙も無い非情な人間だと勘違いしていませんか?」

「同僚を脅して仕事を押しつけるのは、一般的に血も涙も無い非情な行いかと」

「あれは適材適所というものです」

同僚を脅して第二王子の護衛任務を押しつけた男は爽《さわ》やかに笑って、普段使いできそうなドレスを見繕い始めた。

言うなればこれは、〈沈黙の魔女〉へのご褒美だ。

モニカがセレンディア学園に編入して、約二週間。この短期間でモニカは生徒会役員に就任し、更には学園内で不正を働き、準禁術に手を染めていた犯罪者を捕らえることに成功している。

モニカはとりたててそのことを誇ったりしていないが、これは充分に称賛に値する働きだ。成果には正当な報酬が与えられるべきである。

そこでルイスが選んだのが、新しい服だった。

どうせあの小娘のことだから、ろくな服を持っていないに違いない。それでは学園生活に支障が出るだろう――と、考えたルイスは、実用的な服をいくつか見繕ってやることにしたのである。無論、娘の服を買うついでだ。

（……まぁ、あのポンコツ娘は、服よりも数学書か魔術書の方が喜ぶのでしょうけど）

そんなことを考えつつ、ルイスは普段使いできそうなドレスを手に取る。

潜入中のモニカは、ケルベック伯爵家に疎まれている養女という設定なので、あまり華やかではない物の方が良いだろう。

ルイスは日中の外出に使えそうな襟の高い紺色のドレスと、これからの季節に丁度良い外出用のコートを一つずつ選んで支払いを済ませると、それらを馬車に積み込ませ、自身も乗り込む。

やがて馬車が動き出す頃を見計らって、ルイスは隣に座るリンに命じた。

「近い内に、〈沈黙の魔女〉殿にこの服を届けておきなさい」

「何と言ってお渡しするのですか？」

リンの問いにルイスはしばし考え、口を開く。

「そうですねぇ、ヴィクター・ソーンリーを捕らえた褒美とでも言っておきなさい。飴《あめ》と鞭《むち》の使い分けは大事ですからねぇ、はっはっは」

「かしこまりました。一字一句違《たが》わずお伝えいたします。ところで、もう一人の方には何も届けなくて良いのですか？」

「もう一人？　……あぁ、うちの弟子のことですか」

ルイスはモニカを編入させた際、同じタイミングで自身の弟子もセレンディア学園に編入させていた。

第二王子フェリクス・アーク・リディルは勘が良く、護衛、刺客問わず、周囲に潜む人間を見抜くのが上手《うま》い。となれば、編入生という存在に疑いの目を向けるのは当然。

故にフェリクスのモニカに対する疑いの目を逸《そ》らすための囮《おとり》として、ルイスは自分の弟子をセレンディア学園に送りこんだのである。

その弟子に届け物は無いのかと問うリンに、ルイスは首を横に振った。

「そこまでする必要はありません。なにせ、うちの馬鹿弟子は何も知らないのですから」

「自分が囮であることも、第二王子の護衛任務のことも、一切合切何も伝えていないのですか？」

「アレは嘘《うそ》が下手《へた》ですからねぇ。なぁに、私があれこれ指示せずとも、良い囮になってくれることでしょう。なにせうちの弟子は、図体《ずうたい》も声も馬鹿でかい上に、かつてミネルヴァの校舎を破壊した、とびきりの問題児ですからねぇ。はっはっは」

女性的な美しい顔に浮かぶ笑みは爽やかだが、言っていることは極悪である。

「何も知らない弟子を囮にするのは、一般的に血も涙も無い非情な行いなのでは？」

リンの問いに、ルイスは痛くも痒《かゆ》くもないと言わんばかりの顔で肩をすくめた。

「弟子の成長を促すのは師の役目というものです。成長に適度な試練は、つきものでしょう」

＊　＊　＊

クレーメの街の近くに竜が現れた——その情報は、すぐにセレンディア学園にも伝わった。

穏やかな休日を過ごしていた生徒達は、多少の動揺こそしたものの、竜が退治されたことを知ると、何事もなかったかのように、いつも通りの休日に戻っていく。

その光景に唇を噛《か》む、一人の人物がいた。

（……これが、竜害が少ない中央貴族の反応）

王都を中心としたリディル王国中央部は、竜退治の専門家集団である竜騎士団や、実力派の魔法兵団を抱えている。だから、竜害に対する危機感が薄い。

常に竜害に悩まされている東部の人間にとって、安穏と暮らす中央貴族達の姿は妬《ねた》ましくすらあった。

クレーメの街の竜は通りすがりの魔術師によって、あっさり退治されたという。

これが自分の故郷だったら、とその人物は考える。

地竜一匹を退治するのに、どれだけの被害が出るだろう。どれだけの人間が血を流すだろう。

魔術師なんて、田舎《いなか》では見かけることすら珍しい存在だ。まして竜を倒せるほどの実力者なんて、そうそういない。

だが、そんな実力者がゴロゴロしているのが、中央なのだ。

竜害が酷《ひど》いのは東部地方なのに、軍事力は中央の貴族達を守るために偏っている。これがクロックフォード公爵が幅を利かせる、リディル王国の実情。

だからこそ、この国の在り方を変えねばならないのだ――そう自分に言い聞かせ、その人物は早足で自室に戻ると、鍵《かぎ》付きの引き出しの奥にしまっていた、ある物を取り出した。

赤く輝く宝石に金細工をあしらったそれは、傍目にはブローチに見えたかもしれない。だがよく見ると、装飾枠の裏側には頑丈そうな鋲《びょう》が三つ取り付けてある。これは壁や床に刺して、固定して使う道具なのだ。

（……次期国王が決まるのは時間の問題……もう、これを使うしかない）

これは一回きりしか使えない道具だ。ことは慎重に運ばなくてはならない。

（学園祭の準備で外部業者の出入りが増える今が、絶好の機会……資材の搬入に合わせて、これを使えば……）

掌《てのひら》に載せたそれを見据え、その人物は悲壮な顔で決意を固める。

穏やかな休日の裏側で、悪意が静かに動きだそうとしていた。

The genius sorcerer who can derive the best solution to

a difficult magic formula in an instant

- and therefore doesn't need to chant.

難解な魔術式の最適解を一瞬で導きだせる

——故に詠唱を必要としない、天才魔術師。

That's the "Silent Witch".

それが〈沈黙の魔女〉だ。

サイレント・ウィッチ

II

沈黙の魔女の隠しごと

Secrets of the Silent Witch

一章　沈黙の魔女、改め失言の魔女

セレンディア学園の女教師リンジー・ペイルは、職員室の自席で憂鬱《ゆううつ》なため息をついていた。

今年で二十六歳になるリンジーは、灰色がかった金髪を素っ気なくまとめた、特に目立つところのない地味な女である。

それでも社交ダンスの教師である彼女は、常に姿勢だけは美しく保つよう心がけていた。そんな彼女の背中が、今は力無く丸まっている。

およそ二週間前、基礎魔術学の教師ヴィクター・ソーンリーが逮捕された。

なんでも彼は学園の資金を着服し、秘密裏に準禁術の研究をしていたらしい。

そのせいでセレンディア学園には、連日、王都や魔術師組合から調査員が訪れていた。

セレンディア学園は、国内の有力貴族であるクロックフォード公爵のお膝下《ひざもと》にある学園である。

それ故に、最低限の調査で済むよう配慮はされていたらしいが、それにしても忙しかった。

なにせ調査員が来るたびに、若手職員であるリンジーは提出する資料の用意に駆り出されていたのだ。

（……おまけに、クラス担任まで任されちゃうし……あぁ）

教師陣の中で比較的若手のリンジーは、今まで副担任しか務めたことがなかったのだが、急遽《きゅうきょ》、逮捕されたソーンリーのクラスの担任を務めることになったのだ。正直、プレッシャーで胃が痛い。

リンジーが背中を丸めてため息を繰り返していると、学園長が廊下から職員室に入ってきた。その横には杖《つえ》をついた老人を伴っている。

真っ白な太い眉《まゆ》毛《げ》と髭《ひげ》で、目と口が埋もれている小柄な老人だ。杖は上級魔術師のみが持つことを許される長さの装飾杖である。

職員室中の教師達が注目している中、初老の学園長は大きな顔いっぱいに笑みを貼りつけて、口を開いた。

「皆さん、ご注目を！　こちら、本日から基礎魔術学の教師に就任する、ウィリアム・マクレガン先生です！」

学園長の言葉に、マクレガンは一度だけコクリと頷《うなず》き、白い髭の下で口をモゴモゴと動かす。

「初めまして、どうぞヨロシク」

「こちらのマクレガン先生は、〈水咬《すいこう》の魔術師〉という肩書をお持ちの上級魔術師で、なんと！　魔術師養成機関の最高峰であるミネルヴァで、名誉教授を務めていた方なのです！　七賢人になる前の〈結界の魔術師〉様や〈沈黙の魔女〉様も、こちらのマクレガン先生に師事していたのですよ！」

些《いささ》か大袈裟《おおげさ》なぐらい身振り手振りを交えて語る学園長に、マクレガンはどこか惚《とぼ》けた口調で言った。

「名誉教授なんて、退屈なだけだからね。ボクは教えるのが好きだから……この学園にも元気のある子がいると嬉《うれ》しいね」

＊＊＊

休み明けの初日、授業を終えて生徒会室へ向かうモニカの足取りは、いつもよりほんの少しだけ軽やかだった。

なんと言っても、今日はいつもより上手に髪が編めたのだ。昨日《きのう》、ラナと一緒に選んで買った櫛《くし》が良かったのだろう。

馬車の中でラナと一緒に食べた焼き栗の味を思い出し、クフクフ笑いながら、モニカは生徒会室の扉を開ける。

生徒会室では、茶髪の小柄な少年が書類の整理をしていた。モニカと同じ高等科二年生、庶務のニール・クレイ・メイウッドだ。

ニールはモニカに気づくと、書類から顔を上げた。

「こんにちは、ノートン嬢」

「こ、こんにちはっ、えっと、手伝いますっ」

モニカが書類整理の手伝いを申し出ると、ニールは「ありがとうございます」と穏やかに微笑《ほほえ》んだ。とても感じの良い笑顔だ。

ニールは生徒会役員の中で唯一の同学年だし、非常に人当たりの良い少年なので、人見知りの激しいモニカでも比較的話しかけやすい人物である……というより、他の生徒会役員の癖が強いのだ。

まず、書記のブリジット・グレイアムは、モニカが会計になることを反対していた人物で、モニカが会計に就任した今も、必要最低限しか口を利いてくれない。

同じく書記のエリオット・ハワードは一見友好的な態度に見えるが、モニカを見る目はいつも冷ややかだし、投げかける言葉には小さな棘《とげ》がある。平民出身のモニカはこの学園に相応《ふさわ》しくない、という考えが露骨に透けて見えるのだ。

生徒会副会長のシリル・アシュリーはその点、モニカの出自に関して言及はしない。仕事の教え方も丁寧だ。正直に言うと、ニールの次に話しかけやすい。

ただ彼は、あまりにも生徒会長に心酔しすぎているので、モニカの無作法にとにかく厳しかった。

そして極めつけが、くだんの生徒会長にして、この国の第二王子フェリクス・アーク・リディル。モニカを会計に任命した人物であり、モニカの護衛対象でもある彼は、どうもモニカを揶揄《からか》って楽しんでいる節がある。

フェリクスに揶揄われてアワアワするたびに、シリルに不敬だと叱《しか》られ、エリオットとブリジットに冷ややかな目で見られるのが、最近のモニカの日常だ。

(今日こそは揶揄われても堂々と！　……はできないけど、せめて挙動不審にならないように……うん……)

低い志を胸に抱きつつ、モニカは資料に目を通す。

資料は学園祭で利用する業者のリストだった。リストには商会名の横に、各商会の紋章が記されている。

セレンディア学園に出入りする業者は、当然に一流店から厳選されている。そして不審な業者が学園に出入りせぬよう、馬車に掲げた紋章でチェックをしているのだ。

精緻《せいち》な図形や図案を見るのが好きなモニカが、なんとなく心躍らせながら資料の紋章を眺めていると、横で資料の整理をしていたニールがのんびりした口調で言った。

「そういえば、明日は選択授業の見学会ですね。もう何を選ぶか決めましたか？」

「えっ⁉　あ、えっと、まだ……です」

セレンディア学園では、通常授業とは別に選択授業というものがある。二〇以上ある授業の中から、好きな授業を二つ選んで受講するのだ。

その種類の豊富さ故に、モニカはまだ自分が選択する授業を決められずにいた。

高等数学などがあれば良かったのだが、数学に重きを置いていないセレンディア学園では、数学は基礎学問教科にあるだけなのだ。

「えっと……どういう授業が、人気、なんですか？」

参考になればと思いモニカが訊《たず》ねると、ニールはしばし思案するように顎《あご》に指を当てて、丸い目をクルリと回した。

「男子だと、乗馬や剣術なんかが人気がありますね。女子に人気なのは刺繍《ししゅう》、詩歌かな……あと、演奏は男女問わず人気ですよ。やっぱり嗜《たしな》みですし」

ニールが挙げたものは、どれもモニカとは無縁だったものばかりである。

一応最低限の裁縫はできるが、着る物に無頓着《むとんちゃく》なモニカは服のほつれなど、とりあえず縫い合わせてあればそれで良いという考えの持ち主である。刺繍なんてしようと思ったことすらない。

これはいよいよ困ったことになったぞ、とモニカが密《ひそ》かに頭を抱えていると、生徒会室の扉が開く音が聞こえた。

振り向けば、他の生徒会役員達が次々とやってくるのが見える。

「やぁ、何の話をしていたんだい？」

ニールとモニカに、にこやかに声をかけたのは生徒会長のフェリクスだった。

思わず俯《うつむ》き、モジモジしてしまうモニカに代わり、ニールが答える。

「選択授業の話をしていたんです。明日は見学会ですから」

「ふぅん、ノートン嬢は何を受けるか、もう決めたのかい？」

「へぅっ⁉」

突然話を振られて奇声をあげたモニカは、案の定シリルに睨《にら》まれた。

その視線に萎縮《いしゅく》しつつ、モニカは視線を右に左に彷徨《さまよ》わせながらボソボソと答える。

「え、えっと、まだ、決まってない……です」

そんなモニカを、小馬鹿にするように鼻で笑った人物がいた。書記のエリオットである。

彼は垂れ目を細めると、大袈裟に肩をすくめた。

「貴族にとって芸術は嗜み。楽器の演奏の一つもできなきゃ話にならないぜ。ノートン嬢、何か楽器の経験は？」

「……ない、です」

モニカが項垂《うなだ》れると、エリオットの笑みはますます深くなる。

そうして彼は、わざとらしくモニカから視線を逸《そ》らして、ブリジットを見た。

「演奏と言えば、ブリジット嬢はピアノが上手《うま》かったよな」

ブリジットは家柄も容姿も優れ、更に成績も優秀という、非の打ち所のない完璧《かんぺき》な令嬢である。

エリオットはそんなブリジットを引き合いに出して、冴《さ》えないモニカをせせら笑っているのだ。

「なぁ、ブリジット嬢は、演奏の授業を受けるのか？」

「いいえ、今年は語学と地理を」

ブリジットは書類仕事に取り掛かりながら、淡々と答える。

エリオットは少しだけ意外そうに垂れ目を持ち上げた。

「ふぅん、あれだけ上手いのに、なんだか勿体《もったい》無いな……おっと、そういえば芸術の心得が無い奴《やつ》が、ここにも一人いたな……なぁ、シリル？」

そう言ってエリオットは、ニヤニヤ笑いながらシリルを見る。

シリルは神経質そうにこめかみを引きつらせ、エリオットを睨んだ。

「私は、今年は高度実践魔術の授業を受けることが決まっている。魔術も貴族の嗜みだろう」

芸術の心得が無いシリルと、魔術の心得が無いエリオットの睨み合いに、部屋の空気が一気に重くなる。

一触即発の空気に小心者のモニカとニールが青ざめていると、執務机に頬杖《ほおづえ》をついていたフェリクスが、独り言のような口調で言った。

「シリルは歌が上手いから、合唱の授業を受ければいいのに」

フェリクスの発言に、シリルがギョッとしたように目を見開いた。その顔が、みるみる青ざめていく。

「殿下……一体、いつ、私の歌など……」

「一人で資料室にいる時、たまに歌っているじゃないか。とても上手だなぁと、いつも思っていたのだけど」

シリルは青ざめていた顔を、今度は耳まで赤くして、フェリクスに深々と頭を下げた。

「……殿下のお耳を汚してしまい、大変申し訳ありません」

心の底から恥じるようなシリルの態度に、フェリクスは組んだ指に顎を乗せ、悪戯《いたずら》っぽくニコリと微笑む。

「今度、ゆっくり聴かせておくれ？」

「いいえ、いいえっ！　私の歌など、殿下にお聞かせできるようなものではありませんのでっ！」

シリルは勢いよく首を横に振り、「資料を取ってきます」と言って、資料室に引きこもってしまった。

フェリクスはクスクス笑いながら、エリオットを見る。

「そういえば、エリオットはバイオリンが上手だったね。今度シリルの歌と君のバイオリン、合わせて聴いてみたいな」

「……勘弁してくれ」

エリオットも毒気を抜かれたような顔で席につき、仕事を始めた。

どうやら、この話題はこれでおしまいらしい。

（もう、作業に戻っていいかな……）

モニカが机に向き直ろうとすると、フェリクスがモニカに話しかけた。

「ノートン嬢、まだ受ける授業を決めていないのなら、魔術に関する教科を受けてみてはどうだろう？」

「へぅっ⁉」

暑くもないのに、モニカの全身からぶわりと汗が噴き出した。

「あのぅ、どうして、急に、魔術、なんて……」

「魔術と数学は通じるものがあるからね。君は数学が得意だろう？」

フェリクスの言うことは正しい。魔術は数学に通じるものがある。だからこそ、数学の得意なモニカは無詠唱魔術を編み出し、七賢人になることができたのだ。

もしモニカが普通の魔術師なら、正体を隠したまま魔術の授業を受けることができただろう。だが、モニカには致命的な欠点がある。

人前でまともに詠唱のできないモニカは、普通の詠唱ができない――つまり、無詠唱魔術しか使えないのだ。

そして無詠唱魔術を使った瞬間に、モニカの正体は露呈する。無詠唱魔術の使い手は、世界にモニカ一人しかいないからだ。

この国最高峰の魔術師、七賢人が一人〈沈黙の魔女〉は、冷や汗を流しながら考えた。

（こういう時って、なんて答えるのが正解？　魔術の授業だけは絶対に受けません！　って強く否定したら、逆に怪しまれる気が……）

その時、モニカの頭に口の達者な同期――〈結界の魔術師〉ルイス・ミラーの言葉が浮かんだ。

『面倒な相手の話など、まともに取り合わなくてよろしい。前向きに検討します、とでも言っておいて、あとは適当に有耶無耶《うやむや》にしてしまえばいいのです』

これだ、とモニカは拳《こぶし》を握りしめる。

魔術の授業については「検討します」と言って、誤魔化《ごまか》してしまえばいいのだ。

「ねぇ、ノートン嬢。私は明日の見学会の案内係なんだ。良かったら、明日の見学会、案内してあげようか？」

「はいっ、前向きに検討しますっ！」

口にしてから、何かを盛大に間違えてしまったような気がした。

フェリクスがニコリと微笑《ほほえ》む。

「そう、君が前向きになってくれるなんて、嬉しいな」

「はい！　…………………………あれ？」

フェリクスは大半の令嬢が恋に落ちそうな美しい笑みを浮かべていた。だが、己の失言に気づいたモニカは、もうそれどころではない。

モニカの任務はフェリクスの護衛である。だが、四六時中そばに付きまとっていろとはルイスも言っていない。そもそも、同じ生徒会役員になれた時点で大快挙だ。それ以外の場所で不必要に接触して、正体がバレる方がまずい。

モニカは慌てて手をワタワタと動かした。

「あの、えっと、今のは違っ……前向きに検討するのは、授業の、ことで……」

「明日、教室に迎えに行くからね」

美しい笑顔に念を押されたモニカは、もう何も言い返せなかった。

呆然《ぼうぜん》とするモニカの頭の中では、意地の悪い同期が邪悪に笑っている。

『おやおや同期殿。貴女《あなた》、今度からは〈沈黙の魔女〉ではなく、〈失言の魔女〉と名乗られては？』

幻聴に何も言い返せぬまま、失言の魔女は密《ひそ》かに頭を抱えた。

二章　恐怖の魔力量測定

セレンディア学園における選択授業は、基本的に三学年合同で行われる。

ただし、三年生のみ新学期の始まりと同時に選択授業を決めており、一、二年生よりも半月ほど早く授業を進めていた。

今日の見学会では、主に一、二年生が三年生の授業風景を自由に見学して回ることになっている。

モニカとしては、本当はラナと回りたかったのだが、ラナは既に受ける授業を決めているらしい。

「ねぇ、モニカはどの授業を受けるの？」

「え、えっと……色々見て回って、決めようかなぁ、と……」

ラナの疑問に曖昧《あいまい》に笑って答え、教室で解散が言い渡されると同時にモニカは教室を飛び出した。

フェリクスは教室に迎えに来ると言っていたけれど、そんなことをされたら、また悪目立ちしてしまう。

モニカが教室を飛び出して少し歩いたところで、丁度廊下の角を曲がるフェリクスが見えた。

フェリクスは「やぁ」と、美しい金髪を揺らして笑う。

「教室に迎えに行くと言ったのに、随分と気合が入っているね？」

悪目立ちするのが嫌で教室を飛び出した、とも言えず、モニカは視線を泳がせた。

「えぇっと、そう、そうです。わたし、気合が入ってて……その、よろしく、お願いします」

モニカはペコリと頭を下げて、フェリクスの少し後ろを歩きだす。

廊下を歩いているのは一、二年生が殆《ほとん》どだが、フェリクスと同じ三年生の姿もチラホラとあった。どうやら三年生の一部が、案内役になっているらしい。

(とりあえず、魔術の授業は見学だけしておいて……最終的に別の授業を受ければ問題ない、よね、うん……)

そこまで考えて、ふとモニカは気づく。

フェリクスは何の授業を選択したのだろう？　モニカに勧めるぐらいだから、彼自身も魔術について勉強しているのだろうか？

リディル王国の王家には、魔術の得意な人間が多いと聞いたことがある。現国王も率先して使うことはあまりないが、土属性の魔術の使い手だ。

「あのぅ……で、殿下も、魔術の授業を受けるんです、か？」

「いいや、私は魔術の才能が無いからね」

フェリクスは特に悔しそうにするでもなく、サラリと首を横に振る。それがモニカには、少しだけ意外だった。

フェリクス・アーク・リディルに対する世間の評価は「何でもできる完璧な王子様」である。

事実、彼は優秀だ。剣術や馬術だけでなく座学にも長《た》け、ダンスなどの教養も完璧。外交でも既に成果を上げているという。苦手なことだらけのモニカとは大違いだ。

(……でも、魔術だけは、できないんだ)

魔術に関しては、生まれ持っての魔力量など才能がものを言うところがあるから、仕方ないと言えば仕方ない。

ただ、フェリクスは「魔術と数学は通じるものがある」と語っていたから、てっきり魔術に詳しいのだとモニカは思っていたのだ。

そんなことをぼんやり考えていると、進行方向から「あーっ！」と大きな声が聞こえた。

なんとなく声の方を見れば、金茶色の髪の青年がこちらに駆け寄ってくるのが見える。その顔にモニカは見覚えがあった。

モニカが「あっ」と小さく声をあげて立ち止まると、フェリクスも足を止めて「知り合いかい？」とモニカを見る。

それにどう答えるか悩んでいる間に、声の大きい青年はモニカの前で足を止めた。

「やっぱり、この間の子だ！　どもっす！」

白い歯を見せて快活に笑うその青年は、二日前にクレーメの街で出会った魔術師の青年だ。

（セレンディア学園の生徒だったんだ……！）

クレーメで見かけた時に着ていた服は質素な物だったし、喋《しゃべ》り方にも下町訛《なま》りがあるので、彼がセレンディア学園の生徒だなんて思いもしなかった。

モニカが驚いていると、青年が来た方向から、モニカと同じ生徒会役員のニールが早足でやって来る。

「グレン、廊下は走っちゃダメですよ！　……あれっ、会長にノートン嬢？　グレンと知り合いだったんですか？」

ニールは驚いたように目を丸くしていた。

セレンディア学園 2年
グレン・ダドリー

どう説明したものかとモニカが悩んでいると、グレンと呼ばれた青年がハキハキとニールに説明する。

「こっちのちっちゃい子とは、二日前にクレーメの街で会ったんすよ」

ちっちゃい子、という言葉に軽く打ちひしがれつつ、モニカは青年を見上げた。大きい。フェリクスと同じぐらいあるだろうか。

だが、ニールと同じクラスということは、モニカと同じ高等科の二年生なのだ。

「オレはグレン・ダドリー！　この秋に編入したばかりで、ニールのクラスメイトなんす」

この秋からの編入生。つまり、モニカと同じタイミングで編入したということである。

自分以外にも編入生がいたことに少しだけ驚きつつ、モニカはグレンに自己紹介をした。

「えっと、わ、わたし……モニカ・ノートン、です……」

グレンは「よろしくっす！」とモニカの手を取ってブンブンと振り、モニカの横に立つフェリクスを見た。

「そっちの人も初めましてっ！　先輩っすかね？　よろしくっす！」

グレンの発言にモニカとニールは目を剥《む》いた。

フェリクスの顔を知らない人間が、この学園にいるなんて！　……と、モニカは自分のことを棚に上げて青ざめる。

けれどフェリクスは特に気分を害した様子もなく、いつもと変わらぬ穏やかさでグレンに笑いかけた。

「初めまして、ダドリー君……噂《うわさ》はかねがね。生徒会長のフェリクス・アーク・リディルだ。よろしく」

「生徒会長！　あっ、じゃあ、王子様じゃないすか！　すっげー！」

「グレン、グレンっ、失礼ですよ！」

ニールが真っ青な顔でグレンの腕を引っ張ったが、フェリクスは「気にしなくていいよ」とおっとり笑う。流石《さすが》、毎日モニカの無作法を許しているだけあって寛大だ。

愛想良くグレンに笑いかけていたフェリクスは「そういえば」と、何かを思い出したように呟《つぶや》いた。

「クレーメの街と言えば、二日前に地竜が出たらしいね。なんでも、通りすがりの魔術師が衛兵と協力して撃退したとか……君達は、巻き込まれたりしなかったかい？」

ギクリと肩を震わせたのは、モニカだけではなかった。

グレンは露骨に視線を彷徨《さまよ》わせながら、不自然なほど大きい声で言う。

「いやぁ〜、全っ然なんともなかったっすよ！」

（……あれ？）

グレンの態度に、モニカは密《ひそ》かに首を捻《ひね》る。

あの時、モニカはグレンの魔術に被《かぶ》せる形で地竜を倒した。地竜を倒したのはグレンの魔術だと周囲に思わせるために。

だからモニカは、グレンが自分が地竜を倒したのだと、周囲に手柄を自慢するものとばかり思っていたのだ。

だが、グレンは何やら必死にそのことを隠そうとしている。何か事情があるのだろうか。

モニカがじぃっとグレンを見上げていると、視線に気づいたのか、グレンがモニカを見た。

「あっ、そういえば、モニカは選択授業は何を受けるんすか？」

「えぇっと……わ、わたしは……その……」

「ノートン嬢には、基礎魔術学の教室を案内しようと思っているんだ」

モニカに代わってフェリクスが答えると、グレンはパッと表情を明るくした。

「オレとニールも同じっす！」

「奇遇だね。それじゃあ、一緒に行こうか」

「はいっす！」

フェリクスの誘いにグレンは元気良く頷《うなず》いた。

不作法と言えば不作法だが、人懐っこい雰囲気があり、なんとなく憎めない青年である。

グレン、ニールと一緒に移動することになり、モニカは密かに胸《むね》を撫《な》で下《お》ろした。

大人数はモニカが苦手とするところだが、目立つフェリクスと二人で歩くよりはいくらか気が楽である。

モニカがさりげなく後ろの方に移動すると、グレンも同じようにフェリクス達と距離を取り、モニカを手招きした。何やら二人には聞かれたくない話があるらしい。

モニカがグレンを見上げると、グレンは腰をかがめてモニカに耳打ちをした。

「あのさ、モニカにお願いがあるんすけど」

「は、はい……っ」

かしこまるモニカに、グレンは真剣な顔で言う。

「オレが街で魔術を使ったことは、内緒にしてほしいんす」

彼が街で使った魔術というと、飛行魔術のことだろうか？

魔術を使えることは一種のステータスで、貴族の間では非常に知的な嗜《たしな》みであるとされている。

だから、身分を偽って潜入しているモニカならともかく、グレンが魔術が使えることをわざわざ隠す理由が思いつかない。

モニカが不思議に思っていると、グレンは気まずそうに金茶色の髪をガリガリとかいた。

「オレ、実はまだ見習いなんで、監督役のいないところでは魔術を使うな、って師匠に言われてるんすよ」

「えっ、み、見習い……？」

見習いということは、初級魔術師資格すら持っていないということだ。

だが、モニカは飛行魔術が使える見習いなんて聞いたことがない。

驚くモニカに、グレンは深刻な顔で言う。

「勝手に魔術を使ったことがバレたら……師匠に簀《す》巻《ま》きにして屋根から吊《つ》るされるっす。下手《へた》したら、川に流されるかも……」

「こ、怖いお師匠様なんですね」

「そうなんすよ。滅茶苦茶《めちゃくちゃ》怖いんす！　だからみんなには内緒にしてほしいんす！　このとーり！」

切羽詰まった様子のグレンに、モニカは密かに親近感を覚えた。

モニカもまた、魔術が使えることを隠さなくてはいけない身の上だ。

自分とは事情が違うことは分かっているが、それでも少しだけ親しみを感じ、モニカは「分かりました」と頷く。

「二人とも、仲が良いんだね」

前方から聞こえたフェリクスの声に、モニカとグレンは仲良く肩をすくませた。

モニカがアワアワと言い訳を考えていると、グレンが殊更大きな声を出す。

「そうなんすよ！　街で会って、すっげー意気投合して！　あっ、そういえば、基礎魔術学を受けるってことは、モニカも魔術に興味があるんすか？」

「い、いいいいいえ、あのっ、わたしは……っ」

フェリクスに押し切られて、授業を見学する流れになったが、モニカは絶対に魔術絡みの授業を受けるわけにはいかないのだ。

「ちょ、ちょっと見てみようかな、ぐらいの気持ち、です……」

とりあえず今日は見学するだけしておいて、最終的に違う授業を選べばいい。

モニカがそう自分に言い聞かせていると、フェリクスがとある教室の前で足を止めた。どうやらここが、基礎魔術学の教室らしい。

「私としては、この授業を強くお勧めするよ。なんと言っても、最近来た講師がとても有名な方なんだ」

「ゆ、有名な方、ですか……？」

フェリクスの言葉に、モニカは嫌な予感を覚えた。

（だ、大丈夫、大丈夫、この学園にわたしのことを知ってる人はいないって、ルイスさんも事前に確認してくれてるし………あれ、でも、今、『最近来た』って……）

フェリクスが教室の扉を開ける。

教壇に立っているのは、ローブを身につけ、杖《つえ》を手にした小柄な老人。

真っ白な眉毛《まゆげ》と髭《ひげ》に目と口が埋もれているその老人は、こちらに顔を向けると「おや」と、どこか惚《とぼ》けた声で呟く。

その姿を目にした瞬間、モニカの全身から血の気が引いた。

（マ……マクレガン先生──っ⁉）

〈水咬《すいこう》の魔術師〉ウィリアム・マクレガンは、かつてモニカが魔術師養成機関ミネルヴァに在籍していた頃《ころ》、実践魔術の授業を担当していた教師だ。

モニカがミネルヴァを卒業するのとほぼ同時期に、ミネルヴァの名誉教授になったと聞いていたのだが、まさか、セレンディア学園の教師になっていたなんて！

任務失敗、の文字がモニカの頭をぐるぐると駆け巡る。

（お、終わった……全部バレた……処刑……処刑……）

モニカが死人のような顔で立ち尽くしていると、マクレガンはモニカ達に目を向けた。

「…………チミ、誰《だれ》？」

先頭に立つフェリクスが、代表して口を開く。

「生徒会長のフェリクス・アーク・リディルです」

「あぁ、うん、生徒会長ね……うん……案内ありがとう……えっと、見学者は二人？　三人？　悪いけど、ボク、あんまり目が良くなくてね」

「見学者は三名。私は案内役です」

「三人ね、はいはい、じゃあ、適当なとこに座ってちょうだい」

どこか惚けた口調も独特な喋《しゃべ》り方も、モニカの記憶通りだ……それと、目が不自由なところも。

思えばミネルヴァにいた頃から、マクレガンは目が不自由だった。

（もしかして……き、気づかれてない？）

いける。今ならまだ誤魔化《ごまか》せる。

そもそも、この学園でのモニカは「モニカ・エヴァレット」ではなく「モニカ・ノートン」なのだ。

大声でファーストネームを呼ばれでもしない限り、そうそう同一人物だと気づかれることは……。

「おーい、ニールー！　モニカー！　こっちこっちー！　こっちの席空いてるっすよー！」

（ひぃぃぃぃぃぃっ！）

大声で自分を呼ぶグレンに、モニカは声に出さず悲鳴をあげ、チラチラと横目でマクレガンの様子を窺《うかが》った。

マクレガンは特にモニカを気にする様子はない。やはり気づかれていないようだ。

モニカはバクバクとうるさい心臓を宥《なだ》めながら、グレンの横に着席する。

見学者ではないフェリクスまで、面白がるような顔でちゃっかりモニカの近くに座った。できれば速やかに、生徒を案内する仕事に戻ってほしい。

モニカが椅子の上で縮こまっていると、マクレガンの講義が始まった。

「えー、コホン。さて、まずは何から話そうかな。うん、そうだ。まずは魔術師の素質について話そうか。魔術師になるには三つの才能が必要とされるのよ。それが『魔力量』『魔術式の理解力』

『魔力操作技術』ね」

マクレガンは今挙げた三点を黒板に書くと、まずは『魔力量』の文字を丸で囲む。

「もう、なんて言っても一番必要な才能はこれ。魔力量ね。これがないと、そもそも魔術が使えないからね。今は魔力量測定器で簡単に計測できるんだけど、見習いでも魔力量五〇ぐらい欲しいね。一〇〇を超えたらまぁまぁ優秀。一五〇を超えたら七賢人になれるかも」

七賢人の一言にモニカの肩が跳ねた。

あぁ、なんて心臓に悪い！

「次に『魔術式の理解力』……魔術式って数式に通じるものがあるから、数学が得意な子は、この魔術式の理解力に優れてることが多いね。魔術式はいわば『魔術の設計図、兼骨組み』だからね。魔術式を正しく理解しているほど、魔術の精度はぐーんと上がるよ」

そこでマクレガンは言葉を切り、何かを思い出すかのように遠い目をする。

「そうそう、昔、ボクの教え子で、この『魔術式の理解力』が抜群に高い子がいてね。もう、ぐんぐん魔術式を理解して、遂《つい》には詠唱なしで魔術を使えるようになっちゃったのよ……七賢人の〈沈黙の魔女〉って言うんだけどね」

（ひぃぃぃぃ！）

「あ、ちなみにこの〈沈黙の魔女〉は、彼女が作った魔術式も含めて、筆記テストによく出るからね、覚えておいてね」

（覚えないでぇぇぇ！）

「もうね。近代魔術のセオリーをひっくり返したと言っても過言ではない、すごい魔術師だからね」

（過言ですぅぅぅぅぅぅ、もうやめてぇぇぇぇぇぇ！）

モニカの顔色はもはや、蒼白《そうはく》を通り過ぎて土気色だった。できれば今すぐこの場から逃げ出したい。

隣の席のグレンが「大丈夫っすか？」とこっそり声をかけてくれたが、モニカは引きつり笑いを浮かべながら小さく頷くのが精一杯だった。

「最後に『魔力操作技術』ね。これは、魔術式を元に魔力を編みあげる技術のことを言うんだけど、まぁセンスがいるのよね。センスが良い子は難なく魔力を編めるし、センスが悪い子はいつまで経《た》っても魔力の垂れ流し。魔術式の理解力が低くてもある程度魔術を使える子は、この『魔力操作技術』が優れてるってパターンが多いね。工作で言うなら、設計図と骨組みが雑でも、ある程度形にできちゃうタイプ。まぁ完成度は低いけど」

恐らくグレンがそのタイプなのだろう、とモニカは密《ひそ》かに考える。

クレーメの街で見たグレンの魔術は荒削りで、魔術式はお世辞にも洗練されているとは言い難かった。

それなのに、難易度の高い飛行魔術をあれだけ使いこなしていたのは、魔力操作技術に長《た》けているからだ。

「まぁ、一流の魔術師を目指すんなら、この三つの才能が揃《そろ》ってるのが望ましいんだけど。もう大前提として、魔力が無いと魔術使えないからね。この授業の受講希望者は、全員魔力量測定してもらうのよ」

そう言ってマクレガンは、教壇に水晶玉を載せた。

水晶玉は金属製の台座に固定されていて、台座には「〇～二五〇」の目盛りが付いている。

「これね、魔力量測定器って言って、ここの水晶玉に手を当てると簡単に魔力量が測定できるの。ほら、こんな感じに」

マクレガンが水晶玉に手を置くと、水晶玉が青く輝き、目盛りの数値が一六〇に動いた。

魔力量一六〇……文句無しの上級魔術師レベルだ。

「ボクの魔力量は一六〇、光が青だから得意属性は水……こんな感じで、自分の魔力のことが簡単に分かるのよ。すごいでしょ？　はい、じゃあチミ達も順番に触ってみて」

（…………え）

モニカの心臓が嫌な音を立てて、早鐘を打つ。

魔力量の目安は、一～四九が才能のない一般人。五〇～九九が見習い及び下級魔術師。一〇〇～一二九が中級魔術師。一三〇以上が上級魔術師である。二〇〇を超える者は滅多にいない。

そして、七賢人は魔力量一五〇以上が絶対条件なので、年に一回必ず測定をする。故にモニカは自分の魔力量を正確に覚えていた。

（わ、わたしが最後に計測した時のは……二〇二……）

魔力量は一〇代後半が成長のピークなので、下手《へた》をしたらもっと増えている可能性がある。

そして、魔力量二〇〇超えは、どう考えても一般的な数字じゃない。

（ど、どどどどどどどうしようぅぅぅぅぅ！）

モニカは全身を冷や汗で濡《ぬ》らして、カタカタと震えた。

その場から逃げ出したい時、いつの時代も使われる万能な言い訳がある。

即《すなわ》ち「ちょっとお手洗いに行ってきます」。

しかし、この万能な言い訳を、誰も彼もが気安く口にできるわけではない。

極度の恥ずかしがりには、人前で発言をすることすらハードルが高いのである。

故にモニカは自分の席で硬直したまま、この万能な言い訳を言いかけては口を閉じ、また口を開きかけては閉じていた。

今度こそ言おう、次こそ言おう、会話が良い具合に途切れたら言おう、良い具合の途切れ方ってなんだろう、とにかく言おう、今度こそ、今度こそ……と、葛藤《かっとう》している間に、魔力量測定器はじわじわとモニカに近づいてくる。

あれに触れたらモニカは終わりだ。今はニールが水晶に手を当てていた。

「メイウッド庶務は得意属性が土で、魔力量は九六か。悪くない数字だね。今まで魔術を学んだことはないのだっけ？」

フェリクスが感心したようにニールに言うと、ニールははにかみながら答える。

「はい、座学を少し学んだ程度です。父はそこそこ使えるらしいんですけど」

「あぁ、メイウッド家は、代々土属性の魔術が得意な家系だからね」

今だ。今こそ「ちょっとお手洗いに行ってきます」と言うのだ……あぁ、でも、このタイミングだとフェリクスの台詞《せりふ》に割り込んだと思われないだろうか、とモニカは躊躇《ちゅうちょ》する。

「次はオレの番っすー！」

グレンが元気に言って、測定器に手を伸ばす。

(わあぁぁぁ、グレンさんが終わったら、次はわたしの番……そうなる前に逃げださないと……っ)

頭を抱えてダラダラと冷や汗を流していると、すぐ横でピシッという音が聞こえた。

(……ピシッ?)

音の出所は、グレンの手元の魔力量測定器だ。

グレンの手が触れている水晶玉部分が赤く発光しており、そこに小さなヒビが入っている。

あっ、とグレンが声を上げた次の瞬間、水晶玉に大きな亀裂が入った。グレンは慌てて測定器から手を離す。

「先生～! これ、壊れてるっす～!」

「嘘《うそ》でしょ。チミ、それいくらすると思ってるの?」

「ぎゃ――――っ、オオオオレのせいじゃないっす! きっと不良品! 不良品なんすよ!」

水晶が赤く輝いたということは、グレンの得意属性は火ということになる。

問題は魔力量だ。魔力量を示す目盛りが一番端まで振り切れている。

あの測定器の最大数値は二五〇、それを振り切るということはグレンの魔力量は二五〇を超えているということになる……が、そんなことがありえるだろうか。

国内で魔力量が二五〇を超えている者は、片手で数えられるほどしかいない。七賢人の中でも二人しかいないのだ。

(もし、グレンさんの魔力量が二五〇超えなら、すごいことだけど……)

この場にいる誰《だれ》もが、測定器の故障だと考えているらしい。それはモニカも同じだ。

グレンはヒビの入った測定器をあわあわと持ち上げて「これ、爆発とかしないっすよね? 大丈夫っすよね？」と大騒ぎしている。

他の生徒達もざわつきながら、グレンに注目していた。これは抜け出すチャンスだ。

モニカはグレンの制服の裾《すそ》を引くと、小声で声をかけた。

「あの、わ、わたし……ちょっと、お手洗い、行ってきますすっ」

「了解っす！」

グレンはモニカを疑うことなく、あっさりと頷《うなず》く。

そのことにほっと胸を撫《な》で下《お》ろし、モニカは教室をこっそり抜け出した。

＊　＊　＊

（あ、危なかったぁ……）

長い、長いため息をついて、モニカは廊下の壁にもたれかかる。

しかし、これで安心してはいられない。選択授業の見学時間は、まだたっぷりと残っているのだ。

このまま基礎魔術学の教室に戻らなかったら、グレンやフェリクスが不審に思うかもしれない。

トボトボと廊下を歩きながら、モニカはどう言い訳するか頭を悩ませる。

いっそ、腹痛で時間いっぱいトイレに籠《こも》っていたことにでもしようか……などと雑な言い訳を考えていると、前方に別の選択授業の教室が見えた。

扉は開きっぱなしになっていて、自由に出入りできるようになっている。

何の授業か気になったモニカは、扉の陰からこっそり室内を覗《のぞ》き込んだ。

（あれは……チェス？）

教室の中では生徒達が黙々とチェスを指していた。

モニカはチェスをしたことがないし、ルールも知らないが、そういう卓上遊戯が貴族に人気だということは知っている。

（この学園では、チェスも授業の一つなんだ……）

ポケットからリストを取り出して確認してみれば、なるほど確かに選択授業の中にチェスがある。

教室はそれなりに生徒がいるから、人気のある授業なのだろう。

（あの駒《こま》の動きには、法則性があるのかな）

なんとなく一番近くのテーブルを扉の陰からじっと見ていると、誰かがモニカの肩を叩《たた》く。

「おやおや、コソコソしてる奴《やつ》がいるから何者かと思ったら、殿下のお気に入りの子リスじゃないか」

モニカを見下ろしているのは焦茶の髪に垂れ目の青年、生徒会書記エリオット・ハワードだった。

エリオットは芸術の素養が無いモニカを嘲笑《あざわら》った時のように、今も垂れ目を意地悪く細めている。

「子リスはチェスに興味があるのか？　よぅし、それなら俺が教えてやろう」

「い、いえ……あの……」

モニカが踵《きびす》を返すより早く、エリオットの手がモニカの手首を掴《つか》み、教室の中に引き摺《ず》り込む。

教室でチェスをしていた者の数人が、手を止めてモニカに注目した。それが気まずくて、モニカはさっと俯《うつむ》く。

「まぁ、ここに座れよ。チェス歴は何年？　……あぁ、もしかして、駒の名前も知らない？」

「は、はい、分からない、ですっ」

冗談めかしたエリオットの言葉に馬鹿正直に頷くと、彼は肩を震わせて笑いながら、モニカの正面に座った。

「じゃあ駒の名前と動かし方から教えてやろう。これがポーン。一番弱い駒」

エリオットは白と黒の駒を持ち上げると、その名称と動かし方を説明する。

モニカはこの手の卓上遊戯に関する知識が薄い。興味が無かったというより、今まで触れる機会が少なかったのだ。

チェスとて、ミネルヴァに通っていた頃《ころ》、貴族の子らがやっているのを遠目に見た程度である。

エリオットが駒の説明を終えたところで、モニカは恐る恐る片手を挙げて訊《たず》ねた。

「……あのぅ、これはそもそも……何をすれば勝ちの、ゲームなのでしょうか？」

「っはは！　本当にそこから分からないのか。なぁに、勝敗は簡単さ。敵のキングを取る。それだけだ」

エリオットは白のキングを指先で摘《つ》まみ、ニヤリと笑う。

「チェスは擬似戦争──貴族にとって、戦略に対する感覚を身につける重要な嗜《たしな》みだからな」

「……擬似戦争」

呟《つぶや》き、モニカは盤面に並べられた駒を見下ろした。

「魔法兵は、どの駒にあたるのでしょうか？」

「ビショップあたりかな。昔は僧兵が魔術を好んで使ってたしな」

「じゃあ、魔術師──僧兵の魔術の力量は設定されていますか？　主に得意魔術と、その範囲……

それと、防御結界の概算強度は？　歩兵の武器は？　砦《とりで》の食糧の備蓄は？」

「は？」

目を点にするエリオットに、モニカは更に早口で問う。

「この擬似戦争は季節や気候は決められていますか？　地形の高低は？　風向きは？」

大真面目《おおまじめ》なモニカの問いに、エリオットはしばしポカンとしていたが、やがてケラケラと声を上げて笑いだした。

「おいおい、この盤面にそれだけの要素が存在するわけがないだろう！　これはただのゲームだぜ、子リス。まるで戦争経験者みたいな物言いだな！」

「……戦争は、やったことない、です」

そう、モニカは人間同士の戦争には参加したことがない――が、〈結界の魔術師〉ルイス・ミラーと共に魔法兵団の実戦訓練に参加したことはある。

その時に、モニカは同期のルイスから戦略図の見方を徹底的に叩き込まれていた。

翼竜を一瞬で撃ち落とすほど正確な魔術を放つためには、地形や風向きを把握している必要があるのだ。

「……この疑似戦争の舞台は、ただの平面で良いんですね？　高さは関係しない。駒も決められた動きしかしない。上官同士の交渉もなく、ただ王を討つだけ」

「あ、あぁ」

念を押すようにモニカが問えば、エリオットは気味が悪いものを見るような顔で頷く。

モニカは盤面を見つめたまま宣言した。

「だったら、簡単だと思います」

モニカの発言にエリオットは垂れ目を剣呑《けんのん》に細め、口の端を持ち上げた。

あぁ、なんて愚かで、恥知らずな小娘だろう。

怒りと侮蔑《ぶべつ》を隠さずに、エリオットはモニカを嘲笑う。

「分かっているのか、ノートン嬢。君は今、この教室にいる全員を敵に回したんだぜ？」

モニカは何も答えなかった。ただ、無言でじっと盤面を見据えている。

「おいおい、そこのポーンを一マス動かして『ほら、わたしでも簡単に動かせました！』とか言うんじゃないだろうな？」

やはりモニカは何も言わない。だが、盤面を見つめる無表情に、エリオットは見覚えがあった。

以前、モニカが会計記録の見直しを命じられた時と同じだ。

モニカ・ノートンは貴族の教養を持たない、ちっぽけな小娘である。

だが、その小娘がフェリクスの命を狙《ねら》った植木鉢落下事件の犯人を見つけだし、会計記録の見直しを完璧《かんぺき》にこなしたのもまた事実。

エリオットはしばし思案し、モニカが睨《にら》んでいる盤面に駒を並べ直した。丁度、モニカの方に白い駒が並ぶように。

今までじっと盤面を見ていたモニカが、ゆっくりと顔を上げてエリオットを見る。

エリオットはあえて不敵に、ニヤリと笑ってやった。

「お試しに一試合やってみようじゃないか。こちらはクイーン抜きにしてやろう」

「……先攻は？」

「白が先攻。そちらからどうぞ？」

黒のクイーンを盤上から取り除きつつ言えば、モニカは丸い目で食い入るようにエリオットを見た。

「わたしが、先攻で、いいんですか？」

「あぁ、いいぜ」

余裕たっぷりの顔で頷きつつ、エリオットは奇妙な焦燥を覚えた。

モニカは初心者の癖に気づいているのだ。このゲームは先攻の方が有利だと。

「……じゃあ、いきます」

そう言って、モニカは迷わず中央のポーンを二マス進める。

ポーンの進め方は一見単純なようで、案外複雑だ。

基本的には一マスずつしか前に進めないのだが、各ポーンの初手に限り、スタート地点から二マス動くことができる。

他にも敵の駒を取る時には動きが変則的になり、斜めに動くこともあるし、最奥まで進めば他の駒に成り上がることもできる。

（……一回説明しただけで理解できるとは思えないな）

初手で中央のポーンを進めるのは、まぁよくある手である。前方のポーンを早めに動かして中央を開けないと、後ろの駒の通り道ができないからだ。

（……素人《しろうと》なりに考えた一手、ってとこかな）

冷めた目で盤上を見下ろし、エリオットもまた駒《こま》を指す。

それにしてもモニカの手つきときたら、いかにも素人丸出しである。駒の持ち方、置き方からして、なっていない。

——その癖、駒の動かし方に迷いがない。

エリオットがナイトを進めると、モニカはすかさず次の手を指す。

このゲームは軽いお遊びだ。時間なんて計っていないし、そもそも持ち時間だって決めていない。

ならば、好きなだけゆっくり悩めば良いだろうに、エリオットが駒を指すと、モニカは間髪を容《い》れず次の手を指すのだ。何も考えずに動かしているのではないかと、疑いたくなるぐらいの早さで。

（……そうやって俺にプレッシャーを与えるつもりか？　……………いや）

盤面を見下ろし、エリオットは眉《まゆ》をひそめる。

モニカの指し筋は、まるで教本に書いてあるセオリーのようだ。

もし、これが他の人間ならエリオットはそこまで驚かなかっただろう。

だが、モニカは今初めてルールを知ったばかりの人間なのだ。

（……それなのに、ここまでセオリーを押さえられるものか？）

エリオットはしばし考えてから次の手を指す。そこをすかさず、モニカが切り返す。

たまらずエリオットは口を開いた。

「別に時間制限のある勝負じゃないんだぜ？　ゆっくり考えたらどうだ？」

「……………」

返事はなく、モニカはただ盤上の駒を凝視している。

エリオットは少しだけ顔をしかめて次の手を指す。すぐさまモニカが次の手を指す。

いつしか、二人のテーブルの周りには人が集まり始めていた。

だが、今のエリオットには、そんな周囲のギャラリーなど目に入らない。

視線は盤上に固定され、片手で覆われた口元は、手の下で小さく引きつっている。

（……なんだ、これ？）

エリオットはこの教室の中でも、三本指に入る腕前だ。

クイーン抜きというハンデはあるけれど、それでもエリオットは手を抜いたりはしていなかった。

ハンデ付きで徹底的にモニカを追い詰め、いたぶるようにチェックメイトしてやるつもりでいたのだ。

それなのに、今、追い詰められているのはエリオットの方ではないか。それは誰《だれ》の目にも明らかだ。

モニカは初心者がよく見せるような奇手や突飛な手は指さなかった。まるでお手本のように綺麗《きれい》な指し筋――それは非常に正確で、一切の無駄が無い。

エリオットの手を全《すべ》て読んだ上で、その手を一つずつ潰《つぶ》し、エリオットの陣営を崩していく。

このままでは瓦解《がかい》するのは時間の問題だ。

（……いや、待て）

盤面を睨んでいたエリオットは、一つ逆転の目があることに気がついた。

まだ、エリオット陣営には動いていないキングとルークがある。そして、その間に他の駒は無い。

（……キャスリングが、使える）

特定の条件下でのみ、キングとルークを一手で同時に動かすことができる。それがキャスリングだ。

エリオットはまだモニカにキャスリングを教えていない。キャスリングを使わずとも、モニカなど簡単にねじ伏せられると思っていたからだ。

（……キャスリングを使えば、勝てる）

だが、モニカはキャスリングのことを知らないのだ。

（それなのに、使うのか？）

エリオットのプライドが揺れる。

このまま敗北するか。モニカに教えていないキャスリングを使って勝利するか。

エリオットの手が止まった途端、周囲がざわつきだす。彼らは、何故《なぜ》エリオットがキャスリングをしないのか疑問に思っているのだろう。

（あぁ、そうだ。こいつらは、俺がモニカ・ノートンにキャスリングを教えていないことを知らないんだ）

そう気づいた時、エリオットの手は無意識に動いていた。

キングとルークの同時移動……キャスリングだ。

今まで盤面だけを見つめていたモニカが、パチパチと瞬《まばた》きをしてエリオットを見る。

（やめろ、見るな）

モニカの視線から逃れるように、エリオットは目を逸《そ》らした。

それなのに、口だけはペラペラと流暢《りゅうちょう》に言い訳を垂れ流す。

「今のはキャスリングと言って、まだ動かしていないキングとルークがあり、かつその間に他の駒が無い時、そしてキングがチェックされていない時に使える手で……」

「負けました」

エリオットの説明が終わるより早く、モニカが敗北を宣言する。

「今の、きゃすりんぐ？　が正式なルールで有効なら、わたしの勝ちはありません」

エリオットは愕然《がくぜん》とした。

何故、この子リスは怒らないのだ。自分が教わっていないルールで負かされた。こんなのフェアじゃないと怒っていい。彼女にはその権利がある。

それなのに、モニカは怒りを微塵《みじん》も感じさせぬ顔で、眉を下げて指をこねた。

「……か、簡単って言って、ごめんなさい……チェス、思ったより難しかったです……どんなに最善手を考えても、相手が人間だから……不確定要素が多くて」

このゲームの勝者はエリオットだ。

だが、エリオットの胸にあるのは苦い敗北感と……自己嫌悪。

いっそ、モニカがエリオットを責めてくれれば、いくらか気が楽になったかもしれない。

自分の教わっていない手を使うなんてフェアじゃない。そう糾弾すればいいのに、モニカはそんなことなど大した問題ではないとばかりに、駒を並べ直して、キャスリングの考察をしている。

エリオットはモニカに何か言おうとした。

それが謝罪なのか、それとも何故エリオットを責めないのだという疑問の声なのか、自分でも分からないまま。それでも、何か言わなくてはと思った。

だが、エリオットが声を発するより早く、口を開いた人物がいた。

スキンヘッドに厳《いか》つい顔の、まるで歴戦の傭兵《ようへい》のような雰囲気の大男――信じられないかもしれないが、このチェスの授業の教師である、ボイド教諭である。

「そこの女子生徒。名前は」

モニカは視線を右に左に彷徨《さまよ》わせているが、この教室に女子生徒は数人しかいない。

そして、ボイドの視線の先にいる女子生徒はモニカだけだ。

ボイドの鋭い目で見据えられたモニカは、大型動物に出くわした子リスのように震え上がった。

「モ、モ……モニ、モニ、モニ……」

モニカはカタカタ震えながら、懸命に口を動かしていた……が、モニモニと同じ音を繰り返すだけで、とても名乗れていない。

モニカを見下ろすボイドは顔が厳ついだけでなく、その体もまた筋骨隆々と逞《たくま》しい大男であった。チェスの駒より、戦場で敵将の首を掲げている方が似合う風貌《ふうぼう》である。モニカが怯《おび》えるのも無理はない。

エリオットはやれやれと息を吐いて、口を挟む。

「モニカ・ノートン嬢。俺と同じ生徒会役員ですよ、ボイド先生」

「覚えた」

ボイドは腹の底から響く低い声で言い、一枚の紙をモニカに握らせる。それは選択授業の申込用紙だ。

モニカはまだモニモニと奇声を発しながら、涙目でボイドと申込用紙を交互に見ている。

そんなモニカに、ボイドは力強く告げた。

「必ず受講しなさい」

モニカはモニモニと鳴きながら、言われるままにカクカクと首を縦に振る。

（……多分あれは、何を言われているか理解していない顔だな）

呆《あき》れたように目を細めて、エリオットはこっそりため息をついた。

三章　尾の無い雄牛と快活令嬢、スカートを穿《は》いた猫

選択授業の見学会が終わった後、モニカは重い足取りで生徒会室へと向かっていた。

なにせ、基礎魔術学の授業を途中で抜け出して、戻らないまま見学会の時間を終えてしまったのだ。フェリクスに何か言われるかもしれない。

(……でも、チェスの授業、楽しかったな)

チェスには、数式や魔術式とはまた違う楽しさがあった。

あの時、ポーンではなくナイトを動かしていたら、或《ある》いは相手がこう攻めてきたら……と違うパターンも検証しつつ、モニカは生徒会室の扉を開ける。

生徒会室には、シリルとエリオットの二人しかいなかった。二人は一枚の紙を眺めて、何やら真剣な顔で話し込んでいる。

何かトラブルがあったのだろうか？　とモニカは二人の会話に耳を傾けた。

「……なぁ、シリル。もう一回訊《き》くぜ。これは、なんだ？」

「どこから見ても、雄牛と車輪ではないか」

「どこから見ても、兎《うさぎ》と輪切りにした腐りかけのオレンジだろ」

漏れ聞こえてくる会話だけでは、何が何だかさっぱり分からない。

モニカがどう声をかけるか悩んでいると、エリオットがモニカに気づいて紙面から顔を上げた。

そうしてモニカを見たエリオットは、何故か苦い顔をしてモニカから目を逸らす。

（も、もしかして、今日のチェスの時……わたしが失礼なことを言ったから、気を悪くされて……！）

モニカがオロオロしていると、シリルもモニカに気づき、声をかけた。

「なんだ、ノートン会計か」

ノートン会計——役職で呼ばれると、なんだか少しだけ背筋が伸びる思いがする。

モニカは丸まっていた背中をピンと伸ばして、シリルを見上げた。

「こ、こんにちは……えっと、何のお話をされていたんです、か？」

モニカが訊《たず》ねると、シリルは手元の紙に視線を落としながら言う。

「来月からは学園祭の準備が本格化し、業者の出入りが活発になる。それにあたって、出入りする業者の紋章の確認をしていた」

業者の紋章と言えば、昨日《きのう》、ニールと共に整理した資料の物だ。

商会名と共に記されていた紋章をモニカが思い出していると、エリオットがシリルの言葉を引き継いだ。

「俺が今年担当するアボット商会は、去年シリルが担当してたんだよ。で、その商会の紋章はどんなだって訊いたら、雄牛と車輪だって言うんだ。でも、どっちもありふれたモチーフだろ。俺は雄牛と車輪がモチーフの商会を三つか四つは知ってるぜ」

「だから、実際に描いて見せただろうが」

シリルが不機嫌そうな顔で、手にした紙をエリオットに突きつける。

その紙を覗《のぞ》き込んだモニカは言葉を失った。

そこに記されている物をあえて言語化するなら、歪《ゆが》んだ円を一二等分した物体の前に、四本足のウニョウニョした何かがいる……といったところだろうか。

エリオットが呆れた顔で、ウニョウニョした何かの頭部を指さす。

「この縦にみょんみょん伸びてるのは、兎の耳だろ？」

「雄牛の角だ」

一点の曇りも無い目で言い切るシリルに、エリオットは憐《あわ》れみの目を向けた。

シリルには大変申し訳ないが、モニカもエリオットと同じ感想である。丸々としたシルエットに短い足は、どちらかというと牛より兎に近い。

モニカがウニョウニョのつぶらな目と見つめ合っていると、エリオットがモニカに話を振った。

「なぁ、ノートン嬢。君にはコレが雄牛に見えるか？」

「えっ⁉　えぇぇぇぇっとぉぉぉぉぉ……」

チラリとシリルを見れば、シリルはいつものキリリとした顔でモニカをじっと見ていた。

大変キリリとした顔なのだが、気のせいか、その青い目は何かを期待するように輝いている……ような……。

モニカが指をこねながら目を泳がせていると、エリオットが肩をすくめた。

「見ろよ、シリル。これが現実だ」

「殿下はこれで、分かってくださったぞ」

「そりゃお前、殿下はお前が去年アボット商会を担当したって知ってるからだろ」

呆れ顔のエリオットに、シリルはキリキリと眉《まゆ》を吊《つ》り上《あ》げて怒鳴る。

「殿下のお言葉を疑うのか！」

「疑ってるのはお前の感性だ！　なんでこれで伝わると思えるんだよ!?　あーあー、これだから芸術を嗜《たしな》んでない奴《やつ》は！」

いよいよ口論になり始めた二人に、モニカは勇気を振り絞って声をかけた。

「あの、あのぅ、あのぅ……っ」

二人の視線がモニカの方を向く。それだけで足がすくみそうだった。

それでもモニカは羽根ペンを握りしめ、意識を集中すると、適当な紙の上にペン先を走らせる。

そうして凡《およ》そ一分ほどで、モニカはそれを描き上げた。

「こ、これが、アボット商会の紋章……です」

一二本の軸を持つ車輪を背景に、左向きの雄牛が一頭。

記憶の通りに描き上げたそれを、シリルとエリオットは食い入るように眺めていた。

「私が記憶しているのと、全く同じだ」

「ノートン嬢、君はアボット商会の関係者なのか？」

モニカはフルフルと首を横に振り、羽根ペンをペン立てに戻す。

「昨日、リストで見たので。えっと、わたし……図形を覚えて、そのまま描くの、得意で……」

物質に魔力を付与する付与魔術の中には、特殊な紋様の中に魔術式を織り込む物もある。

その計算された美しい紋様がモニカは好きで、ミネルヴァにいた頃《ころ》は暇さえあればインクで手を真っ黒にして、夢中で模写していたのだ。

「なんで道具も使わず、こんなに綺麗《きれい》な円や直線が描けるんだ……？」

首を捻《ひね》るエリオットの横で、己の絵とモニカの絵を見比べていたシリルが、何かに気づいたように手を打った。

「そうか、私の雄牛は尻尾《しっぽ》が欠けていたのか」

「欠けていたのは画力とセンスだろ。お前、歌を聴かれるのは恥ずかしがるくせに、なんでこの絵を恥ずかしげもなく見せられるんだよ」

再び二人の間に険悪な空気が立ち込め始めたその時、生徒会室の扉を開けた人物がいた。生徒会書記、美貌《びぼう》の令嬢ブリジット・グレイアムである。

ブリジットは睨《にら》み合っているシリルとエリオットを一瞥《いちべつ》すると、淡々と告げた。

「守衛の方から、表門にアボット商会の馬車が来ていると連絡がありました。担当者は確認を」

まさに今話題になっていた、車輪と雄牛の紋章の商会である。

ブリジットの言葉に、アボット商会担当のエリオットが、訝《いぶか》しげに眉を寄せた。

「資材の搬入か？　予定より随分と早いな。あの商会が扱うのは花火とかの火薬だから、あまり早く持って来られても、湿気《しけ》って困るんだが……分かった。すぐに行く」

そのまま生徒会室を出て行こうとするエリオットを、シリルが「待て」と呼び止める。

「外部業者が学園内で作業する時は、教師もしくは生徒会役員二名以上の立ち会いが必要と定められている。私も行こう」

「いや、シリルはこの後、クラブ長達と打ち合わせだろ。ブリジット嬢も学園祭の招待状作りで忙しい」

そう言ってエリオットは、この場で唯一急ぎの仕事が無いモニカを見る。

「ノートン嬢。一緒に来てくれよ」

「わ、わたし、です、か？」

「ノートン嬢は外部業者への立ち会いは初めてだろ？　今のうちに流れを覚えておいた方がいい」

エリオットの言うことは理に適《かな》っていた。

ただ、日頃《ひごろ》から自分に対して悪意を隠そうとしないエリオットと二人で行動、と思うと足が震える。

まして、モニカは今日のチェスの授業で、エリオットを不快にさせてしまったのだ。

（もしかしたら、そのことで、何かお叱《しか》りを受けるのかも……）

だが、いつまでもエリオットから逃げ回ってばかりもいられない。これから先は、学園祭の準備でますます忙しくなるのだ。

モニカはスーハーと小さく深呼吸をし、エリオットと向き合う。

「わ、分かりました。わたし、立ち会い、行きます」

「あぁ、よろしく、ノートン嬢」

モニカを見下ろすエリオットは、ただの不機嫌とは違う、なんだか複雑そうな顔をしていた。


シリルは生徒会室を出ていくエリオットとモニカの後ろ姿を、無意識に目で追う。

（……大丈夫だろうか）

エリオットは所謂《いわゆる》「成り上がり者」が大嫌いで、そういった人間に対して酷《ひど》く攻撃的になることがある。

ハイオーン侯爵家に養子として引き取られた、元平民のシリルもその例に漏れない。

今でもエリオットにチクチクと嫌味を言われているが、セレンディア学園に入学したばかりの頃はもっと露骨だったのだ。

——調子に乗るなよ、平民。俺はな、お前みたいな身の程知らずが、死ぬほど嫌いなんだ。

シリルが実力主義なら、エリオットは身分階級至上主義だ。

そんな身分に固執する男が、見るからに平民育ちのモニカを良く思っていないのは、言うまでもない。

シリルがソワソワと廊下の方を見ていると、招待状書きの仕事をしていたブリジットが書き物をする手を止めて、冷ややかに呟《つぶや》いた。

「過保護だこと」

シリルはムッと唇を曲げて、ブリジットを睨む。

「ノートン会計が外部の人間に恥を晒《さら》せば、セレンディア学園の評価に影響しかねない。気にするのは当然のことだろう」

「ならば、そういうことにしておきましょう」

学園三大美人に数えられる華やかな美女は、ニコリともせずにそう返し、シリルがずっと手にしていた紙に目を向ける。

紙に描かれているのは、シリルが描いたアボット商会の紋章だ。

エリオットに酷評されたそれをブリジットは訝《いぶか》しげに見つめ、首を傾《かし》げた。

「ところで、その子どもの落書きみたいな絵は何の暗号ですの？」

「…………。……なんでもない」

＊＊＊

エリオットは苦虫《にがむし》を噛《か》み潰《つぶ》したような顔でモニカから目を背け、前方を睨みながら大股《おおまた》で歩く。

そんなエリオットを、モニカは分かりやすく怯《おび》えた態度でチラチラと見ていた。どうせ、自分に何か意地悪を言われると思っているのだろう。

（あぁ、くそっ。連れ出したはいいけど、なんて言えばいいんだ）

今日のチェスの授業でエリオットはモニカと対局し、勝利した——ただし、モニカにまだ教えていなかったキャスリングを使って。

エリオットはチェスを知らなかった田舎娘《いなかむすめ》に追い詰められ、そしてムキになってしまったのだ。

こんなのフェアじゃない。人の上に立つ貴族として恥ずべき振る舞いだ。とは言え、素直に謝るのも癪《しやく》に障る。

モニカに告げる言葉が思い浮かばぬまま、エリオットは苛々《いらいら》と口を開きかけては閉じ、開きかけては閉じる。

そうこうしているうちに、二人は校舎の外に出て、馬車が見えるところまで来てしまった。

既に表門で書類のチェックは済ませたのだろう。馬車は資材を運び込む西倉庫の手前に停《と》まっていた。

西倉庫の鍵《かぎ》はエリオットが所持しているから、あとは資材をチェックして倉庫に搬入するだけだ。

その作業が始まったら、モニカと話をするタイミングを逃してしまう。

エリオットは意を決して口を開いた。

「あー、ノートン嬢、さっきのチェスのことだが……」

チラリと横目でモニカを見れば、モニカは足を止めて、何かをじっと凝視している。

その幼い横顔から、表情が消えた。

「……違う」

「なに？」

モニカは馬車の側面に描かれた馬車の紋章を指さし、静かな声で言う。

「あの紋章、記録と違います」

エリオットは眉をひそめ、モニカが指さした馬車の紋章を観察した。

大きな車輪と雄牛。先程モニカが描いた絵と、そっくり同じに見える。

「何が違うんだ？」

「車輪の軸が本来は一二本なのに、あの馬車の紋章は一〇本しかない、です」

「君の覚え間違いじゃないのか？」

疑わしげなエリオットに、モニカは彼女らしからぬ強い口調で、キッパリと断言する。

「いいえ。わたしは、一度見た図形は、忘れません」

例えば帳簿の見直しだったり、チェスだったり……何かに没頭している時、モニカ・ノートンは怖いぐらい無表情になる。

そういう時のモニカは、まるで世界から興味の対象以外の全《すべ》てを切り離しているかのように、他のものが目に映らなくなるのだ。

今もモニカはエリオットには目もくれず、馬車の紋章だけをジッと見ている。

エリオットはゴクリと唾《つば》を飲み、アボット商会の馬車を観察した。

馬車はありふれた幌馬車《ほろばしや》だ。馬は二頭。御者が一人と、馬車のそばにもう一人。

どちらも、上流階級を相手に商売している商人らしい格好の中年男性だ。不審な点は無い。

やはりモニカの勘違いではないか、とエリオットは思った。

（だけど、確かに……当初予定していた日より、納品が一週間以上早いんだよな）

エリオットが判断に迷っていると、モニカがボソリと言う。

「あと、もう一点」

「まだあるのか」

「とてもよく似せてるけど、あの雄牛……尻尾を描き忘れています」

その言葉を聞いて、エリオットは決断を下した。

「なるほど確かにおかしいな。セレンディア学園御用達《ごようたし》の一流店が、シリルみたいなトンマなミスをするはずがない」

だとすると、アボット商会のふりをしているあの男達の目的は、窃盗か或《あ》いは誘拐か……何にせよ、ろくなことではないだろう。

馬車の前にいた男が、エリオットに気づいて近寄ってくる。だが、御者の方は未《いま》だに手綱《たづな》を握ったままだ。

礼儀を心得た商人なら、馬を何処《どこ》かに繋《つな》いで、自分は馬から降りて取引相手に挨拶《あいさつ》をするはず。

（……それをしないのは、すぐに逃走できるようにするためか）

エリオットはアボット商会の人間を騙《かた》る連中を見据えたまま、モニカに小声で告げた。

「ノートン嬢、俺があいつらと話をして時間を稼ぐから、君は警備兵を呼んでこい」

エリオットの提案に、モニカの無表情が崩れる。

モニカは眉《まゆ》を下げた困り顔で、オロオロとエリオットを見上げた。

「あの、でも、それだと、ハワード様が危ない……です」

モニカの言葉をエリオットは鼻で笑った。

エリオットは剣術も体術も得意なわけではないし、魔術だってできない。

それでも、この場に残るならモニカではなく、エリオットであるべきなのだ。

何故《なぜ》なら……。

「俺は貴族だぞ。貴族には平民を守る義務がある。何の責務もない君とは違うんだ」

エリオット・ハワードは階級に固執する男である。

貴族は貴族らしく、平民は平民らしく、生まれ持った身分で与えられた責務を全うすべきだ。

貴族たる者、人々の模範となり、社会貢献しなくてはいけない。そして弱い民に手を差し伸べ、守らねばならない。

だからエリオットはこの場に残って、モニカを逃がさねばならないのだ。己の責務を果たし、貴族の矜持《きょうじ》を守るために。

アボット商会を騙る男は、もう声が届く距離まで近づいてきている。その男の顔から作り笑いが消えた。

おそらく、エリオットとモニカの顔色が変わったことに気づいてしまったのだろう。

「早く行けっ、ノートン嬢！」

エリオットがモニカを突き飛ばすのとほぼ同時に、男がエリオットに駆け寄ってきた。その手には銀色に光るナイフが握られている。

倉庫前であるこの場所は周囲に人がいない。ここで襲われたらひとたまりもない。

（ここまでか……っ）

エリオットが舌打ちしたその時――馬の嘶《いなな》きが聞こえた。

＊＊＊

アボット商会を名乗る二人組の片割れがナイフを抜いた瞬間、モニカはその二人組を完全に敵と認識した。

侵入者の目的がなんであれ、第二王子暗殺の可能性がある以上、護衛のモニカは看過できない。

問題は、あの二人をどう無力化するかだ。エリオットがそばにいる以上、モニカの行動は制限されてしまう。

仮に威力を落とした電撃の魔術を使って無力化するとしても、突然敵が気絶したら、あまりに不自然だ。

エリオットに突き飛ばされたモニカはよろめきながら、視線だけを動かして馬車に繋がれた馬に狙《ねら》いを定める。

（……ごめんね）

心の中で謝りつつ、モニカは無詠唱魔術で二頭の馬の尻《しり》に極々弱い電撃を流す。

痛みに驚いた馬は興奮し、前足を大きく持ち上げて嘶いた。

「なっ、突然なんだ⁉」

御者の男が慌てて手綱を握るが、それがますます馬を興奮させてしまった。

二頭の馬が突然デタラメに走りだす。バランスを崩した御者の男が、悲鳴をあげて御者席から転がり落ちた。

落馬した男にモニカは電撃の魔術を放ち、気絶させる。このタイミングなら、傍目《はため》には落馬して気絶したように見えるだろう。

（……まずは、一人）

暴走する馬車は、ナイフを握りしめていた男の方に突っ込んでいった。男は「ギャッ」と悲鳴をあげると、ナイフを捨てて地面を転がり、馬車を避《よ》ける。

そうして男が地面を転がった瞬間、モニカはまた電撃の魔術を使い、男を気絶させた。馬車に轢《ひ》かれて気絶したように見えるタイミングで。

それは酷《ひど》く地味で、それでいて恐ろしく高度な戦いだ。

ターゲットの姿が馬の体で隠れ、エリオットの死角になったタイミングで、モニカは魔術を発動させている。起動の速い無詠唱魔術だからこそできる技だ。

あとは馬を落ち着かせるだけ……なのだが。

「ノートン嬢っ、避けろっ！」

「ぴぁあああっ⁉」

エリオットの声に、モニカはその場から飛び退《すさ》る。ギリギリのところを馬の足が掠《かす》めていった。

少し遅れて馬車の車輪がガラゴロと目と鼻の先を通り過ぎていく。

「ひっ、ひぃぃっ……」

モニカは思わず腰を抜かした。

馬は完全に興奮し、口から泡を吹いている。どうやら刺激を与えすぎたらしい。

エリオットが苦々しげに舌打ちした。

「くそっ、助かったといえば助かったけど……あの馬、なんで急に暴れ出したんだ⁉」

（わたしのせいです、ごめんなさいごめんなさいごめんなさいぃぃぃぃ！）

馬車は真《ま》っ直《す》ぐに通り過ぎていったかと思いきや、学園の柵《さく》に沿ってカーブし、またこちらに戻ってきた。

エリオットが叫ぶ。

「木に登って逃げるぞっ、来い！」

「は、はいぃぃぃぃっ」

エリオットは近くにある木を器用にスルスルと登っていく……が、運動神経皆無のモニカは、最初の一歩を木にかけた時点で、ズルズルと木から滑り落ちていった。

そうこうしている間にも、ガラガラという車輪の音が近づいてくる。

「ノートン嬢っ、早くしろ！　掴《つか》まれ！」

エリオットが切羽詰まった顔で、木の上から手を伸ばす。

モニカは必死で手を伸ばした……が、中途半端に木によじ登ったまま片手を放したことで、バランスを崩して後ろ向きにひっくり返る。

「ふぎゃんっ！」

地面に転がったモニカは見た。もうすぐそこまで、暴走する馬車が近づいてきている。

（防御結界を使ったら流石《さすが》にバレる……風の魔術で突風を起こす？　ううん、あの暴走は突風ぐらいじゃ止まらない……それなら、また電撃の魔術を使う？　でも流石に馬が気絶するほど強くかけたら不自然だし、弱めの電撃じゃ、ますます暴走しそうだし……わぁぁぁぁ）

思考がまとまらず、グルグルと目を回していると、誰かがモニカの手を引いた。

「こっち！」

モニカの手を掴んだのは、白手袋をした少女の手だ。その手はセレンディア学園の淑女らしからぬ力強さで、モニカの体を引き寄せた。

モニカの小さい体は、その救世主の体に抱きとめられる。

「わっ、ぷ……」

「ふぅっ、危機一髪だったわね」

モニカを引き寄せ、抱きとめてくれたのは、背の高い女子生徒だった。明るい茶の髪を後頭部のところで括《くく》っていて、活発そうな雰囲気がある。

襟のリボンの色から察するに、モニカと同じ高等科の二年生らしいが、顔に覚えがないので、おそらくよそのクラスの人間なのだろう。

「あ、あり、ありがとう、ござい……」

「お礼はあとあと！　それより、ちょっと離れてて！」

そう言って背の高い少女はスカートの裾《すそ》をたくし上げると、再びこちらに向かってきた暴走馬車と対峙《たいじ》する。

「あ、危ないっ、危ないですっ！」

「君っ、何やってるんだ！　逃げろ！」

モニカとエリオットが叫んでも少女は動じず、真っ直ぐに馬車を見据えていた。

そうして、突進してきた暴走馬車をギリギリのところでかわすと、宙ぶらりんになっている手綱《たづな》を掴んで跳び上がる。

少女の白いスカートがふわりと広がって、御者席にストンと収まった。

「もう大丈夫よ。ほーら、落ち着いて。ほーら、ほーら」

優しく言い聞かせながら、少女は左右の手綱を交互に軽く引く。

彼女は決して馬を叱《しか》ったり、手綱を強く引いたりはしなかった。根気強く「ほーら、ほーら」と言い聞かせていると、次第に馬の速度が落ち着いてくる。

「良い子ね」

そう言って少女が手綱を引くと、馬の足はピタリと止まった。

木から降りてきたエリオットが、目を丸くして少女を見る。

「たいしたもんだ……」

暴走している馬車に飛び乗り、馬二頭を宥《なだ》めるなど、誰《だれ》にでもできることではない。

だが少女はそれを自慢するでもなく、馬のたてがみをそっと撫《な》でながら言った。

「この子達が、声に反応するよう調教されていて助かりました」

「君、すまないが、そのまま馬を宥めていてくれるか？　そこに転がってる連中は商会の人間のふりをした侵入者なんだ」

「侵入者!?　えぇ、はい。分かりました」

エリオットの指示に少女は驚いた顔をしつつ、素直に頷《うなず》いた。

エリオットはポケットから西倉庫の鍵《かぎ》を取り出すと、扉を開けて、気絶している男二人を中に放り込む。そうしてエリオットは倉庫の扉を施錠した。

「よし、これでこいつらも好き勝手できないだろう。ノートン嬢はここで待機していてくれ。俺は今から警備兵と教師を呼んでくる」

エリオットはテキパキと指示を出し、正門の方へ走っていった。足が遅く説明下手《べた》のモニカよりは、自分の方がマシだと判断したのだろう。

エリオットの背中を見送ったモニカは、御者席に座る命の恩人の少女を見上げ、ペコリと頭を下げる。

「あのっ、助けてくれて、あっ、ありがとう、ございましたっ」

「気にしないで。困った時はお互い様よ。それにしても侵入者と出くわすなんて、大変だったわね」

御者席で手綱を握ったまま、少女は気遣うようにモニカを見る。

飾らない実直な態度は、セレンディア学園の淑女のイメージには合わないが、感じが良い。

「私は高等科二年、ケイシー・グローヴ。貴女《あなた》は？」

「わ、わたし……モニカ・ノートン、でひゅっ」

舌を噛《か》んだモニカは真《ま》っ赤《か》になって俯《うつむ》いたが、ケイシーはそんなモニカを嘲笑《あざわら》ったりしなかった。

「モニカ・ノートン！　噂《うわさ》の編入生って、貴女のことだったのね」

（う、噂の⁉　……わたし、噂になってたんだ……）

絶対良い噂じゃないんだろうなぁ、とモニカが暗い顔をしていると、ケイシーは御者席の上からモニカを手招きした。

「ねぇ、貴女も乗ってみない？　気持ち良いわよ」

「えっ、いいいいいえ、わた、わたしは……」

「普通に馬に乗るより簡単だし、ほらほら」

そう言ってケイシーは御者席からモニカに手を差し伸べる。それを拒絶するのも気が引けて、モニカはオズオズと手を伸ばした。

ケイシーは力強くモニカの手を引く。もしかしたら、エリオットよりも力があるのではないだろうか。それぐらい軽々と、ケイシーはモニカを引き上げた。

慣れない御者席に、モニカはソワソワしながら腰を下ろして視線を前に向ける。

「わ、ぁ……」

小柄なモニカにとって、御者席から見える世界は新鮮だ。

モニカが目を輝かせていると、ケイシーが馬のたてがみを撫でながら、白い歯を見せて笑った。

「こんなこと言うと、同じクラスの子に変な顔されるんだけど、私、馬車に乗る時は御者席が一番好きなの。風が気持ち良いし、何より馬に一番近いし」

セレンディア学園 2年
ケイシー・グローヴ

たてがみを撫でながら馬を見る目は、とても優しい。その横顔を見ているだけで、馬が好きだということが伝わってくる。

「貴女も撫でてみる？　この辺を撫でてあげると喜ぶわよ」

「は、はい」

言われた通りにモニカは馬のたてがみを撫でる。黒猫のネロのスベスベとした毛並みも気持ち良いけれど、馬のしっかりした艶《つや》やかな毛並みも独特の心地《ここち》良さがあった。

（さっきは、痛い思いさせてごめんね……）

心の中で馬に謝りつつ、モニカは隣に座るケイシーを見る。

「えっと、グローヴ様は……馬が、お好きなんですね」

「そんな堅苦しい呼び方しなくていいわよ。ケイシーって呼んで。私もモニカって呼んでいい？」

モニカがコクコク頷くと、ケイシーは「ありがと」と言って、また馬を撫でた。

「えーっと、そうそう、馬の話だったわね。私は馬も好きだし、馬に乗るのも好きよ。故郷じゃ男も女もみんな馬に乗るの。馬車で家畜の出荷を手伝ったりもするのよ。ほら、サムおじさんの豚の歌みたいに……」

そこまで言って、ケイシーはハッと口元を手で押さえ、恥ずかしそうに笑う。

「ごめんごめん、サムおじさんの豚とか言っても分かんないわよね。えっと、私の故郷で、家畜の出荷の時によく歌う童謡で……」

「サムおじさんの豚の歌、分かりますっ！　あの、あれは、すごくすごく美しい数列の歌で……」

モニカが思わず前のめりになって、いつもより大きい声で言えば、ケイシーはパチパチと瞬《まばた》きをし、目尻《めじり》を下げて笑った。

「驚いたわ。まさかセレンディア学園で、サムおじさんの豚を知ってる人に出会うなんて……私、田舎《いなか》貴族だから、あんまりこっちの子と話が合わないのよね。家畜の出荷を手伝うお嬢様なんて、そうそういないだろうし……」

確かに、馬を乗りこなして家畜の出荷を手伝うお嬢様を、モニカは今まで見たことがない。

……ノリノリで悪役令嬢を演じる素敵なお嬢様なら、知っているけれど。

ケイシーは恥ずかしそうな顔をしているが、サムおじさんの豚という共通の話題ができたことで、モニカはケイシーに対してぐっと親しみを感じていた。

「ケイシーは、いろんなことが、できるんですね」

「なんだったら狩りもするわよ。クロスボウで」

すごい、とモニカは思わず声に出して呟《つぶや》いた。

運動神経が絶望的なモニカにしてみたら、乗馬ができるだけでも充分尊敬に値する。

その上、狩りもこなすなんて！　……と、数ヶ月前に二〇以上の竜を狩ったことも忘れて、モニカはケイシーに尊敬の眼差《まなざ》しを向けた。

「ケイシーは、すごいんですね」

「あはは、ありがと。実は選択授業でも乗馬を選択しようと思ってるの。貴女は？」

「えっと、わたしは、まだ決めてなくって……」

「だったら貴女も一緒に乗馬の授業受けてみない？　楽しいわよ？」

ケイシーの言葉に、モニカは目を丸くした。見るからに鈍臭そうな自分に乗馬を勧める人間がいるなんて、夢にも思わなかったのだ。

「わ、わたし、運動神経、すごくすごく悪くて……」

なにせ、運動神経もバランス感覚も絶望的だからこそ、モニカは飛行魔術が使えないのだ。魔術式の理論は完璧《かんぺき》なのに。

だが、そんなモニカに、ケイシーはあっけらかんとした口調で言う。

「習熟度に合わせて指導してくれるから、初心者も大歓迎って先生が言ってたわ。更に更に、今ならなんと、ケイシー・グローヴ先生のサポート付き……なんちゃって」

ポカンと目を丸くするモニカに、ケイシーは冗談めかしてペロリと舌を出す。

礼儀作法の教師が見たら顔をしかめそうな振る舞いだが、とてもチャーミングだ。

「あはは、ごめんごめん。ちょっと誘い方が強引すぎたかな。乗馬の授業は女子が少ないから、モニカが来てくれたら嬉《うれ》しいな、って思って。ついつい勧誘に力が入っちゃったわ」

「あ、あの……」

乗馬をしようだなんて、今まで一度も考えたことがなかった。選択肢にすらなかったのだ。

だが、飛行魔術を使えないモニカにとって、乗馬は覚えて損は無い技術である。なにより……。

(……新しいこと、やってみたい)

選択授業でチェスのルールを聞いた時、モニカは「簡単だ」と思った。

だけど、実際に触れてみれば、チェスはちっとも簡単ではなくて、新鮮な驚きと感動があった。

実際に触れてみないと分からない世界が、そこにはある。

「乗馬……わたしでも、できますか？」

オズオズと訊《たず》ねるモニカに、ケイシーはニンマリ笑って胸を叩《たた》く。

「ケイシー先生にまっかせなさい！」

それから二人は、警備兵や教師達が駆けつけてくるまで、和やかに談笑をした。

モニカは初対面の相手と話をするのがあまり得意ではないけれど、ケイシーは話しやすかった。

嫌味の無い快活な語り口は聞いていて気持ち良いし、言葉を詰まらせても、苛立《いらだ》ったりせず、モニカの口から言葉が出てくるのを待ってくれる。

そしてケイシーは適度に、モニカでも話しやすい話題を振ってくれるのだ。

「そういえば、さっきモニカ、サムおじさんの豚が数列って言ってたけど……」

「そう！　そうなんです！　この数列は、隣り合う二つの数の比が黄金比に限りなく近づいていくことは有名なんですけど……」

「ごめん初耳」

「更にですね、この数列の剰余の周期性の証明がすごく楽しくて……！」

「モニカ、好きなことの話になると、止まらなくなるタイプでしょ」

「あうっ、す、すみませんっ、ごめんなさい、ごめんなさい……」

「怒ってるわけじゃないって。貴女、頭が良いのね」

二人がしたのは、本当に他愛もない話である。

それでも人見知りのモニカにとって、それはとても貴重で楽しい時間だったのだ。

＊＊＊

その晩、モニカは女子寮の屋根裏部屋で、選択授業の書類を記入した。

選択できる授業は二つ。モニカはチェスと乗馬の申込用紙に、いつもより丁寧に名前を書くと、フンスと息を吐く。

書き上げた書類を満足げに眺めていると、ベッドの上で丸くなっていたネロが口を開いた。

「それで、今日の侵入者ってのは、王子の命を狙《ねら》う刺客だったのか？」

「ううん、窃盗目当てだったみたい。セレンディア学園って、調度品にもすごくお金をかけてるから」

「それで間抜けな窃盗犯どもは、商人を装って侵入に成功するも、何故《なぜ》か馬が突然暴れだして落馬し、気絶。そのまま学園の警備兵に捕まっちまいましたとさ、ってわけか」

ネロは後ろ足で頭をガリガリとかき、モニカを見上げて意地悪く笑う。

「それにしても、あの時のお前の慌てっぷりは、なかなかだったな。お前、木登りしたことねぇの？」

「み、見てたんなら、助けてくれたって……」

「あの状況で、オレ様にどうしろっつーんだよ。あそこには垂れ目と尻尾髪《しっぽがみ》がいたんだぞ」

ネロの言う垂れ目とはエリオット、尻尾髪はケイシーのことを指しているのだろう。ネロは基本的に人名を覚える努力をしない。

「しっかし、このままじゃ色々と不便だよな。オレ様、校舎の中じゃあんまりお前のことをサポートできねーし」

普段、ネロは黒猫の姿で学園の庭や屋根を散歩しつつ、フェリクスの周辺を警備してくれている。

だが猫の姿だと校舎内には入れないので、校舎内で何かあった時に手助けができないのだ。

ネロは尻尾をユラユラと揺らしながら何やら考え込んでいたが、やがて何かを思いついたような顔をすると、ピョコンとベッドから飛び降りた。

「いいこと思いついたぜ！　猫が駄目なら、人になれば良いんだよな！」

「でもネロって、人に化ける時は、いつもあのローブ姿でしょ？」

人に化けたネロはいつも、古風なローブを身につけている。

その姿は街の中でもそれなりに目立つのだ。セレンディア学園の中では言わずもがな。

モニカの指摘に、ネロは「にゃっふっふ」と得意げに笑ってみせた。

「確かにオレ様、基本的にはあのローブだが、ちょっと頑張れば他の服だって再現できるんだぜ。見ーてーろーよー」

ネロの姿が黒い霧に包まれ、その霧が成人男性の大きさまで膨れ上がる。

そこまでは、普段ネロが人間に化ける時と同じなのだが、今回はなかなか霧が晴れなかった。何やら苦戦しているらしい。

やがて頭の天辺《てっぺん》からインクを洗い流したみたいに霧が晴れて、黒髪の青年の姿が現れる。

その服はいつも身につけている古風なローブではなく、白を基調としたセレンディア学園の制服だった。

……ただし女子の、である。

ふんわりと広がる白いスカートから覗《のぞ》く臑毛《すねげ》の生えた男の足は、生々しいの一言に尽きた。

「……ネロぉ？」

「うぉっ、間違えた⁉　くっそー、どうしてもお前の制服のイメージが強すぎる……ちょっと、その辺の男子生徒の身《み》ぐるみ剥《は》いで、制服の観察してくるか」

「駄目だからね？　絶対にやめてね？」

いつになく強い口調で言うモニカに、ネロは「ちぇっ」と唇を尖《とが》らせる。

かと思いきや、今度はまた何かを思いついたような顔でポンと手を叩き、モニカを見下ろした。

「なぁなぁモニカ。オレ様思いついた。お前に仕事を押し付けたあいつ……ほら、お前の同期の、えーっと、ルイルイ・ルンパッパ！」

「ルイスさんだからね。覚えてね？」

「あいつが女の格好して、学園に潜入すれば良かったんじゃね？　ほら、あいつ髪がなげーし、女みてぇな顔してるし、きっとバレな……」

モニカはこの場にルイスもリンもいないと分かっていて、それでもなお、血相を変えてネロの口を塞《ふさ》いだ。

「にゃ、にゃにすんだ⁉」

「しっ！　それだけは絶対言っちゃ駄目っ！」

モニカの同期である〈結界の魔術師〉ルイス・ミラーは長い栗色の髪を三つ編みにした、女性的な顔立ちの美しい男である。

だがしかし、彼は女みたいだと揶揄《やゆ》されることを酷《ひど》く嫌っていた。

だったら髪をスッキリサッパリ切ってしまえばいいのに、と誰《だれ》もが思っているが、ルイスは頑《かたく》なに髪を伸ばし続けているのだ。あの長さには執念すら感じる。

「あのね、ネロ。ルイスさんは女の人みたいに見えるのを、すごく気にしてて……前に、ルイスさんに『女みたい』って言った人は…………人は…………」

最後はもう言葉にならず、カチカチと歯の鳴る音が響くのみ。

そんなモニカの常ならぬ様子に、さしものネロも顔を引きつらせた。

「おい、そいつはどうなったんだよ。最後まで言えよ。気になるだろ⁉」

「…………」

「おい、最後まで言えってば！　気になって眠れなくなるだろーが！」

使い魔（スカートを穿《は》いた成人男性）の叫びを無視して、モニカは布団に潜り込んだ。

〈結界の魔術師〉ルイス・ミラーの過激な悪行の数々は、モニカが口にするには少々刺激が強すぎるのである。

四章　ギュルンギュルン

セレンディア学園の女教師リンジー・ペイルは、職員室の自席で頭を抱えていた。

リンジーが担当している授業は社交ダンス。貴族の子女にとって必須《ひっす》技能である。

セレンディア学園に入学する生徒達は皆、入学した時点で、ある程度は踊れるのが普通だった。

ダンスが苦手な生徒もいなくはないが、それでも基礎ぐらいはできている。

だからリンジーは指導する側の人間として、それほど苦労をしたことがなかったのだ。

ところが、今年の高等科の二年には、恐るべき問題児が二人いる。

その二人は社交ダンスの基礎を何一つ知らず、ダンスと呼ぶのもおこがましい絶望的な何か（としか言いようがない）を披露して、リンジーとクラスメイト達を絶句させた。

その問題児の名は、グレン・ダドリーとモニカ・ノートン。

今年の高等科二年の編入生である。

＊　＊　＊

「ちょっとテンポ遅れてる気がするんで、スピードアップっす！」

「いやぁぁぁぁぁぁ、止まってぇぇぇぇぇぇぇぇ！」

放課後のダンスルームに、元気の良い少年の声と、哀れな少女の悲鳴が響く。

元気の良い少年――グレンは本来のテンポの倍速でステップを踏み、そんなグレンに哀れな少女――モニカがブンブンと振り回されていた。

「ここで、ターンっす！」

大柄なグレンに振り回され、モニカの小さな体はギュルンギュルンと勢いよく回転した。

もはやダンスではなく、好き勝手走り回る大型犬と、その引き綱を握って振り回されている飼い主の図である。

ピアノを演奏していた小柄な少年、ニールが見かねて声を張り上げた。

「あのっ、いったんストップ！　ストップしましょう！」

ニールの声に、グレンが急停止をする……が、その勢いに耐えられなかったモニカの体はゴロンゴロンと床を転がっていった。

「モニカぁぁあっ！」

モニカに駆け寄ったグレンはモニカを抱き起こすと、その薄い肩をガクガクと揺さぶりながら叫ぶ。

「うわぁぁぁ、ごめん！　大丈夫っすかぁぁぁぁ!?」

「ゆ……ゆらさ、な……いで…………はぅっ……」

元気の良すぎるグレンの大声を至近距離で浴び、三半規管に大ダメージを受けた体を激しく揺さぶられたモニカは、とうとう白目を剥《む》いて動かなくなる。

これらの一連のやりとりを壁際で見学していたケイシーは、後頭部で結った髪を揺らしながら、ため息をついた。

「……さっきの授業より、酷くなってるじゃない」

セレンディア学園のダンスの授業は二クラス合同で行われる。ペアは基本的に教師が指名することになっており、モニカのペアとして指名されたのがグレンだった。

小柄なモニカと長身のグレンでは身長差がありすぎるのだが、ひとまず編入生同士でペアを組ませて、ダンスの力量を測るのが、ペイル教諭の狙《ねら》いだったらしい。

モニカとしても、面識のあるグレンと組むことができたのは幸運だった。これが初対面の相手だったら、緊張のあまり、もっと挙動不審になっていただろう。

「オレのペアはモニカなんすね！　よろしくっす！」

「よ、よろしく、お願い……しまふ」

人見知りのモニカは面識があってもなお、相手の顔を見て話すのが苦手だ。特に男性が相手だと、その傾向が顕著になる。

それでもグレンは気を悪くした様子もなく、モニカの手を引いて、堂々とダンスホールに立った。

その態度は自信に満《み》ち溢《あふ》れていて、きっとダンスが得意なのだろうとモニカは勝手に思っていた……が。

次の瞬間、グレンは人懐っこい笑顔で、こう言った。

「オレ、社交ダンスやったことないんすよね。とりあえず、見様見真似《みようみまね》でやってみるっす！」

嘘《うそ》ですよね？　と思った次の瞬間、モニカはグレンに振り回されていた。

かくして二人は、仲良く再試験を言い渡されたのである。

もし、再試験にも不合格だった場合、モニカとグレンはこれから学園祭まで、毎日放課後に補習を受けなくてはいけなくなる。最悪、冬休みにも特別授業を受けることになるのだとか。

そうなったら、生徒会の仕事にも、第二王子護衛任務にも支障が出てしまう。

（そんな理由で任務が継続できなくなったら、絶対にルイスさんに怒られるぅぅぅ！）

だから、モニカはなんとしても、次の再試験に合格しなくてはいけないのだ。


「うぅ……まだ、頭がクラクラする……」

ようやく意識を取り戻したモニカが、床にペタンと座ったまま頭を押さえていると、ケイシーがモニカのそばにしゃがみ、心配そうに顔を覗き込んだ。

「モニカ、大丈夫？　もう立てる？」

「うぅ……はい、大丈夫、です」

数日前に起こった、アボット商会を装った窃盗犯の侵入事件以降、ケイシーは何かとモニカを気にかけ、声をかけてくれるようになった。

今回のダンスの授業もケイシーのクラスとの合同授業だったので、面倒見の良いケイシーはダンスの指導を申し出てくれたのである。

ケイシーはペイル教諭に褒められるぐらいにダンスが上手《うま》かった。暴走する馬車にヒラリと飛び乗っただけあって、運動神経が良いのだ。

一方モニカはと言えば、運動音痴な上に、万年引きこもりの山小屋暮らしが祟《たた》って、慢性的な運動不足。何も無いところでも転べるという鈍臭さである。

それでも運動音痴なモニカなりに、ダンスの授業に備えて、数日前から準備をしてきたのだ。

「うぅっ……今日のために、いっぱいダンスの教本、読んできたのに……ワルツの三進法……頭では理解できてるのに……」

ブツブツと泣き言を言うモニカの頭を撫《な》でながら、ケイシーが苦笑する。

「モニカ、ダンスは体で覚えないと……あと、三拍子だからね、三拍子」

悲嘆に暮れるモニカをよしよしと慰めながら、ケイシーはグレンを見る。

「モニカが運動が苦手なのは分かったけど、グレンの方も大概よ。なんなのあれは」

「ペイル先生が『男性は女性をリードするものです』って、言ってたから、オレなりにリードを頑張ってみたんすけど、何が駄目だったんすかねぇ」

モニカを強引に振り回したあれは、グレンなりのリードだったらしい。

真剣に首を捻《ひね》るグレンに、ニールが苦笑混じりに言った。

「リードするのと振り回すのは、かなり別物のような……」

「オレ考えたんすけど、ペイル先生のダンスって、すっげーキレッキキレじゃないすか！　オレに足りないのは、あのキレだと思うんすよ！」

自信満々に言い放つグレンに、ニールが真顔で詰め寄った。

「グレン、それよりも、もっと大切なものがありますよねぇぇぇ？」

ニールの言葉は正しい。グレンは運動神経は良いのだが、マイペースすぎる。モニカは絶望的に運動音痴な上に、頭で考えすぎてしまう癖がある。

指導役のケイシーとニールは顔を見合わせ、ため息をついた。

「とりあえずステップを覚えるまでは、ペアを替えて練習しましょ？　私はグレンを見るわ。身長が近い方が踊りやすいもの」

「そうですね、じゃあ僕はノートン嬢と組みます」

ケイシーの言葉に頷《うなず》いたニールがピアノを見て、少しだけ困ったように眉《まゆ》を下げる。

「そうすると、もう一人……演奏できる人がほしいですね」

ダンスルームにはピアノが設置されており、試験の時はこのピアノの演奏に合わせて踊ることになっている。

モニカが知っているピアノが弾ける人物と言えば、生徒会書記のブリジット・グレイアムだが、彼女にピアノを弾いてほしいと頼むだけの勇気をモニカは持ち合わせていない。

そもそも、この学園に知り合い自体が殆《ほとん》どいないのだ。

全く役に立てないモニカが申し訳なさそうに俯《うつむ》いていると、ダンスルームの扉が勢いよく開かれた。

「そういうことなら仕方ないわね！　わたしがピアノを弾いてあげてもいいわよ！」

亜麻色の髪をくるくると指に巻きつけながら早口に言うのは、ラナである。どうやら扉の前でこっそり立ち聞きしていたらしい。

グレン、ニール、ケイシーは驚いたような顔で、突然現れたラナを見ていた。

「モニカの友達っすか？」

「……ぁ、……はい……」

グレンの問いに咄嗟《とっさ》に頷き、モニカは青ざめた。

（わたしなんかに友達扱いされて、ラナが迷惑だったら……どうしよう……）

ラナが嫌な顔をしていたら、少しでも顔をしかめていたら——そんな光景を想像して俯くモニカに、ラナはズンズンと大股《おおまた》で近づき、ツンと顎を逸らして言う。

「そうよ！　友達のわたしが協力してあげるんだから、感謝しなさいよね！」

モニカはビクビクしながら、顔を上げてラナを見た。

ラナは迷惑そうな顔なんてしていない。寧《むし》ろ、ニヤニヤ笑いを堪《こら》えているようにも見える。

無意識にモニカの口角が持ち上がった。

「……ラナ、ありがとう」

モニカは制服の上からギュッと胸を押さえ、か細い声で礼を言う。

胸を押さえていないと、嬉《うれ》しくて心臓が飛び出してしまいそうだったのだ。

＊　＊　＊

ダンスルームから軽やかなピアノの音が聴こえる。その音に、近くを通ったリンジー・ペイル教諭は足を止めて、扉の隙間《すきま》からこっそりと中の様子を窺《うかが》った。

（……あらあらあら）

ダンスルームでは、リンジーを悩ませていた落ちこぼれ二人が、友人達に教わりながら懸命にステップを踏んでいる。

それは笑えるぐらい拙いステップだった。まるで、ダンスの練習を怠けていた、幼い日のリンジーのよう！

――いいこと、リンジー。社交の場に出たら、もう誰《だれ》も貴女《あなた》を助けてくれないのよ？

リンジーの姉は何度も口を酸っぱくしてそう言っていたけれど、幼いリンジーは耳を貸さず、そして女学校のダンスの授業で大恥をかいた。

貴族の子女が通う女学校は、学びの場であると同時に社交の場だ。ダンスが下手《へた》な者は陰で笑われ、それっきり。誰も助けてなんてくれない。

だからリンジーは、隠れて一人で練習するしかなかった。

だけど今、扉の向こう側では少年少女が手を取り合い、一生懸命ダンスを教えあっている。

「…………ふふっ」

リンジーは口元に手を当てて小さく微笑《ほほえ》み、そっとダンスルームの扉を閉めた。

＊　＊　＊

「メイウッド庶務から聞いたよ。ダンスの練習をしているんだってね」

いつもより遅れて生徒会室に顔を出すと、フェリクスがニコニコしながらそう言った。

モニカは放課後にダンスの練習をするという報告をすっかり忘れていたのだが、気の利くニールがフェリクスに連絡していたらしい。地味だが仕事のできる少年である。

生徒会室には役員達が集まっていたが、エリオットの姿だけがなかった。

どうやら、先日のアボット商会を騙《かた》る侵入者達の件で、本物の商会に確認を取りに行っているらしい。

もし、この場にエリオットがいたら、何と言っていただろうか。モニカがそんなことを考えていると、フェリクスがニールに訊《たず》ねた。

「それで、練習の成果はどうなんだい？　合格はできそうかい？」

ニールは視線を右に左に彷徨《さまよ》わせる。暑くもないのに頬に汗がにじんでいた。

「え、えぇっと……これからの頑張り次第……ですかね」

「殿下、お人好《ひとよ》しのメイウッド庶務にそこまで言わせるということは、目も当てられない惨状に違いありません」

横で別の作業をしていたシリルが、厳しい口調で断言する。

モニカは何も言い返せず、しょんぼりと縮こまった。

シリルの言う通り、今日の練習は散々だった。

まずは基本のステップの練習から始めたのだが、モニカは三回に一度は足をもつれさせて転んでしまう。

こういうのは体で覚えるのが一番だとケイシーは言うが、とても体が覚えてくれる気がしない。

あぁ、数字ならいくらでも覚えられるのに、と密《ひそ》かに嘆いていると、ブリジットが扇子で口元を隠しながら、冷ややかな目でモニカを見た。

「生徒の模範たる生徒会役員が授業で後れを取り、あまつさえ再試験になるなんて、聞いたことがなくてよ」

「す、すみ、ませ……」

「メイウッド庶務にも迷惑をかけていることは、自覚していて？」

自分のせいで、誰かに迷惑をかけている——その事実にモニカの足がすくんだ。

パートナーのグレンは最初の内こそ散々だったが、運動神経が良いから、すぐに上達するだろう。

そうしたら、きっとモニカはグレンにも迷惑をかける。モニカと組んだせいで、グレンも不合格になったら……。

「あの、僕は迷惑とか思っていませんから……」

優しいニールが控えめに口を挟むと、ブリジットがピシャリと扇子を閉じる。

そうしてブリジットは琥珀色《こはくいろ》の目をフェリクスに向け、辛辣《しんらつ》に言い放った。

「殿下、社交ダンスの試験すら合格できない人間が生徒会役員だなんて、他の生徒に対して示しがつきませんわ。そのことについて、どうお考えで？　……このままだと、殿下の任命責任の問題になりましてよ？」

落ちこぼれのモニカを会計に任命したのはフェリクスだ。故にモニカが何か問題を起こせば、それはモニカを選んだフェリクスの責任にもなる。

その恐怖とプレッシャーに、モニカの小さな体は押《お》し潰《つぶ》されそうだった。

迷惑をかけてごめんなさい、頑張ります、精一杯やります、どうか許してください——そんな言葉が頭をぐるぐる駆け回るのに、喉《のど》が引きつって声が出ない。

モニカがハクハクと唇を動かしていると、フェリクスはブリジットを見つめて優雅に微笑んだ。

「何も心配することはないさ、ノートン嬢は私が見込んだ人間だ。きっと私の期待に応《こた》えてくれる。

そうだろう？　ノートン嬢」

最後の言葉はモニカに向けられたものだ。それも、とびきりの笑顔付きで。

無理です、わたしにはできません……と内心悲鳴をあげつつ、モニカはその言葉をギリギリのところで飲み込んだ。

王族であるフェリクスに「期待している」と言われた以上、モニカにはそれに応えるしか道はない。

それでも安易に頷くこともできず俯いていると、フェリクスが立ち上がり、モニカの前に立った。

そうして彼はモニカの顎《あご》に指を添えて、上を向かせる。

神秘的な碧《あお》い目には、戸惑うモニカが映っていた。

「私の期待に……応えてくれるね？」

少し切なげなその声に、大抵の女子なら頬を染めたことだろう。だがモニカは脅迫された被害者のような顔で、ガクガクと首を縦に振る。

モニカは自分の中にある、ありったけの語彙《ごい》力をかき集めた。

意思表明をする際に重要なのは、論理的かつ明解な説明である。

「まっ、まずは……使用する楽曲のテンポの分析と歩幅の照合。ダンスの最中の足、腰、肩の角度を解析して記憶する作業から始めたいと思いますっ！」

一見論理的なようで、これっぽっちも論理的ではないモニカの言葉に、シリルが半目になって呻《うめ》いた。

「……ノートン会計。貴様は頭を使う前に、体を動かせ」

尤《もっと》もである。

＊　＊　＊

屋根裏部屋に戻ったモニカは、ぐすぐすと洟《はな》を啜《すす》りながらベッドにうつ伏せに倒れた。慣れない運動で足が痛い。

「モニカ、よぼよぼのババァみたいだぜ」

うつ伏せに倒れるモニカの上に飛び乗ったネロが、肉球でフニフニとモニカの背中を押す。どうやらマッサージをしてくれているらしい。

「うっ、うっ……全身が痛いよぅ……」

「筋肉痛が早く来るのは、体が若い証拠らしいぜ、良かったな」

一体どこでそんな知識を覚えてくるのやら。

モニカが枕に顔を埋《うず》めていると、ネロが揶揄《からか》うように言う。

「オレ様、窓からこっそり見てたんだけどよぉ、ダンスってのはアレか？　相手の足を沢山踏んだ方が勝ちって競技なのか？」

「ち、違うもん……小説の挿絵で見て、知ってるでしょ……」

「挿絵でしか知らないからこそ、衝撃だったぜ。ダンスってのが、まさかあんなに過酷な競技だったなんてな」

ネロは机の上に跳び移ると、広げていた本のページを器用に前足で捲《めく》り、その一文をテシテシと叩《たた》いた。

「『ジュリアはバーソロミューのリードと音楽に身を委ねる。それはまさに夢のような時間だった。二人は手を取り合い、心のままにステップを踏む』……この登場人物は、心のままに互いの足を踏み合ったんだな。やべぇ、この場面の解釈が変わるわ」

「だから違うってば……もぅ……」

モニカはベッドから起き上がり、頬を膨らませてネロを睨《にら》むが、ネロはニヤニヤ笑いながら尻尾《しっぽ》を揺らしている。

「そういうのって魔術でチョチョイとどうにかできないのかよ？　お前は無詠唱で魔術を使えるんだろ？　こっそりダンスが上手になる魔術を使うことも、できるんじゃねぇのか？」

ダンスが上手になる魔術……そんな都合の良いものがあったら、どんなに良いだろう。だが、魔術は万能ではないのだ。

「……あのね、ネロ。肉体を操って特定の動きをさせることは、理論上できるけど……それはこの国だと禁術になっちゃうの」

「この間の、えーっと、精神干渉だっけか？　あれみたいにか？」

「精神干渉魔術は条件次第では使用を許可されてるけど、肉体操作魔術は完全に禁止されてるから、罰則はもっと厳しいの」

魔術で人間の体を動かしたり、或《あ》るいは一時的に筋肉を強化したりと、人間の肉体に魔術を施すことは、リディル王国では全面的に禁止されている。

人間の肉体は魔力に耐性が無いので、魔力中毒などの副作用を引き起こす可能性があるからだ。

同じ理由で治癒魔術についても、扱いを禁止されている。

モニカがそう説明すると、ネロはピクピクとヒゲを震わせた。

「んん、待てよ？　『この国だと』？　……もしかして、他の国だと使ってもいいのか？」

「一つだけ、例外の国があるの……」

モニカは言葉を切ると、膝《ひざ》の上で握った拳《こぶし》に少しだけ力を込める。

「……それが、東のシュヴァルガルト帝国」

リディル王国の東に隣接する帝国は、この大陸で最も広大な国だ。

一年ほど前に代替わりした若き皇帝は古い慣習を厭《いと》い、次々と新しい施策を進めている。その一つが医療用魔術の解禁だ。

皇帝は肉体に影響を与える魔術の研究を、限定的に許可したのである。

今後、帝国では肉体強化や医療用魔術が発展していくことだろう。

なにより帝国の医療用魔術の解禁は、他国の魔術師にも大きな影響を与えた。最近では、規制の厳しい自国を捨て、帝国に移住する魔術師が増えているという。

優秀な魔術師の他国への流出は、どの国でも頭の痛い問題で、七賢人会議でも何度か議題に上がっていた。

「人間って、色々と大変なんだなぁ」

ネロが本の表紙を閉じて、しみじみと呟《つぶや》いた。

「……そうだね」

相槌《あいづち》を打ち、モニカは再びベッドにゴロリと横になる。疲弊した体は休息を求めていたのだろう。

目を閉じればすぐに眠気が訪れた。

明日の授業の準備も忘れて微睡《まどろ》むモニカの瞼《まぶた》の裏に浮かぶのは、フェリクスの美しい笑顔。

『私の期待に……応えてくれるね？』

フェリクスの言葉は、モニカの胸の奥にある古い傷を引《ひ》っ掻《か》いた。

（……どうして、期待に応えますなんて、言えるだろう）

思い出すのは、机に向かう父の懐かしい背中。

モニカの父は博識だった。数学、物理学、薬学、医学……ありとあらゆる学問を修めていた父が、最も得意としていたのが生物学だ。

——いいかいモニカ。人体は膨大な数字でできているんだよ。

人間を人間たらしめる数式を解析することができたら、多くの病に苦しむ人を救える。

だから、父は来る日も来る日も、研究に明け暮れていた。

モニカはあまり父に構ってもらえたことはなかったけれど、それでも父の集めた蔵書を読んで、たまに父の研究の話を聞かせてもらえるだけで、充分に幸せだった。

父は素晴らしい学者だった。常に皆の期待に応えてきた。

それなのに、最後は民衆から罵倒《ばとう》され、石を投げられ、そして……。

（いやだ、いやだ、いやだ）

モニカの脳裏にチラつくのは、炎の赤。

父の姿が、父が積み上げてきた膨大な数字が、全《すべ》て炎の中に消えていく光景。

父は皆の期待に応えてきたのだ。それなのに、報われなかった。

モニカもそうだ。期待に応えるべく、無詠唱魔術を身につけて……そうして、一番褒めてほしかった友人に背を向けられた。

（期待なんて、されなくていい。人のいない山小屋で数字と向き合っていれば、もう、あんな思いしなくて済む……けど……）

思考を放棄し、大好きな数式の世界に逃げようとするモニカの頭をよぎるのは、侵入者を前にモニカを逃がそうとしたエリオットの姿。

エリオットは危険を前にして、それでも平民を守るのが貴族の義務だと言い、モニカを逃がそうとした。

周囲に流されるままに七賢人になり、ルイスに無理やり引きずり出される形でセレンディア学園に潜入したモニカは、自分に与えられた役割に対する責務だなんて、考えたことがなかった。

今のモニカは七賢人〈沈黙の魔女〉モニカ・エヴァレットであり、生徒会会計モニカ・ノートンでもある。

その責務から目を逸《そ》らしたら、この先、シリルから「ノートン会計」と呼ばれるたびに、罪悪感に苛《さいな》まれる気がするのだ。

生徒会役員が社交ダンスもできないようでは、他の生徒に示しがつかない——美貌《びぼう》の令嬢ブリジット・グレイアムの言葉は正しい。

「よいしょ」

モニカは勢いをつけて起き上がり、ベッドから下りる。

ベッドで丸くなっていたネロが、不思議そうにモニカを見上げた。

「うん？　もう寝るんじゃないのか？」

「……もうちょっとだけ、ダンスの練習する」

黙々とステップの練習を始めたモニカに、ネロがニヤニヤ笑いながら尻尾を揺らす。

「他人の足を踏む練習の次は、蹴飛《けと》ばす練習か？」

「ち、違うもん」

モニカが膨れっ面をすると、ネロがベッドからヒラリと飛び降りた。

その姿が夜の闇《やみ》に溶けるような漆黒に包まれ、人間の青年の姿に変わる。

古風なローブを身につけた黒髪の青年は、猫の時と同じ金色の目を細めてモニカを見下ろした。

「手伝ってやろうか、ご主人様？」

「ネロだって、社交ダンスは初心者でしょ」

「こんなもん、見様見真似《みようみまね》でどうにかなるっつーの。オレ様の運動能力なめんな」

ネロがモニカの手を取り、鼻歌を歌いながら踊り出す。そのステップはなんとも雑で適当だが、悔しいことにモニカの拙いステップよりは遥《はる》かにマシだ。


その晩、モニカは一七回ネロの足を踏み、二三回ネロの足を蹴り、「使い魔虐待だ」とネロに訴えられた。

五章　大体、宝石職人のおかげ

翌日、放課後のダンス練習に見学者が二人増えた。フェリクスとシリルである。

この二人の登場に、ラナは頬を薔薇色《ばらいろ》に染めて「きゃー！」と黄色い悲鳴をあげた。

モニカは顔を蒼白《そうはく》にして、声に出さずに心の中で（きゃー！）と恐怖の悲鳴をあげた。

ちなみにニールは困惑顔、ケイシーは緊張に強張《こわば》った顔をしていて、グレンだけが「あっ、会長だ」と呑気《のんき》に笑っていた。大物である。

「な、なんでっ……でんっ、ででっ、殿下が……」

モニカがか細い声で言うと、フェリクスは眉《まゆ》を下げて、いかにも心外そうな顔をした。

「君に期待だけして放り出すほど、私は薄情ではないよ？」

「そうだぞ、殿下の寛大な御心に感謝するがいい！」

そう言ってシリルが偉そうに胸を張る。

生徒会の仕事は良いのだろうか……とモニカが密《ひそ》かに気にしていると、フェリクスがシリルをちらりと見た。

「ところで、私はシリルを呼んだ覚えはないのだけど？」

「私は殿下の側近ですから！　お供するのは当然のことです！」

「君は私がここに行くと告げる前から、前倒しで生徒会の仕事を片付けていたね？　私が来なくとも、最初から、ノートン嬢の練習を見に来るつもりだったんじゃないかい？」

揶揄うようなフェリクスの言葉に、シリルは何故《なぜ》か赤面し、視線を彷徨《さまよ》わせた。

「そ、それは……殿下がどのような行動をするか先読みしていたのです！　私は！　殿下の右腕ですから！」

なるほど、側近は常にフェリクスの気紛《きまぐ》れに対応できなくてはいけないらしい。

それにしてもこの状況は、モニカにとって喜ばしいものではなかった。

密かに胃をキリキリさせていると、ラナがモニカの肩を揺さぶる。

「ちょっとちょっと、すごいじゃない。生徒会長と副会長が並んでいらっしゃるわ、こんな近くで！」

ラナのはしゃぎっぷりが、大抵の女子生徒の正しい反応なのだろう……と思いきや。

「殿下のブローチ、あの宝石はペリドット？　トルマリン？　ダイオプサイド？　あれほど鮮やかな色味を残しつつ、あの煌《きら》めきを与えるカット技術はそこらの工房にできるものじゃないわ。周りの装飾も名のある職人の仕事ね。目に焼き付けておかなくちゃ……あぁ、できれば描きとめておきたい……はっ、アシュリー様の靴の留め具の刻印は、老舗《しにせ》工房バート・オーエンの最高ランクの靴にだけ刻まれる刻印っ！　もっと近くで見たい……」

ラナが凝視しているのは、フェリクスやシリルの顔ではなく、彼らの身につけている靴や小物である。もしかしたら、ラナも一般的な女子生徒とは少しずれているのかもしれない。

ちらりとケイシーを見れば、ケイシーはいつもの快活な笑みを引っ込め、強張った顔でフェリクスのことをチラチラと見ていた。突然王族が現れたら、萎縮《いしゅく》するのは当然だろう。多分、ケイシーの反応の方が正しいのだ。

モニカがそんなことを考えていると、フェリクスがにこやかに「試しに踊ってみてごらん？」とモニカとグレンを促す。

「了解っす！　モニカ、オレ達の練習の成果を会長に見てもらうっすよ！」

二人のダンスはとても人に見せられるようなものではないのだが、この自信はどこから来るのだろう。

モニカがオズオズとグレンの手を取ると、ラナが慌ててピアノの前に座り、演奏を始めた。その曲に合わせて、ケイシーが手拍子をする。

「じゃあ、せーのでいくっすよ！」

「は、はいっ」

「せーのっ！」

モニカとグレンは同じタイミングで足を踏み出した。猛練習しただけあって、出だしは悪くない。

だが、ステップを繰り返す内に、段々二人の足並みが揃《そろ》わなくなる。

「ストップ！」

声を張り上げたのは、シリルだった。

（あぁ、やっぱり、わたしがダメダメだから……っ）

自分が駄目出しをされるのだと、モニカは肩をすくませる。

だが、シリルが青い目でギロリと睨《にら》んだのは、グレンの方だった。

「グレン・ダドリー！　エスコートがなっていない！　貴様は女性に対する態度を一から改め

ろ！」

日頃《ひごろ》からモニカを厳しく叱咤《しった》している人間とは、とても思えない台詞《せりふ》である。

てっきり自分が叱られるのだと身構えていたモニカは目を丸くした。

一方、駄目出しをされたグレンは、不服そうに唇を尖《とが》らせる。

「ちゃんと、丁寧に扱ってるっすよー」

「まずは誘い方からなっていないのだ、貴様は！　そこで見ていろ！」

シリルはグレンを突き飛ばすと、ビクビクしているモニカを見下ろした。

この流れは、モニカがシリルと踊るということだろうか？

うっかり足を踏んだら、氷漬けにされるのでは……とモニカが震えあがっていると、シリルは左手を自身の背中に回し、腰を折った。

「私と踊っていただけますか、レディ？」

「…………へ？」

優雅な一礼と、シリルのものとは思えない台詞にモニカの思考が止まる。

ポカンと立ち尽くしていると、シリルはまるで繊細なガラス細工にでも触れるかのように、そっとモニカの手を取った。

ラナの演奏が始まると同時に、シリルが軽くモニカの体に手を添える。その手の動きで、ダンスが始まるのだとモニカは無意識に理解した。

グレンの時のように「せーの」のかけ声が無くても、最初の一歩のタイミングが不思議と分かる。

シリルの手に誘《いざな》われるように、モニカは足を踏み出した。

ステップを気にするのに精一杯のモニカは、どうしても上半身の振り付けが雑になる。だが、モニカの背中や腕が曲がると、シリルの手が正しい姿勢になるように支えてくれた。

進行方向にしてもそうだ。グレンなら「次は右に行くっす！」「壁にぶつかりそうだからあっち！」と声に出して進行方向を指示するのだが、シリルはそれを言葉にせず、モニカを支える手の動きで、足運びで、視線で、自然と誘導する。それが、驚くほど踊りやすいのだ。

曲が終わると、シリルは始めた時と同じように美しい礼をする。そうして顔を上げた彼は、グレンの方を振り向き……。

「見たか、小僧！　エスコートとはこうするのだ！」

得意げな顔で怒鳴り散らした。

その姿はダンスの最中とは程遠い、モニカの知るいつものシリル・アシュリーである。

モニカは思わず呟《つぶや》いた。

「……アシュリー様が、いつものアシュリー様で、安心しました」

「どういう意味だ、ノートン会計」

シリルはジロリとモニカを睨み、咳払《せきばら》いをして言った。

「社交ダンスは男性側のリードで決まると言っても良い。男性側がきちんとリードをして、音楽にタイミングを合わせれば、ある程度は様になる」

シリルの言葉に、グレンが素直に歓声をあげる。

「おぉぉ、なんかすげーっす！」

「褒めるのなら、もっと語彙《ごい》を尽くして、品性のある言葉で褒めるのだな」

シリルは満更でもなさそうな顔をしつつ、それでもツンととりすました態度は崩さなかった。

グレンは「ごいをつくす？」としばし考え込み、キリリとした顔で口を開く。

「なんか、シュッとして、シャキッとして、ビシッ！　って感じでカッコ良かったっす！」

「……貴様は作法の前に、人間の言葉を学べ」

シリルはグレンを半眼で睨むと、今度はモニカに目を向けた。

「モニカ・ノートン。貴様もまだまだ問題点だらけだ。まずはエスコートされることに慣れろ。いちいちビクつくな。猫背になるな。下を向くな。多少のステップのミスなど、堂々としていれば案外気づかれないものだ」

「は、はい……」

シリルの指摘は、教師にもニールにも言われたことだった。

とにかくモニカは姿勢が悪い。猫背が染みついてしまっているし、俯《うつむ》いて足元を見るのが癖になっている。

モニカが意識して背筋を伸ばし、姿勢を鏡で確認していると、フェリクスがにこやかに提案した。

「それならダドリー君はエスコートの練習を、ノートン嬢はエスコートに慣れる練習をした方が良い。シリル、ダドリー君にエスコートの仕方を教えてあげてくれるかい？」

「殿下がそう言うのでしたら……」

シリルは不承不承頷《うなず》くと、グレンの前に立ち、ふんぞり返りながら言った。

「さぁ、小僧！　貴様に私のエスコート技術を叩《たた》き込《こ》んでやる！　まずは私を女性だと思ってエスコートするがいい！」

「ええ〜……ちょっと女性だと思うのは……うん、無理っす……」

「贅沢《ぜいたく》を言うな！」

ギャンギャンガミガミと煩《うるさ》いシリルがグレンを引きずっていくと、フェリクスはモニカにニコリと微笑《ほほえ》みかけた。

「そういうことだから、よろしく。ノートン嬢」

「よ、よろしく……お願い、いたします……」

モニカがペコペコ頭を下げると、フェリクスは早速モニカに手を差し伸べた。

「おいで？」

「…………………」

モニカはその場を一歩も動かずに、限界まで腕を伸ばした。そうして、差し伸べられたフェリクスの手に、指の先でチョンと触れる。その指先をフェリクスは、笑顔のまま見下ろした。

「驚くほどエスコートされる気を感じないね？」

フェリクスは笑顔だが、碧《あお》い目はちっとも笑っていない。

「さ、されます、エスコートされますっ！　すみませんっ！」

モニカはガクガク震えながら、半歩だけ前に進み出た。すると、フェリクスはすかさずモニカの手を握り、自分の方に引き寄せる。

フェリクスの手が自分の体を支えている。そう思った瞬間、モニカの体は緊張に強張った。

その幼い顔は、ほんのりと薔薇色に……染まってはおらず、寧《むし》ろ卒倒寸前の青白さである。

「君、シリルの時は、もっと自然にエスコートされていたのに」

「そ、それは……アシュリー様の時は、いつもと違うから、驚いて……っ」

シリルの時は驚きが上回って呆《ほう》けている間に、ダンスが始まって終わっていたのだ。今とは状況が違う。

モニカがカタカタと小さく震えていると、フェリクスがラナに指示を出した。

「すまないが、弾いてくれるかい？　音量はやや控えめで。手拍子は無くていい」

「か、かしこまりました！」

ラナは鼻息荒く頷き、ピアノを弾き始める。

先程よりも少し控えめに曲が流れると、フェリクスはモニカの手を取ったまま歩き出した。

シリルの時と同じだ。せーの、のかけ声が無くとも、なんとなく始まりが分かる。フェリクスもまたエスコートが上手《うま》いのだろう。

「今はステップは意識しなくていい。ダンスをしていることは忘れて構わないよ」

「……へ？　え？」

「私と楽しくお喋《しゃべ》りをしながら、適当に歩いているだけでいい。君は少し、体が強張りすぎているから」

楽しくお喋り、と言われてモニカはいよいよ困り果てた。口下手《くちべた》のモニカは、誰かに話題を提供するのが下手だ。気の利いたお喋りなんて、できたためしが無い。

モニカがモゴモゴと口籠《くちごも》っていると、フェリクスは少しだけ顔を近づけてモニカの瞳《ひとみ》を覗《のぞ》き込む。

「君の目、近くで見るのは初めてだ。薄茶に見えるけれど、光の加減で少しだけ緑がかって見える……深い森の奥の、木漏れ日のようだね？」

「は、はぁ、えっと……」

「薄茶の髪も、とても艶《つや》やかで綺麗《きれい》だね。今日もお友達に編んでもらったのかい？」

「いいえ、今日は自分で編んだんです。えっと、最近新しい櫛《くし》を買ったので……」

「へぇ、どんな櫛？」

「えっと、ラナ……コレット嬢が選んでくれた櫛で、持ち手のところに、お花が彫られてて……」

お喋りは苦手なモニカだが、ラナと買い物をした時のことを思い出すと、自然と顔が綻《ほころ》んだ。

そんなモニカに、フェリクスは柔らかく笑いかける。

「そういう笑顔もできるんだね。もっとよく見せておくれ？」

まじまじと顔を見つめられ、モニカは恥ずかしくなり、視線を彷徨わせる。その拍子にフェリクスのマント留めに使われているブローチが目に入った。

そういえば、ラナがこのブローチがどうのと言っていた気がするが、なるほど確かに、近くで見ると非常に精緻《せいち》な装飾だ。中央の石は丁寧なカッティングが施されていて、室内の光を反射し、美しく輝いている。

宝石は魔導具の素材として最もよく使われていて、石の種類、大きさ、透明度、そしてカッティングの有無によって付与できる魔力量が変わってくるのだ。

（底部は確認できないけれど、このカッティングはおそらく最新技術……一般的な石は色が濃く見えることを優先して、底部を膨らませるカッティングをするけど、これは光の反射を優先して底部を薄く浅くしている……元の石の色が濃いからこそできるカッティング……）

「君には緑のドレスが似合いそうだ。少し深みのある、だけど暗すぎない色がいい。スカートに美しい花の刺繍《ししゅう》をしたらきっと素敵だろうね。君は好きな花はあるかい？」

（この五八面体、反射結界に応用できそう。一般的に反射結界って強度が低いから、大型攻撃魔術の反射は難しいって言われているけど、この多面体を応用すれば、反射結界の強度も反射率も上げられる……）

「薔薇《ばら》だったら、秋薔薇が似合いそうだ。春薔薇の淡く優しい色合いも良いけれど、深みのある秋の薔薇は、きっと君をより引き立ててくれる」

（この多面体を応用して反射結界を展開した場合、屈折率を……と仮定して計算すると、直入射の場合の反射率は……）

モニカが夢中で反射結界の魔術式について考えている内に、曲が終わった。

フェリクスがモニカの体をホールドしたまま足を止めると、その様子を見守っていたケイシーとニールが拍手を贈る。

「モニカ、すごいじゃない！　途中からちゃんとダンスになってたわよ！」

「はい、ノートン嬢の動きが柔らかくなってて……今までで一番良かったですよ！」

ケイシーとニールの絶賛も、今のモニカには届かない。モニカの頭の中はまだ数式と魔術式でいっぱいだったのだ。

ブローチを凝視して魔術式について考え込んでいるモニカに、フェリクスがニコリと笑いかける。

「ノートン嬢は頭で考えすぎるせいで動きが硬くなって、テンポがずれる傾向にあったからね。楽しくお喋りをしていれば、余計なことを考えずに相手に身を任せられるだろう？」

ここに至って、ようやく我に返ったモニカはハッと顔を上げ、まるで夢から覚めたような顔で、キョロキョロと辺りを見回した。

「え……あの……わたし……今……」

「モニカ！　今、すっげー上手に踊れてたっすよ！」

途中からモニカのダンスを見守っていたグレンが、目を輝かせてモニカを褒め、シリルもまた
「流石《さすが》殿下のエスコート！」とうんうん頷いている。

モニカはまだふわふわとした夢見心地で、両頬を押さえた。

「……わたし、踊れてました……か？」

「あぁ、とても上手に踊れていたよ」

フェリクスが頷くと、モニカは頬をパッと赤く染め、満面の笑みを浮かべた。

「殿下のブローチのカッティングがとても綺麗に光を反射する五八面体になっていて、この反射率について考えていたら、余計なことを考えずにすみました！」

ずん、と重い沈黙がダンスルームを満たした。

唯一、モニカだけがキラキラと目を輝かせている。無邪気な子どものように。

お人好《ひとよ》しのニールが、恐る恐る口を挟んだ。

「あ、あのぉ……それは寧ろ、余計なことしか考えていなかったのでは……」

「…………あ」

モニカは笑顔を強張らせ、ゆっくり、ゆっくりとフェリクスの方を見た。

フェリクスは笑顔だった。笑顔なのだが、碧い目は暗く底光りしている。

「私とのお喋りは、君にとって余計なことだったのかな、ノートン嬢？」

「いえ、あの、えっと、つまり、そのぅ……」

モニカはもじもじと高速で指をこねていたが、やがてその手をギュッと握りしめると、顔を上げて叫んだ。

「上手に踊れたのは殿下の…………ブローチのおかげです！」

「そこは『殿下のおかげ』と言わんか！」

シリルの怒声が、ダンスルームいっぱいに響き渡る。

かくしてモニカは思考に没頭することで、ダンスの時間を乗り切る術《すべ》を体得したのだった。


再試験に挑むグレン・ダドリーとモニカ・ノートンは緊張に強張った顔をしていたが、音楽が始まると、初めての頃《ころ》が嘘《うそ》のように滑らかに最初の一歩を踏み出した。

グレンのエスコートは少し強引だが、それでもきちんと相手を思いやっているのがよく分かる。すぐに足をもつれさせていたモニカも、まだぎこちなさはあるが、きちんと正しいステップでエスコートされている。

やがて曲が終わると、リンジーは口元を綻ばせる。この一言を口にできることが、教師として嬉《うれ》しくも誇らしい。

「おめでとう、二人とも。合格よ」

グレンとモニカ、それとこっそり廊下で見守っていた友人達が、わぁっと歓声をあげる。

そんな若者達に、リンジーは「よく頑張りました」と微笑《ほほえ》んだ。

＊　＊　＊

セレンディア学園にはティールームが複数用意されている。

その中でも、一部の選ばれた人間しか使えない個室のティールームで、その茶会は行われた。

茶会の主催は生徒会書記シェイルベリー侯爵令嬢ブリジット・グレイアム。

そして招かれた客人はただ一人。生徒会長にしてリディル王国第二王子フェリクス・アーク・リディル。

「ノートン嬢は社交ダンスの再試験に合格したよ」

用意された紅茶に口をつけ、フェリクスは世間話のような口調で告げる。

ブリジットはカップをソーサーに戻し、扇子を広げた。

「それは、よろしかったですこと」

「君はノートン嬢に不合格になってほしかったのでは？」

「生徒会役員に落第生が出ることを、どうして喜べまして？」

実に模範解答だ。学園の三大美人に数えられるブリジットは、その美貌《びぼう》に薄い笑みを乗せてフェリクスを探るように見た。

「ダンスと言えば……懐かしいですわね。幼少期、一緒にダンスの練習をしたのを覚えていらして？」

「あぁ、勿論《もちろん》。懐かしいね」

「殿下はダンスが苦手で……あたくしの足を何度も踏んでは、謝ってばかりいましたわね？」

ブリジットは扇子で口元を隠したまま、目だけを動かしてフェリクスを見る。まるで、フェリクスの反応を確かめるかのように。

そんなブリジットに、フェリクスは昔の粗相を恥じるような困り顔を返した。

「突然昔話など始めて、どうしたんだい？」

「あら、あたくしとて、昔を懐かしむことぐらいありましてよ」

美貌の王子と令嬢の茶会は、まるで宮廷小説の挿絵のように美しい光景である。

だが、一見会話を楽しんでいるように見える二人の間では、水面下で静かな攻防が行われていた。

ブリジット・グレイアムは才女だ。決してフェリクスの美貌と地位に目が眩《くら》んで、言いなりになるような女性ではない。

「貴女《あなた》は昔から聡明《そうめい》だった」

「父にあまり良い顔はされませんの。女は少し頭が悪くて、愛嬌《あいきょう》のある方が良いのだとか……殿下もそうお考えでいらっしゃる？」

「賢い女性は好きだよ」

「まぁ、光栄ですわ」

ほほほ、と笑うブリジットは、誰《だれ》もが見惚《みと》れるような美しい笑みを浮かべているが、その琥珀色《こはくいろ》の目は冷めていた。心ない世辞など、きっと賢い彼女の心には届かないだろう。

フェリクスが再び紅茶のカップに口をつけると、ブリジットが「そういえば」と、さも、たった今思い出したような口調で言う。

「殿下にとって、モニカ・ノートン会計は、賢い女性に含まれますの？」

「貴女はどう考える？　是非、聞かせてくれ」

ブリジットは長い睫毛《まつげ》を伏せて、言葉を選ぶように考え込む。

「あたくしが思うに、あの娘は根っからの学者気質。然《しか》るべき設備を与えれば、目を見張るような活躍をするけれども、人前に出て交渉をすることが不得手。殿下があの娘を評価したいのなら、生徒会役員にせずとも、他の方法があったのでは？」

やはり賢い女性だ、と思う。

こういう時、ブリジットは感情ではなく論理で、主観ではなく客観で、物事を捉《とら》えることができる。その上で、ブリジットはモニカが生徒会役員に不適格だと言っているのだ。

彼女の指摘は正しい。モニカは生徒会役員に適しているとは言い難い。事務処理能力はともかく、交渉事があまりにも苦手すぎる。

フェリクスは僅《わず》かに口の端を持ち上げ、碧《あお》い目をおもむろに細めた。

「彼女を見ていると、たまにこう思わないかい？　『何でそんなこともできないんだ』……と」

ブリジットは肯定も否定もせず、フェリクスの真意を探るかのように黙っている。

そんな彼女に、フェリクスは親しげに笑いかけた。

「まるで、昔の私を見ているようだと思っただろう？」

端整な顔で親しげに微笑まれても、ブリジットの鉄壁の笑顔は崩れない。

フェリクスはカップをソーサーに戻して立ち上がった。

時間にはまだ早いが、これだけ付き合えば充分だろう。

「紅茶、ご馳走様《ちそうさま》。楽しい時間をありがとう、ブリジット嬢」

「ええ、こちらこそ……有意義な時間をありがとうございました。殿下」

ニコリと微笑むブリジットは徹頭徹尾、非の打ち所のない完璧《かんぺき》な令嬢だった。

ティールームを後にしたフェリクスは、歩きながらふぅっと短く息を吐く。

（……相変わらず気の抜けない人だ）

少し余計なことを話しすぎたかもしれない。

反省しつつ、何気なく窓の外を見たフェリクスは目を丸くする。

「あれは……」

校舎裏でグレンが何やら作業をしていた。見たところ、大きな石を集めているようだが、何をしているのだろう？

編入生のグレン・ダドリーのことを、フェリクスは密《ひそ》かに警戒していた。

以前、クレーメの街を襲った地竜を撃退したのは、通りすがりの魔術師の青年だという。その人物の特徴とグレンの容姿が一致するから、恐らく彼が地竜を倒したのだろう。

このタイミングで現れた編入生。しかも地竜を倒すほどの実力を持つ魔術師で、その師匠があの、人物ともなれば、何もないはずがない。

（監視か、或《ある》いは刺客か……）

更にフェリクスは、同じタイミングで編入したグレンとモニカとの繋《つな》がりも注視していた。だから、二人の関係を観察するためにダンスの指導を申し出たのだ。

指導中、フェリクスは常にグレンとモニカのやりとりを観察していたが、尻尾《しっぽ》は掴《つか》めなかった。

今のところ、二人の間にそれらしい繋がりは見当たらない。

(今後もダドリー君は、警戒しておいた方が良さそうだけど……)

そんなことを考えながら窓の下のグレンを観察していると、グレンの元にモニカ、ニール、ラナ、ケイシーがやってきた。

一緒に社交ダンスの練習をした友人達は、どうやらグレンを手伝っているらしい。

まず、グレンが組んだ石の上に鉄網を載せた。そして鉄網の下で火を起こし、友人達が網の上にせっせと肉を並べ始める。

(……わぁ)

フェリクスは寮に戻るつもりだった足を止め、足早に裏庭へ向かった。

＊　＊　＊

無事にダンスの再試験に合格した後、お祝いパーティをしようと言い出したのは、グレンだった。

会場も料理もオレがバッチリ用意するっす！　とグレンが胸を叩《たた》いたので、ティーパーティでもするのかと思いきや、会場は裏庭、用意されていた物は大量の肉。ともなれば、何をするかは言わずもがな。

「やっぱ、お祝いには肉っすよね！」

グレンは手際よく肉を焼き始める。そんなグレンをテキパキと手伝っているのがケイシーだ。

「うんうん、やっぱりお祝い事には、お肉がなくちゃ始まらないわよね」

ケイシーも機嫌良く頷《うなず》きながら、とても令嬢とは思えない慣れた手つきで、肉を切り分けていく。

これに案外乗り気というか、興味津々だったのがラナである。豪商の娘である彼女は物珍しげにグレンとケイシーの作業を眺めていた。

校則違反ではあるが、ラナがグレンとケイシーを止めなければ、流されやすいモニカとニールは、ただ黙って見守ることしかできない。

「こういうのって、案外簡単に作れるのね。ところで、この大量のお肉はどこから調達してきたの？」

ラナがグレンを見ると、グレンはニンマリと得意げに笑った。

「ふっふっふ。オレ、実家が肉屋なんすよ。だから、ちょーっとひとっ飛びして……じゃなかった……えーっと、実家から送ってもらったんす！」

どうやら飛行魔術でひとっ飛びして、実家から調達してきたらしい。

グレンは監督役のいないところでは魔術を使うなと師匠から言われているはずだが、この様子だと、割とホイホイ飛行魔術を使っているようだ。

そんなグレンに、ラナが首を傾《かし》げながら訊《たず》ねる。

「ご実家が肉屋？　じゃあ、貴方《あなた》はどなたかの侍従になるために入学したの？」

セレンディア学園は入学金さえ払えば、貴族でなくとも入学はできる。最近は付き人にも高等教育を施すのがステータスになっているので、珍しい話ではない。

だが、グレンは首を横に振った。

「オレ、魔術師見習いなんすよ。でもって師匠が突然『学費は出してやるからセレンディア学園に通え』って言いだして」

串焼《くしや》き肉を網の上に載せていたケイシーが、目を丸くしてグレンを見る。

「セレンディア学園って入学金が馬鹿高いのよ？　グレンのお師匠様ってすごいのね。相当高名な方なんじゃない？」

「こーめい？　はよく分かんないっすけど、滅茶苦茶《めちゃくちゃ》強いっすね。オレ、師匠より強い人ってあんまり見たことないっす」

「強いって言うと……〈砲弾の魔術師〉とか、黒竜を撃退した〈沈黙の魔女〉とか？」

ケイシーの言葉にモニカが冷や汗をダラダラ流しながら、二つ名の通り沈黙していると、グレンが肉の串をひっくり返して言った。

「どっちも違うっすよー。あ、肉が良い感じっすね。ほい、どーぞっす！」

グレンは薪《まき》を動かして火加減を調節しながら、串焼きにした肉を全員に配る。そして自身も一本手に取ると、それを高く掲げた。

「そんじゃ、全員に行き渡ったところで……オレとモニカの再試験合格を祝して……いっただっきまーす！」

そう言ってグレンは大きな口を開けて肉にかぶりつく。モニカもそれに倣って、戸惑いがちに肉を頬張《ほおば》った。

こんがりと焼けた羊肉は、多少臭みはあるがスパイスが効いていて食べやすい。あまり羊肉が得意ではないモニカでも、素直に美味《おい》しいと感じた。

「わたし……羊肉、苦手、だけど……これは食べやすい、です」

モニカが小声で感想を言えば、グレンは得意げに鼻を鳴らした。

「ふふーん、美味しさの秘訣《ひけつ》は、ダドリー家秘伝のスパイスっす。店頭販売もしているので、ご贔《ひい》屓《き》に！」

しっかり宣伝も忘れない商魂たくましいグレンに、ニールがしみじみと呟《つぶや》く。

「最近は地域によっては、香辛料も入手しやすくなりましたよねぇ」

ラナが串焼きを食べる手を止めて口を挟んだ。

「港町のサザンドールが、最近港を拡大したっていうのもあるんでしょうけど……お父様が言ってたわ、帝国の皇帝が代替わりしてゴタついてるから、商人達が様子見してるんだって。その様子見の商人達が、帝国に近いこの国の港に留《とど》まってるのよ」

ラナの言葉を受けて、ニールがうんうんと頷く。

「帝国の新しい政策次第では、商人達が一気に帝国に流れていく可能性はありますね。今の皇帝は革新的な政策が多いと聞きましたし」

そんな会話を聞きながら、モニカはぼんやりと考える。

帝国が医療魔術を解禁したことで、多くの魔術師が帝国に流れている。

同じように商人達も帝国に流れていく日は遠くないのかもしれない。人が集まるところには商売が生まれる。今後、帝国は更に発展していくことだろう。

一方、このリディル王国では、旧体制の維持に必死な中央の貴族と、地方貴族達との間で対立が生じている。更には第一王子派、第二王子派、第三王子派で派閥が分かれている始末だ。

（わたしは……権力争いなんて、興味ないのに）

七賢人であるモニカは国王に面会し、直接言葉を交わす権利を与えられている。

だがモニカは権力にも、国の行く末にも、興味が無いのだ。

（ルイスさんは、わたしに何をさせたいんだろう……）

確実に第二王子を護衛したいのなら、もっと適任がいるはずだ。

それなのに、わざわざ出来の悪いモニカを護衛役として送り込んだ理由とは何か？

（まさか、ルイスさん……役立たずのわたしを第二王子の元に送り込んで、第二王子を破滅させようと企《たくら》んでるんじゃ……）

そんなまさか、と言い切れないのが、ルイスの恐ろしいところである。

美貌の同期の爽《さわ》やかに邪悪な笑顔を思い出していると、いつのまにかモニカの手は肉の脂でベタベタになっていた。慌ててハンカチで拭《ぬぐ》うと、ラナが笑いながら言う。

「串焼きは横向きに持つといいわよ。縦に持つと、脂が垂れてくるんだから」

「う、うん……」

モニカが言われた通りに串を横向きに傾けると、そのやりとりを見ていたケイシーが、指についた肉の脂を行儀悪く舐《な》めながら言った。

「ラナは串焼き食べるの上手ねぇ。正直、こういうのは食べ慣れてないと思ってたわ。私みたいな田舎《いなか》貴族なわけじゃないでしょ？」

「わたしの故郷はお祭りが多いから、割と食べ歩き文化が定着してるのよ。王都育ちは、そうじゃない人が多いのだけど」

ラナは何やら真剣な目で串を見ている。

「王都でも焼き栗や果実水の屋台は出るけど、串焼きってあまり無いのよね。出店したら、人気が出そう……でも、王都は出店や露店の規制が厳しいのよね……」

ラナは流行《はや》り物に詳しいだけでなく、案外商魂たくましい少女である。

そういう意外な一面も、こうして話をしてみないと、なかなか分からないものだ。

ケイシーは面倒見が良い姉御肌。いつも周りをよく見ていて、とても気が利く。

グレンはちょっと自由奔放すぎるけれど、意外と観察眼が鋭い。

ニールは流されやすい性格だけど、誠実で優しい人だ。

かつて魔術師養成機関ミネルヴァに通っていた頃《ころ》、モニカは人付き合いを拒絶し、他人のことを知ろうとはしなかった。そんなのは知る必要のない「無駄なこと」だとすら思っていた。

あの頃は、こうして裏庭でこっそり肉を焼いて、誰かと食べる日が来るなんて、想像もしなかった。

（……お肉、美味しい）

モニカは口元を綻《ほころ》ばせて、幸せな気持ちで肉をかじる。

グレンはモニカの倍以上の速さで肉を食べ終えると、楽しげに次の肉を焼き始めた。

それを見たニールが目を丸くする。

「グレン、まだ食べるんですか⁉」

「だって、全然食べ足りないっす！」

「僕、もうお腹《なか》いっぱいですよ⁉」

お腹を押さえるニールに、グレンはフンスと鼻息荒く言った。

「もっと食べないと大きくなれないっすよ！」

その一言に、ニールの目から光が消えた。

「……今、遠回しに僕のことチビって言いましたか？　……言いましたね？　言いましたよね？」

グレンが同年代の少年と比べて大柄なのに対し、ニールは平均よりもだいぶ小柄である。

いつもは温厚なニールが無表情でグレンににじり寄り、グレンがたじたじになる。また、新たな一面が見えた。

そのやりとりにモニカ達が笑っていると……。

「やぁ、楽しそうだね」

一同はピタリと口を噤《つぐ》み、声の方を振り返った。

そこにお供も無しに佇《たたず》んでいるのは、生徒会長フェリクス・アーク・リディルだ。

ラナとケイシーがギョッと目を剥《む》き、ニールが真っ青になって口を動かす。

「会長、これはですね、その……」

オロオロしているニールに、フェリクスはいかにも嘆かわしげに眉《まゆ》を下げてため息をついた。

「まったく……生徒会役員が二人もいるのに、堂々と校則違反なんて」

そんなフェリクスに、串を掲げて勇ましく反論する男がいた。

肉屋の倅《せがれ》のグレン・ダドリー君である。

「校舎裏で肉を焼いちゃいけないって校則は無いっす！」

「規定の場所以外で火を扱う時は、生徒会に申請が必要なんだよ」

「じゃあ、ここに会長がいるから問題ないっすね！　会長！　許可くださいっす！」

マイペースもここまでくると、いっそ清々《すがすが》しい。

一同がハラハラしつつ見守っていると、フェリクスは腕組みをしてグレンを見据えた。

「そういうのは、前日までに書類で申請するものだよ」

「そうなんっすかー。あ、会長もお一つ、どうっすか？」

グレンは流れるような仕草で、フェリクスに串を差し出す。

なんと恐れ知らずな！　モニカ達が息をのむ中、フェリクスはじっとそれを見つめ……。

「うん、いただこうかな」

串を手に取った。

食べるんですかぁー!?　とニールが小さい声で悲鳴をあげる。

フェリクスは串の肉を器用にかじった。モニカのように串を縦に持って、肉汁を手に垂らすこともない。

「うん、美味《おい》しいね。スパイスの効かせ方が良い」

フェリクスは唖然《あぜん》としているモニカ達を見て、パチンとウィンクをした。

「これで私も共犯だ。黙っていてくれるね？」

王族の言葉ともなれば、逆らえるはずもない。一同は無言でコクコクと頷く。

そんな中、グレンが快活に笑った。

「まだまだあるんで遠慮無くどうぞ！　会長にもダンス見てもらったから、そのお礼っす！　あっ、そうだ、副会長も呼ぶっすか？」

グレンの提案にニールが勢いよく首を横に振る。

「それは、や、やめましょう！」

モニカもニールに同意見である。

繊細で神経質なシリル・アシュリーがこの場にいたら、けしからん！　と激昂《げきこう》すること必至である。或《ある》いはニコニコと串焼きを頬張《ほおば》るフェリクスの姿に、目を疑うだろうか？

何にせよ、この楽しい時間を終わらせたくなくて、モニカは肉を焼く煙が校舎の方に流れぬよう、こっそり無詠唱魔術で風向きを調整した。

＊　＊　＊

校舎裏での秘密のパーティを終えたモニカが女子寮の屋根裏部屋に戻ると、黒猫とメイドが床に座って仲良く本を読んでいた。

「おかえりなさいませ、〈沈黙の魔女〉殿」

読みかけの本を閉じ、流れるように一礼する美貌《びぼう》のメイドは、〈結界の魔術師〉ルイス・ミラーの契約精霊リィンズベルフィード――通称リン。

風の上位精霊である彼女は飛行魔術が得意なので、今回の潜入任務では連絡係を担っている。

しかし、定例報告にはまだ間があるはずだ。それなのに、リンが来たということは緊急事態なのだろうか？

モニカが密《ひそ》かに体を強張らせていると、リンの横で本を読んでいたネロが、前足で表紙を閉じてモニカを見上げた。

「お前に、贈り物があるらしいぞ」

「……贈り物？」

「はい、我が主《あるじ》から、〈沈黙の魔女〉殿に贈り物です。どうぞ、お受け取りください」

そう言ってリンは壁際に置いていた紙包みを手に取り……。

「どぅるるるるる……」

素晴らしく高度な巻き舌で、謎の声を発した。これはもしかして、ドラムロールの真似《まね》のつもりだろうか？

モニカが戸惑っていると、更にリンは無表情のまま口を開く。

「ぱぱぱぱーん」

ドラムロールの次はラッパの真似らしい。幼い子どもがやるなら可愛《かわい》らしいが、美貌のメイドが抑揚のない声で再生するラッパの音は、只々《ただただ》シュールだ。

「……あの、えっと、リンさん？　今の……は？」

「人間はこういう時、楽器を鳴らすと本で読みました。ですが、わたくしは楽器の心得がありませぬ故、口頭にて再現した次第です」

それは城で行われる式典などの話である。個人間のやりとりで楽器が鳴り響くなんて、モニカは聞いたことがない。

リンが本当に楽器を持ち込まなくて良かった。屋根裏部屋でドラムロールとラッパが高らかに響いたら、流石《さすが》に目立ちすぎる。

「というわけで、こちらをどうぞ」

「は、はぁ……どうも……」

リンが差し出した紙包みには、赤いリボンがかけられていた。

恐る恐るリボンを解《ほど》いてみれば、中から紺色のドレスと白いコートが出てくる。ドレスは舞踏会に着るような豪奢《ごうしゃ》な物ではなく、普段使い用のドレスだ。

ドレスもコートも装飾の少ない質素なデザインだが、それがモニカにはありがたい。

「わぁっ！　……あの、これ、本当に貰《もら》っていいんです……か？」

「はい、ルイス殿は『ヴィクター・ソーンリーを捕らえた褒美とでも言っておきなさい。飴《あめ》と鞭《むち》の使い分けは大事ですからねぇ、はっはっは』と申しておりました」

それは、後半は言わない方が良かったのではないだろうか。

モニカはリンの言葉に苦笑しつつ、新品のドレスとコートを交互に体にあてがってみた。大きさも丁度良い。

（次にラナと街にお買い物に行く時、これを着ていこうかな）

モニカは口をムズムズさせながら、リンに頭を下げた。

「えっと、あの、ありがとうございます。今、ルイスさんにお礼のお手紙を書くので、待っててください」

モニカはドレスとコートをハンガーにかけると、文机《ふづくえ》の前に座り、筆記用具を取り出す。

ルイスには、貰ったドレスの礼をきちんと伝えたい。「ありがとう」が言えるようになる、というのは、この学園に来た時からずっと、モニカのささやかな目標なのだ。

モニカが悩みながらペンを走らせていると、リンがモニカの真横に立って口を開く。

「なんでも先日の報告によると、商会を騙《かた》る侵入者があったとか」

「は、はい……」

「それを踏まえまして、次回の定例報告では、学園祭当日の警備案を提出してほしいそうです」

「け、警備案、ですか……」

そう言われても、モニカは警備についてはド素人《しろうと》。簡単に警備案が思いつくはずもない。

戸惑うモニカを、リンの若葉色の目が、じぃっと見つめる。

「例えば、〈沈黙の魔女〉殿が暗殺者なら、どのようにして第二王子を暗殺しますか?」

「わたしが暗殺者なら……? うーん……」

リンの問いに、モニカは腕を組んで考え込む。

するとネロが机に飛び乗って、得意げに言った。

「モニカが暗殺者なら、忍び込むなんて面倒なことする必要ねーだろ。遠くからすげー威力の攻撃魔術をこの学園に向かってぶっ放せば、一瞬だぜ」

「……ネロ、それは暗殺じゃないと思う」

物騒な提案をするネロにモニカは呆《あき》れの目を向け、以前ルイスから聞いた話を口にした。

「あのね、この学園は防御結界が張られてるから、外部からの攻撃は無意味なの」

「そうなのか?」

「うん、国内の重要施設は、大体ルイスさんが防御結界を張ってるから、外部からの攻撃は心配しなくていいと思う」

ルイス・ミラーの二つ名は〈結界の魔術師〉。

その二つ名の通り、彼が最も得意とするのが結界術である。その規模、強度、精度、持続時間は他の追随を許さない。

そんなルイスが時間をかけて張り巡らせた大規模結界が、この学園にもあるのだ。

「……多分、ルイスさんが張ったのは、感知術式と併せた広範囲の大規模防御結界だと思う。普段は起動しないけど、外部からの攻撃を感知して、瞬時に防御結界を張るの。一般人には見つかりづらい場所に、こっそり設置してるんじゃないかな」

ただしこの手の結界は、外部からの攻撃には対応できるが、結界内で起こったことには対応できない。また、結界の魔術式を内部犯に書き換えられると、結界が無効になってしまうという弱点もある。

そのことをモニカが懸念すると、リンは「問題ありません」ときっぱり断言した。

「結界の書き換えに関しては、まず起こらないでしょう」

「ど、どうして……ですか？」

「以前、ルイス殿が椅子の上でふんぞり返りながら、こう申しておりました」

リンは居住まいを正すと、抑揚の無い声で、ルイスの言葉を再現した。

「『私の防御結界には、殺意たっぷりの罠《わな》を仕込んでありますからねぇ。書き換えられるもんなら書き換えてみやがれというやつです。ハッハッハ』」

無表情でルイスの台詞《せりふ》を再現するリンに、ネロがジトリと半眼で呻《うめ》いた。

「……なんであいつは、結界に殺意を仕込んでんだ？」

「以前、別の建物で侵入者が魔術式を書き換えようとした事件があったのだそうです。なので、ルイス殿は結界を書き換えようとすると発動する罠を、魔術式に仕込んでいるのだとか」

なんともルイスらしい話にモニカが苦笑いしていると、ネロが呆れたようにモニカを見上げる。

「殺意に満ちた結界なんて、聞いたことねぇよ。やっぱ七賢人って、感性がおかしい奴《やつ》らの集まりなんだな」

「……………あう」

返す言葉もなかった。

六章　場違いな一杯

社交ダンスの再試験を無事に終え、一つの山を乗り越えたモニカが胸《むね》を撫《な》で下《お》ろしたのも束《つか》の間《ま》。すぐに次の試練はやってきた。

それは社交ダンスに並ぶ、貴族の子女達にとって大事な嗜《たしな》み――茶会である。

セレンディア学園は社交ダンスの授業のように、一般学校には無い、貴族特有のカリキュラムがいくつかある。その一つが女子だけが受講する茶会の授業だ。

貴族の令嬢達にとって、茶会は楽しい歓談のひとときではない。いかに客人をもてなすか、もてなされるかで品格が問われる社交の場である。

茶会の授業では作法について徹底的に叩《たた》き込《こ》まれ、その上で実技演習を行うのだ。

実技演習は、中庭でティーパーティ形式で行われる。

同学年の女子生徒が四、五人でグループを作り、一つのテーブルに座る。そしてそれぞれが茶を持ち寄り、品評をするのだ。

ただし、茶菓子だけは事前に教師から指定されている。つまり、その茶菓子に合う茶を用意するところから、演習は始まっているのだ。

茶会の授業で使用する茶葉は、自分で用意しなくてはいけないのだが、大抵の令嬢は使用人に買ってこさせるのが一般的である。

しかし、モニカはどこで買えば良いかすら分からないので、今回の任務の協力者であるケルベック伯爵令嬢、もとい自称悪役令嬢のイザベル・ノートン嬢を頼ることにした。

「……というわけで、そのぅ、茶葉を少し分けてほしいんです」

イザベルの部屋を訪ねたモニカが事情を説明すると、イザベルは感極まったように頬を薔薇色《ばらいろ》に染めた。

「お姉様のお役に立てるなんて、光栄ですわっ！　えぇ、えぇ、わたくしにお任せくださいませ！お姉様が無事に授業を乗り切れるように、尽力させていただきますわ！」

「あ、ありがとうございます……」

ペコペコと頭を下げるモニカの前に、イザベルの侍女アガサが紅茶のカップを置く。カップからはふんわりと柑橘《かんきつ》に似た良い香りがした。

イザベル付きの侍女の中で一番年若いアガサは、頼りになる姉のような顔でモニカに笑いかける。

「紅茶の淹《い》れ方は、私が指導いたしますね。本当は私が行って、給仕をしてさしあげられれば良いのですが……そうすると、モニカ様がケルベック家に苛《いじ》められているという設定と矛盾してしまいますし」

授業で使う茶は自分で淹れても良いし、使用人が淹れても良いということになっている。

とは言え、大抵は使用人に淹れさせるのが当たり前だ。自分で茶を淹れる者は、使用人を連れてきていない三流貴族という目で見られる。

だがモニカの場合、イザベルに苛められているという設定なので、イザベル付きの侍女が手伝いに行くのは不自然だろう。

「ご、ご指導、お願い、いたします……」

モニカがアガサにも深々と頭を下げると、アガサは「良いんですよ、頭を上げてください！」と言ってくれた。

イザベルと言い、アガサと言い、とても気の利く令嬢と侍女である。悪役令嬢ごっこをしている時は、ちょっと近寄りがたいけれど。

「ふふっ、お姉様にご用意するお茶は何が良いかしら……お姉様。お茶菓子の指定はありまして？」

「えっと……クリームを使ったケーキと軽食だそうです」

イザベルはふむふむと頷《うなず》き、顎《あご》に指を添えて何やら考え込んだ。

菓子に合う茶を選ぶのも授業の一環だ。とは言え、モニカは紅茶を飲み慣れていない。父の影響で、コーヒーを口にすることの方が多かったのだ。

「あ、あのぅ、こういう時は……何を合わせるのが、正解なんでしょうか……」

「軽食もあるのでしたら、若い葉を使った爽やかな風味の紅茶がよろしいかと思います。フレーバーティーは避けた方が無難ですわね。飲み方はストレートか、砂糖を入れないミルクティーにするのも悪くないかと……ですが、お姉様」

イザベルは言葉を切ると、真剣な顔でモニカを見て、きっぱりと言った。

「お茶とお菓子の取り合わせは、個人の好みもありますし、明確な正解というものはありませんの。ですが、明確な不正解はあります」

正解はないのに、不正解はあるとはどういう意味だろう？

混乱するモニカに、イザベルはズバリと言った。

「それは、同じテーブルの誰かと被《かぶ》ること、ですわ」

「……あ」

演習の授業は数人のグループになって、一人一人が茶葉を持ち寄るのだ。確かに茶の種類が被るとばつが悪い。

「特に自分より立場が上の方と被ってしまうと最悪です。厳密にはお茶会に着ていくドレスや髪型、小物なども、流行《はや》りを押さえつつ被らないように配慮するものですが……演習は制服で行われるとのことですし、今は茶葉のことだけ考えましょう」

そんなことまで……とモニカは震えあがった。

モニカは七賢人として国の式典等に参列することもあるが、七賢人の正装は儀礼用ローブなので、国から支給されたローブを着ていくだけで良い。

なので、モニカは社交界の衣装の心配なんてしたことがなかったのだ。

どうやら貴族の令嬢達の茶会とは、モニカが想像する以上の神経戦らしい。

「一番確実なのは、同じテーブルの方に事前に持ち寄るお茶を確認することなのですが……お姉様と同じテーブルに座るのは、どなたなのですか？」

「えっと……わたしも含めて四人です。同じクラスのラナ・コレット嬢、隣のクラスのケイシー・グローヴ嬢……あと一人は、よく分からない、です」

「そうなると、事前にそれとなくお茶の種類を確認するのは難しいですわね」

「す、すみません……」

ラナやケイシーならきっと快くお茶の種類を教えてくれるだろうけれど、ほぼ面識のない人間に直接訊《き》きにいく勇気は、モニカには無い。

　まして四人目の令嬢は、実家の爵位が分からないので、下手《へた》にモニカから話しかけると、礼儀知らずと受け取られかねないのだ。貴族社会では、身分が下の者から上の者に気安く話しかけるのはタブーなのである。

「お姉様、お茶を振る舞う順番は決まっていますか？」

「は、はい、わたしが一番最後……です」

「そういうことでしたら、お茶は二種類用意しておきましょう。それなら被らないようにできますし」

「あ、ありがとうございます……お茶会って、大変なんですね……」

　すでにグッタリしているモニカに、イザベルもまた悩ましげな顔で頷く。

「ええ、同席者の好みや、交友関係、趣味の話を事前調査していても、予想外の展開になることは、ままあります……そう、初めてのお茶会のために一生懸命準備をしたのにもかかわらず、悪役令嬢の意地悪で全《すべ》てを台無しにされたヒロインのように！」

　どうやら後半は、最近読んだ小説の話らしい。

　返す言葉に困ったモニカが曖昧《あいまい》に笑っていると、侍女のアガサが大真面目《おおまじめ》な顔で進言した。

「イザベルお嬢様、これから先、モニカ様がイザベルお嬢様以外の悪役令嬢に直面する機会があるやもしれません。その時のために、今から悪役令嬢の振る舞いについて、お教えしてはいかがでしょう？」

「……えっ」

顔を引きつらせて硬直するモニカの向かいの席で、イザベルは「まぁっ！」と頬に手を当て、目を輝かせた。

「そうね、それがいいわ！　だってお姉様は、わたくしのヒロインですもの！　いつか、わたくし以外の悪役令嬢にお茶会に誘われ、苛められる未来が訪れるかも……！」

そんな未来、心の底から遠慮したい。遠慮したいのだが、絶対に無いと言えないのが現状だった。

なにせ編入して早々に生徒会役員に選出され、ダンスの練習をフェリクスに手伝ってもらったモニカは、女子生徒の過半数を敵に回している。普通に接してくれる人間なんて、同学年ではラナ、ケイシー、グレン、それとニールぐらいのものだ。

今、モニカに対する周囲の目は、概《おおむ》ね二種類に分けられる。

モニカのことを蔑《さげす》み、敵意を見せる者と、モニカのことを得体のしれない不気味な人間だと遠巻きに見ている者だ。

イザベルがモニカを苛める演技をしてくれているおかげで、見るからに平民然としたモニカの存在を不審に思ったり、事情に首を突っ込んでくる者はいない。だが、すれ違いざまに嫌味を言われたり、遠巻きにクスクス笑われたりということは、何度もあった。

周囲の人間は「モニカはイザベルの獲物」と認識している。それ故、モニカを直接攻撃してくる者は殆《ほとん》どいない……が、この先もそうだとは限らない。

「では、お姉様。いつか、お姉様が真の悪役令嬢と対面した時のために、悪役令嬢の行動パターンについて、わたくしが解説させていただきます」

敵と戦うには、まず敵を知ることから、という。

ここで悪役令嬢のなんたるかを知っておけば、もしかしたら何かの役に立つ日が来るかもしれない……できれば、そんな日は来てほしくないというのが本音だが。

モニカは背筋を伸ばし、真剣にイザベルの話に耳を傾けた——瞬間。

「オーッホッホッホ！」

イザベルは口元に手を当てて胸を反らし、高らかに笑った。

その声量にモニカがビクッと肩を震わせると、イザベルは高笑いを引っ込めて、すっと姿勢を正す。

「まず、これが悪役令嬢の基本動作。高笑いですわ。こうして高笑いをすることで、相手を威圧、牽制《けんせい》することができ、同時に場の仕切り直しができるのです！」

「た、高笑いにそんな効果が……」

大真面目に驚くモニカに、イザベルは尤《もっと》もらしく頷いた。

「ただし、多用しすぎると効果が薄れるので、ここぞという時に使うのがポイントです」

なるほど、必殺技は使うタイミングが重要らしい。

ふんふんと頷くモニカの前で、イザベルは扇子を広げる。

「更に基本動作その二！　『無言で鼻で笑う』！」

イザベルは流れるような動作で扇子を口元に添え、相手を小馬鹿にするような笑みを浮かべた。

誰《だれ》がどこから見ても、相手を見下していると分かる高慢な笑いは、舞台女優顔負けの演技力と表現力である。

「本来笑う時は扇子で口元を隠すのが作法なのですが、ここではあえて扇子を少し下げて、口元を相手に見せています。そうすることで、相手を露骨に馬鹿にしているとアピールしているのですわ！」

なんと細かい、とモニカは衝撃を受けた。

まさか、そんな細かいところまで計算していたなんて！

「無論、口元を扇子で隠してクスクス笑うのも嫌味っぽさの演出ができるので有りです。ここは令嬢のキャラクターに合わせて、使い分けたいところですわね」

「な、なるほど……奥が深いんですね」

「えぇ、極めようとすればするほど、その奥の深さに気づかされますわ」

繰り返すが、悪役令嬢の話である。

かくして、お茶の淹れ方講座よりも遥《はる》かに力の入った悪役令嬢講座は夜遅くまで続いた。

この悪役令嬢なるものに心血を注いでいるノリノリ演技派お嬢様が、高等科一年のお茶会の授業でトップの成績であることを、モニカは知る由もなかった。

＊　＊　＊

高等科二年の合同お茶会演習は、中庭にテーブルセットを複数出し、ティーパーティという形式で行われる。

このティーパーティで振る舞われるお茶は、校舎一階にある茶会準備室で用意することになっていた。

基本的に使用人がここで茶を淹れるのだが、使用人のいないモニカは自分で淹れなくてはならない。

モニカが茶を振る舞う順番は一番最後になるので、茶会を途中で抜けて、この準備室で茶を淹れるのだが、茶会の席に茶葉の瓶を抱えていくわけにもいかない。なので、モニカは事前に準備室に瓶を運び込むことにした。

準備室では既に何人もの使用人達が茶の準備をしている。制服を着た人間は殆どいない。

モニカが気まずげに体を縮こまらせ、茶葉の瓶を置く場所を探していると、誰かがその肩を叩《たた》いた。

ビクッと肩を震わせて振り向いたモニカは、すぐに安堵《あんど》の息を吐く。

モニカの肩を叩いたのはケイシーだった。

「モニカ、茶葉を置きに来たの？」

「は、はいっ」

「私もよ。やっぱり、みんな使用人にお茶を淹れさせるのねぇ。うちは田舎《いなか》の貧乏貴族だから、使用人を連れてきてないのよ」

そう言ってケイシーは茶葉の瓶を棚に置くと、瓶の下に自分の名前を書いた紙を挟んだ。なるほど、こうすれば他の人と取り違えることもない。

「モニカも使う？　余分な紙あるわよ」

「あ、ありがとうございます……」

モニカは有り難く紙を受け取ると、紙の端を数回折り、蛇腹状の折り目をつけた。

これならケイシーのように名前を書かずとも、紙の端の特徴的な折り目が目印になる。

モニカは端を折った紙を下に敷いて、その上に茶葉の瓶を二つ並べた。これで他の人に間違われることもないだろう。

「茶葉、二種類用意したの？」

モニカの瓶を見て、ケイシーが目を丸くした。

モニカはもじもじと指をこねながら答える。

「被ったら、困るかと、思って……」

モニカの答えにケイシーは感心したように、ポンと手を叩いた。

「あー、そっかー、そういう可能性もあるのかー。いやぁ、私、被った時のことなんて、全然考えてなかったわ。モニカって賢いのね」

「い、いえ……」

被った時のことを考えてくれたのは、イザベルである。

改めてイザベルに感謝していると、ケイシーが壁の時計を見て言った。

「いけない、いけない。そろそろ行かないと茶会の授業が始まっちゃうわ。早く行きましょ。遅れたら、クローディア嬢に嫌味を言われちゃう」

「……クローディア嬢？　あの、もしかして、今日のお茶会の……？」

どうやら、クローディア嬢なる人物が、今日の茶会の四人目のメンバーらしい。

「クローディア嬢という方は……その、どのような方なのでしょうか……？」

モニカの問いに、ケイシーは無理に笑おうとして失敗したような、彼女らしからぬ苦い顔をする。

「どのようなと言われると……あー……うん……そうね。ものすごく、読書家で博識よ。〈歩く図書館〉なんて呼ばれてるぐらい。ただ、性格がちょっと……うん、まぁ、会えば分かるわよ！」

快活なケイシーが言葉を濁すような令嬢とは、一体何者なのだろう。

（ま、まさか……イザベル様の言っていた、悪役令嬢……っ⁉　出会い頭に高笑いをされたらどうしよう……）

とにかく強い心を持って向き合わなくては……とモニカはこっそり固唾《かたず》をのんだ。

＊　＊　＊

気持ちの良い秋晴れの空の下、中庭で茶会の実技演習が始まった。

たとえ演習と言っても、流石《さすが》は名門セレンディア学園。テーブルセットは一流品ばかりで、それぞれのテーブル毎《ごと》に色の異なる美しい花が飾られている。

茶器や花器も宮廷の茶会と比べても遜色《そんしょく》のない逸品揃《ぞろ》いであった。生徒達が制服姿でなければ、ここが宮廷と錯覚していたかもしれない。

女子生徒達は各々が持ち寄った茶を味わいながら、和やかに、楽しげに談笑していた。

教師が採点に来た際は、茶や茶器、季節の花などを話題にしているが、ひとたび教師がテーブルを離れれば、令嬢達の話題は最近の流行や色恋沙汰《ざた》の噂話に変わる。

特に話題に上がるのは、やはり生徒会長にして第二王子フェリクス・アーク・リディル。

ノルン伯爵令嬢カロライン・シモンズは、キャラメルブラウンの髪を揺らし、うっとりと呟《つぶや》いた。

「きっと殿下は、在学中に婚約者をお決めになると思いますの」

カロラインの言葉に、他の少女達もはしゃいだ声をあげる。

「一番相応《ふさわ》しいのはどなたかしら?」

「レーンブルグ公爵家のエリアーヌ様では? 血筋も近いですし」

「同じ生徒会役員のブリジット様も、お似合いでいらっしゃるわ」

第二王子の婚約者候補に彼女達が挙げた名前は、いずれもこの学園のトップに君臨する令嬢だ。

それでいて、彼女達は心のどこかで、自分が王子の伴侶《はんりょ》に選ばれないかと夢想している。カロラインもだ。この学園に通う女子生徒なら、誰もが一度は夢に見る。

あの端整な顔の王子様が自分に笑いかけてくれたら、舞踏会で自分に手を差し伸べてくれたら、あぁ、どんなに素晴らしいことだろう!

そんな夢想をする彼女達は、最も王子と釣り合わない存在を引き合いに出し、見下すことで己のプライドを満たすのだ。

「そうそう、同じ生徒会役員と言えば……ねぇ、聞きまして、あの娘?」

カロラインが扇子の陰で声を落とせば、自然と他の令嬢達の目つきも険しくなる。

あの娘——編入生でありながら、生徒会役員に選ばれた少女。モニカ・ノートン。

「殿下にダンスの指導をしてもらったと聞いたわ」

「わたくしも見たわ! シリル様とも踊っていたとか!」

「殿下とシリル様にダンスの指導をしてもらうなんて……何様なのかしら、あの娘？」

「きっと思いあがりの田舎娘が、お優しい殿下に無理を言ったに違いないわ」

「あの娘、お茶を淹れてくれる使用人すらいないのよ。恥ずかしくないのかしら？」

「見ていなさいな、きっとこの授業でも恥をかくに決まっているわ」

美しい扇子の下に悪意を隠し、カロライン達はクスクスと笑う。

そうやってモニカ・ノートンを笑い者にしていれば、カロラインの気持ちは少しだけ晴れた。

（モニカ・ノートン。あの女のせいで、わたくしはシリル様にお叱《しか》りを受け、反省文の提出まで命じられたのよ）

まだモニカが編入したばかりの頃《ころ》、モニカ・ノートンが階段から転落した事件で、カロラインは加害者として咎《とが》められた。

確かにカロラインは、階段の踊り場でラナを突き飛ばし、その巻き添えという形でモニカは階段から転落した。だけど、あんなのは鈍臭いモニカが悪いのだ。

（あぁ、嫌な子。あんな子が生徒会役員なんて、間違ってるわ。絶対に、絶対に間違ってる……今に見てるが良いわ。モニカ・ノートン）

＊　＊　＊

モニカが着席したテーブルは、異様な空気に包まれていた。

というより、一人の少女が異様な空気を醸し出していた。その元凶は驚くことにモニカではない。

ラナでもなければ、ケイシーでもない。

このテーブルの最も上座に座る黒髪の令嬢――クローディアだ。

クローディアは、美醜に疎《うと》いモニカから見ても、際立って美しい令嬢だった。

真《ま》っ直《す》ぐな黒髪に、瑠璃《るり》をはめ込んだような濃い青の目。神が丹精込めて作り上げた最高傑作のように整った顔立ちは、生徒会書記のブリジット・グレイアムに劣らない。

輝く金の髪に琥珀色《こはくいろ》の目のブリジットが華やかな大輪の薔薇《ばら》なら、クローディアは神秘的な美しさを持つアイリスの花だ。

そんな目を見張るような美貌《びぼう》の令嬢は、まるで身内が死んだかのように、どんよりと重い陰鬱《いんうつ》な空気を漂わせていた。

やがてクローディアの侍女が全員分の茶を配ると、クローディアは生気を感じさせない白い顔に、ニタリと不気味な笑みを浮かべて言う。

「……召、し、上、が、れ」

喩《たと》えるなら、何も知らない善良な人間に、悪い魔女が毒入り紅茶を勧めるような笑顔であった。

かと思いきや次の瞬間、まるで糸が切れたかのように脱力し、無表情になる。無表情なのに、不思議と陰鬱さと気怠《けだる》さだけは、ヒシヒシと伝わってくるのがすごい。

もし出会い頭に高笑いをされたらどうしよう、というモニカの心配は杞憂《きゆう》に終わった。

そもそも、この鬱々《うつうつ》とした令嬢には、高笑いをするような覇気も無ければ、やる気も無い。喋《しゃべ》ることすら面倒で億劫《おっくう》と言わんばかりの態度なのである。

モニカも大概に陰気な娘だと言われるが、クローディアはその比ではなかった。

モニカの場合、人見知りと口下手《くちべた》が原因なのだが、クローディアは意図的に全身から話しかけづらい陰気な空気を漂わせているのだ。

そのせいで、このテーブルだけ空気がやたらとジメジメしていて、重い。

モニカもラナもケイシーも、無言で用意された紅茶を飲む。

香りの良い紅茶だ。だが、妙な緊張感のせいで味が分からない。

(うぅっ、きまずいよぅ……)

「美味《おい》しい紅茶ね！　ねぇ、どこの紅茶なの？」

重い沈黙を破ったのはケイシーであった。

ケイシーはこの微妙な空気を察し、それでもなんとか会話をしようと笑顔でクローディアに話しかける。

そんな健気なケイシーに、クローディアはカップに視線を落としたまま、ボソボソと答えた。

「……この国で一番飲まれている紅茶よ。訊《き》くまでもないわ」

「…………」

ケイシーが笑顔のまま頬を引きつらせた。

今度はラナが殊更明るい声で言う。

「ね、ねぇ、わたしはミルクティーが好きなの。ミルクはあるかしら？」

「……ミルクティー向きの葉じゃないわ。そんなことも分からないほど舌が馬鹿なの？」

「…………」

ラナが笑顔のままこめかみを引きつらせた。

セレンディア学園 2年
クローディア

どんどん場の空気が悪くなっていく。

モニカはあぅあぅと唇を震わせながら、いよいよ味の分からなくなった紅茶を啜《すす》った。

その後、気まずい空気の中、二番手のケイシーが離席して、持参した紅茶を淹れて皆に配る。

ケイシーが用意したのは、少し色の濃い紅茶だ。やや渋みが強いのが特徴で、ミルクとよく合う。

続いて三番手のラナが用意したのは明るい色の紅茶だった。さっぱりしていて、フルーツのような甘みと爽《さわ》やかさがある。

「ラナの紅茶、美味しいわね。さっぱりしてて、私、これ好きよ」

ケイシーの言葉に、モニカがコクコクと頷《うなず》いて同意すれば、ラナは鼻高々という顔でカップを傾けた。

「まぁね、この時季一番高級なお茶を取り寄せたんだから、当然よ」

そう言ってラナはチラチラとクローディアを見る。ありふれた茶を用意したクローディアに対する当て付けなのだろう。

気の強いラナはクローディアの態度が気に入らないらしく、さっきからそれとなくクローディアに突っかかっていた。それを気の利くケイシーが、まぁまぁと宥《なだ》めたり、話題を変えたりして、どうにか場を繋《つな》いでいる状態だ。

そもそも、こういった茶会の場では、最も位の高い人間が場を仕切るものである。

モニカはクローディアの素性を知らないが、どうやら伯爵家以上の上級貴族らしい。つまり、本来ならクローディアが話題を提供し、この場をまとめなくてはならないのだ。

ところが肝心のクローディアは無気力で、たまに口を開けば毒舌ばかり。とてもではないが、会話が成立しない。

そんな中、クローディアがボソリと呟いた。

「……味の強い物から口にすると、舌が麻痺《まひ》する」

モニカはクローディアが用意した茶の味を思い出し、ハッとする。

（癖の無い飲み慣れた味の紅茶……それを最初の一杯にしたのは、舌を麻痺させないため？）

ラナとケイシーも同じことに気づいたのか、驚愕《きょうがく》の目でクローディアを見る。

注目を浴びたクローディアは、自分の発言など、さもどうでも良いと言わんばかりの顔で、ラナが用意した紅茶に口をつけた。

「……フロウレンディアのゴールデンチップス……この季節に手に入る紅茶の中で、最も高価な紅茶ね」

「そ、そうよ」

ラナが喧嘩腰《けんかごし》に相槌《あいづち》を打つと、クローディアはやはりラナの方は見ずに、睫毛《まつげ》を伏せて呟いた。

「これが貴人をもてなす場だったら、最良の選択だったでしょうね……持ち寄りの席では、明らかに場違いだけど」

「っな!?」

「一人だけ極端に高価な茶を持ち込めば……他の参加者は、侮辱されたと受け取ってもおかしくないわね」

ラナが顔を赤くして、ワナワナと震えた。

そんなラナに、ケイシーが慌てて声をかける。

「だ、大丈夫、私はそんなこと思ってないから！　ねっ、モニカ？」

「うん、はいっ……思ってない、ですっ！」

モニカが必死で声を絞り出せば、クローディアはゆっくりと首を回してモニカを見る。

無機質な瑠璃色《るりいろ》の目が、瞬《まばた》き一つせずモニカを映した。

「……お友達にそう言われたら、頷くしかないわよね」

「ふぇっ⁉」

その言い方ではまるで、ケイシーに促されたからモニカが頷いたみたいではないか。

モニカは半泣きになって、ブンブンと首を横に振った。

「ち、ちが、わた、わたし……」

ひぐっ、とモニカが嗚咽《おえつ》を漏らしたその時、ラナが掌《てのひら》でテーブルを叩《たた》いた。

「ちょっと、いい加減にしなさいよ！　口を開いたと思ったら嫌味ばっかり！　一番場違いで感じが悪いのは、あなたじゃない！」

ラナが勇ましく怒鳴っても、クローディアは眉《まゆ》一つ動かさなかった。

それどころか、ラナなど目に映す価値もないとばかりに紅茶のカップを見つめている。

「……他人に口を利いてもらえるだけの価値が、自分にあると思っているのね」

「はぁっ⁉」

ラナが眉を吊《つ》り上《あ》げてクローディアを睨《にら》むと、クローディアはたっぷり数秒ほどの間を空けてから、気怠げに口を開いた。

「……〈沈黙の魔女〉は、ご存知《ぞんじ》？」

モニカの心臓は危うく停止しかけた。多分一瞬止まったかもしれない。

ご存知も何も、本人である。

「弱冠一五歳で七賢人に就任した、天才魔術師。彼女は無詠唱魔術を身につけ、更にミネルヴァに在学中、二〇以上の新しい魔術式を開発したのだけれど……学会には一度も参加しなかったことで有名よ」

それは人が多い場所が怖くて、逃げ回っていたからである。

「……更に〈沈黙の魔女〉は七賢人に就任した際の式典でも、一言も声を発しなかった」

これも人見知りとあがり症が原因である。

あまりにもモニカが使いものにならないから、同期である〈結界の魔術師〉ルイス・ミラーが、挨拶《あいさつ》の類を全《すべ》て代わってくれたのだ。

当時のことを思い出し、モニカがダラダラと冷や汗を流していると、クローディアは淡々と言葉を続けた。

「……〈沈黙の魔女〉の論文を読んだことはある？　あれを読めば、彼女の人柄が分かるわ……とても理知的で聡明《そうめい》な人間よ。彼女は沈黙の価値を知っていたのでしょうね」

（全然理知的でも聡明でもないんです、ただの人見知りの根暗なんです、ごめんなさいごめんなさいごめんなさい……！）

真っ青になってガタガタ震えているモニカの横で、ラナが不機嫌を隠さずにクローディアを睨む。

「へぇぇぇぇ、つまり頭の良い人間は、馬鹿相手には口を利かないって言いたいわけね？」

（ひぃぃぃぃ！）

ラナの発言はクローディアに向けられたものであって、決して〈沈黙の魔女〉に向けられたものではないのだが、モニカは縮こまってブルブル震えた。

クローディアはラナの言葉など耳にも入らぬとばかりに、流し目でモニカを見る。

「……そういえば〈沈黙の魔女〉の名前はモニカ・エヴァレット……貴女《あなた》と同じね、モニカ・ノートン」

ひぃっ、とモニカは竦《すく》みあがった。

心臓の音がバクバクとうるさい。嫌な汗が止まらない。

クローディアは真《ま》っ直《す》ぐにモニカを見据えて、ニタリと口の端を持ち上げた。

「……さっきから貴女が黙りこくっているのも、馬鹿と口を利きたくないから？」

「わたしっ、お茶、お茶をっ、淹れてきまふっ」

モニカは椅子を鳴らして席を立つと、這々《ほうほう》の体《てい》でその場を逃げ出した。

その小さい背中を、クローディアは瑠璃色の目でじぃっと見つめる。

この茶会が始まってから、常に伏し目がちだったクローディアが目を向けた相手は、たった一人だという事実に、気づく者は誰《だれ》もいなかった。

＊　＊　＊

廊下を早足で歩きながら、モニカはバクバクとうるさい心臓を制服の上から押さえた。

（も、もしかして、気づかれた？　気づかれた？　わたしが、〈沈黙の魔女〉だって……）

七賢人になってからは殆《ほとん》ど顔を隠していたし、公式の場にも最低限しか出ていないから、モニカの顔を知る人間は、同じ七賢人達ぐらいである。

或《ある》いは、魔術師養成機関ミネルヴァに通っていた頃《ころ》の知り合いだろうか？

だが、人見知りのモニカは殆ど研究室に引きこもっていたし、クローディアのように目立つ美女をどこかで見かけていたら、さすがに記憶に残る。

（き、きっと、偶然……だよね……）

偶然、話題にしただけだ。きっとそうだ。

自分にそう言い聞かせて、モニカは茶会準備室の扉を開ける。茶会の前と比べて、室内に人は少なかった。殆どの侍女は茶会の給仕に出ているからだろう。

人が少ないことに少しだけホッとしつつ、モニカは瓶を置いた棚に近づく。

「……あれ？」

棚を見上げたモニカは硬直した。茶葉の瓶が無い。

ケイシーの紅茶の瓶は、モニカの記憶と同じ位置にある。だが、その隣のモニカが瓶を置いた空間がぽっかり空いているのだ。

確かに端を蛇腹に折った紙を敷いて、その上に瓶を二つ並べていたのに。

嫌な予感に、モニカの全身から血の気が引いていく。

モニカはこういう状況に直面するのが初めてではなかった。だからこそ、察してしまった。

震える手でゴミ箱の木蓋《きぶた》を開けたモニカは、小さく息をのむ。

使用済みの茶殻に混じって、まだ未使用の茶葉と空の瓶二つが、ゴミ箱にぶちまけられていた。

それと、蛇腹に折られた紙も。

「……そん、な」

モニカはヘナヘナとその場にしゃがみこんだ。

茶葉が無ければ、紅茶を淹れることはできない。これでは授業に戻れない。

(……どうし、よう)

じわ、と目の端に涙が滲《にじ》む。モニカがどんなに優秀な魔術師でも、時間を巻き戻すことはできないのだ。

嗚咽を飲み込み、洟《はな》を啜っていると、背後で聞き覚えのある声がした。

「モニカ、どうしたの？　具合が悪いの？」

モニカのそばに膝《ひざ》をついて背中をさすってくれたのは、ケイシーだった。

どうしてここに、とモニカがか細い声で問うと、ケイシーは気まずそうに頬をかく。

「モニカがなかなか戻ってこないから、心配で様子を見に来た……っていうのは、ごめん、建前。正直、あの場にいづらくて……」

なるほど、ラナとクローディアの一触即発の空気に耐えきれず、モニカの様子を見に行くという名目で抜け出したらしい。

ケイシーはゴミ箱にぶちまけられた茶葉を見て、状況を察したようだった。眉をひそめて、ゴミ箱を睨みつける。

「酷《ひど》い……誰がこんなこと」

それからケイシーはハンカチでモニカの目元を拭《ぬぐ》ってやると、幼子にするように優しい口調で話しかけた。

「ねぇ、寮に予備の茶葉はある？　この際、普段飲むやつでいいから、何か出せば……」

「……ない、です」

モニカは普段から紅茶を飲むことはないので、自分用にストックはしていない。

イザベルに頼めばまた分けてくれるだろうけれど、彼女は今、授業中だ。

グズグズと洟を啜るモニカに、ケイシーはしばし考え、自分の紅茶の瓶を手に取った。

「私の紅茶使って。お茶の種類が被ったことになるけど、何も出さずに終わるよりはマシだわ」

「……で、でも、被ったら、迷惑に……」

紅茶の種類が被れば、事前準備が足りていないと評価されてしまうのだ。

そうすればモニカだけでなく、ケイシーまで減点対象になる。

だが、ケイシーはあっけらかんとした態度で、手をパタパタと振った。

「そんなの気にしないで。お茶会なんてお茶の種類がなんだろうが、美味《おい》しくて楽しければ、それが一番じゃない」

モニカはグスッと洟を啜り、ゴミ箱の茶葉を見た。

確かにケイシーの言う通りだ。なにより、茶を用意できずに茶会の席に戻ったら、授業で不合格にされてしまう。

（……でも）

モニカは唇を噛《か》み、拳《こぶし》を握りしめると、震える足で立ち上がった。

そして、ダッと踵《きびす》を返して準備室を飛び出す。

「モニカっ、どこ行くの⁉」

「ご、ごめんなさい、すぐに戻りますっ！」

そう言い残し、モニカは寮の自室目指して走りだした。

＊　＊　＊

ラナはクローディアを睨みながら、茶菓子のケーキを苛々《いらいら》と咀嚼していた。

クローディアは離席するモニカをじぃっと見送っていたかと思いきや、モニカの姿が見えなくなるなり、また陰鬱《いんうつ》で気怠げな空気に戻った。

黒く長い睫毛を伏せて俯《うつむ》くその姿は、その美貌《びぼう》故に儚《はかな》げにも見える。

（……なによ、なによ、なによ）

ラナは唇を噛み締めて、自分が用意した紅茶のカップを見下ろす。

ラナの父は大富豪だが、生まれついての貴族ではない。元々は裕福な商家の人間で、街の発展に貢献した功績が認められ、ラナが生まれる少し前に爵位を与えられたのだ。

ラナは物心ついた頃から、最高級の贅沢品《ぜいたくひん》や流行《はや》りのドレスを与えられて育った。

そんなラナのことを、誰もが幸せなお嬢様だと口を揃《そろ》えて言う。

だが、ラナは孤独だった。

爵位を持たぬ家の子の中では、華美なラナはいつだって浮いていたし、場違いだった。上手《うま》く他の子どもの輪に入れず、金持ち自慢と陰口を叩かれた。

だから貴族の子達の通うセレンディア学園に入学すれば、自分に近い友達ができると思っていたのだ。

だが、伝統と格式が物を言うこの学園で、ラナの扱いは「品のない成金の娘」だった。挙句、父は爵位を金で買ったのだと陰口を叩かれた。

礼儀がなっていない、作法がなっていない、貴族の暗黙の了解を理解していない……そういう言葉をぶつけられるたびに、ラナは頑《かたく》なになった。

ラナが最初にモニカに声をかけたのは、ほんの気紛《きまぐ》れだ。

モニカは明らかにクラスで浮いていたから、彼女の世話を焼いてやれば、ラナのプライドは少しだけ満たされた。

なによりモニカは俯いてオドオドしている癖に、ラナが手を貸してやると、パッと小さな花が綻《ほころ》ぶみたいに笑うのだ。それが擽《くすぐ》ったくて、嬉しかった。モニカがラナを尊敬の目で見るたびに、ラナの心は少しだけ満たされた。

今日のお茶会だって、本当はモニカに尊敬の目で見られるはずだったのだ。

だから、気合を入れて茶葉を選んだのに、クローディアに場違いだと指摘され、ラナのプライドはボロボロだった。

どうして、いつもこうなってしまうのだろう。

（わたしはただ……友達に、一番美味しいお茶を飲ませてあげたかっただけなのに）

幼い日、家に招待した友人に一番良い菓子とお茶を振る舞って「金持ち自慢」と陰口を叩かれた時の記憶が蘇《よみがえ》る。

「いやぁ、ごめんね。お待たせ、お待たせ」

ラナが苦い記憶に顔をしかめていると、離席していたケイシーが早足で戻ってきた。だが、隣にモニカの姿は無い。

モニカはどうしたのよ、とラナが視線で問うと、ケイシーは困ったような顔で席に着いた。

「モニカは、うーん、なんて言うか……まぁ、すぐに来ると思う」

「ケイシーは、モニカの紅茶の準備を手伝っていたんじゃないの？」

ラナの疑問に、ケイシーは「いや、それが……」と歯切れ悪く呟《つぶや》く。

一体、どうしたのだろう？　モニカに何かあったのだろうか？

ラナが腰を浮かせたその時、ふわりと良い匂《にお》いがラナの鼻をくすぐった。だが、それは紅茶の匂いではない。

「お、お待たせ、しましたっ」

モニカが危なっかしい足取りで、こちらのテーブルに近づいてきた。

手にしたトレイの上には、空のカップと見慣れない金属製のポットが載せられている。

モニカはテーブルにそれを置くと、ふぅっと額の汗を拭った。どうやら、ここまでトレイを運ぶだけで、運動音痴のモニカには結構な大仕事だったらしい。

今までやる気なさそうに俯いていたクローディアがゆっくりと顔を上げて、モニカのポットを凝視する。

「……紅茶の香りじゃないわね」

「こ、これは、コーヒー、ですっ」

モニカは真っ直ぐにクローディアを見つめ、震える声で言った。

「クローディア様は、言ってました。『味の強い物から口にすると、舌が麻痺《まひ》する』って……わたしは、一番最後だから、味の強いコーヒーでも問題無い、です」

「……コーヒーは、男性が好む飲み物よ。女性のお茶会に適しているとは思えない」

クローディアの言うことは正しい。この国では確かにコーヒーもそれなりに普及しているし、コーヒーハウスもあるが、コーヒーを飲むのは大抵が男性である。

なによりコーヒーは苦味が強いので、万人受けしないのだ。ラナも何回か口にしたことはあるが、あまり得意ではない。

だが、モニカは珍しくキッパリと言う。

「大丈夫です。絶対、美味しい……ので」

そう言ってモニカはポットのコーヒーをカップに注ぐと、その内の三つにだけ、温めたミルクを加えた。

「しょ、食後のお口直しに飲むものだから、本当はこのまま飲んでほしいのですが、苦いのが苦手な方もいると思うので、ミルクを入れます。お砂糖はお好みで、どうぞ」

一同にカップが配られると、真っ先にクローディアがカップを持ち上げた。

そうして香りを確かめてから、口に含む。

「…………」

クローディアは無反応だ。それが少し怖い。

ラナとケイシーもカップに砂糖を加えて、恐る恐る口をつける。ラナは目を丸くした。

「なにこれ……雑味も酸っぱさも、全然無い」

呟き、ラナはもう一度カップの中身を口に含んだ。スッキリとした苦味をミルクのまろやかさが包みこむ。

それは、ラナが今までに飲んだことのない味のコーヒーだった。

ケイシーも驚いたように、カップをまじまじと眺めている。

「ねぇ、私、コーヒーって初めて飲むんだけど……こんなに飲みやすい物なの？」

ケイシーがそう言うのも無理はない。コーヒーは強い苦味もさることながら、独特の雑味や酸味故に、とにかく好みが分かれるのである。

一昔前までは粉砕した豆と砂糖を一緒に煮つめて抽出するのが主流だったが、最近はサイフォンという器具の流行で、だいぶ雑味のない味わいになってきてはいる。

それでも、モニカの用意したコーヒーはそれを上回る風味だった。

クローディアが銀のポットをじっと見つめて、呟く。

「……コーヒーは抽出に時間をかけるほど、雑味やえぐみが出る」

「は、はいっ……だから、このポットを使って、短時間で抽出しています。このポットは蒸気の力を使うことで、短時間でコーヒーが抽出できて……」

「……初めて見る器具だわ。本でも見たことがない」

クローディアの呟きに、ラナとケイシーは目を丸くした。

クローディアは〈歩く図書館〉と呼ばれるほど膨大な知識を持つ一族の人間である。

この場で……否、この学園で最も博識な人間だと言っても過言ではない。

そんな彼女にも、知らなかった物があるなんて！　とラナはモニカのポットを凝視する。

クローディアはカップの中身を綺麗《きれい》に飲み干すと、やはり感情の読めない瑠璃色《るりいろ》の目でモニカを見据えた。

「……なるほど、意表を突《つ》くには悪くない。だけど、今はお茶会の授業よ？　お茶ですらない飲み物なんて論外だわ」

「そ、そう、ですね……えっと……その……」

モニカは俯き、自分のカップを手に取る。

モニカのカップだけ、ミルクが注がれていなかった。きっと苦いコーヒーを飲み慣れているのだろう。

「わ、わたし……大好きな友達に、わたしが一番好きなものを、飲んでほしくって……だから、あの……」

モニカはカップを両手で包むように持つと、眉《まゆ》を下げてへにゃりと笑った。

「……わたしが一番、場違いですね」

えへへ、と恥ずかしそうに笑うモニカに、ラナは頭の中が真っ白になる思いだった。

（なによ、なによ、なによ……）

さっきまで、自分が一番場違いだと落ち込んでいたラナよりも、もっとお茶会に不釣り合いなコーヒーなんかを持ち込んで。きっと、減点されてしまうだろうに。

ラナはカップの中身をグッと飲み干す。

「……すごく美味《おい》しいわ……わたし、これ好きよ」

泣きそうになるのを堪《こら》えてそう言えば、モニカは小さな花が綻ぶみたいに笑った。

＊　＊　＊

その日の夜、モニカは女子寮の屋根裏部屋で、レポートを書いていた。

お茶会にコーヒーを出したモニカは、当然に減点対象だ。

ラナとケイシーが教師に色々ととりなしてくれたので、落第にはならずに済んだが、その代わりにレポートの提出を命じられた。

モニカがレポートを書いている横では、黒猫のネロがコーヒーカップを前足で抱き込み、カップの中に顔を突っ込んでいる。

「ふんふん、こいつぁなかなか悪くないな。なるほど、これが大人の味ってやつか」

砂糖とミルクをたっぷり入れておいて、大人の味とはよく言ったものである。

レポートを書き終えたモニカは羽根ペンをペン立てに戻して、ふぅっと息を吐いた。

頭をよぎるのは、ゴミ箱に捨てられていた茶葉。偶然ではなく、意図的に捨てられたのは明らかだ。

(……全部、何かの間違いだったら、いいのに)

モニカは苦い顔で項垂《うなだ》れ、呟く。

「今日は紅茶の葉っぱだけで済んだけど……これからは、もっと酷《ひど》い目に遭うのかな」

「嫌になったか？　尻尾《しっぽ》巻いて山小屋に帰るか？」

「……もう少し、頑張ってみる」

揶揄うようなネロの言葉にモニカがボソボソと小声で答えると、ネロは金色の目を笑みの形に細めた。

「へぇ、ちょっと前のお前なら『もうやだ～無理～帰る～』って、ピーピー泣いてたのになぁ？」

「うっ……それは……そうかも、だけど」

モニカがもじもじと指をこねると、ネロはモニカの膝《ひざ》の上に飛び乗り、モニカの太腿《ふともも》を前足でテシテシと叩く。それは、人間が知り合いの肩を叩く時の仕草に似ていた。

「いいんじゃねぇの？　お前がこの場所にちょっとでも思い入れができたんなら、それは悪いことじゃないと思うぜ」

「そうなの、かな？　……うん、そうなのかも」

ネロの言う通り、モニカにとって、この学園は嫌な思い出だけの場所ではなくなっていた。

少ないけれど友達がいる。困った時に手を差し伸べてくれる人がいる。

それは今まで人付き合いを遮断していたモニカにとって、新鮮な日々だった。

……だが、内気で口下手《くちべた》な女子生徒のモニカ・ノートンは仮初の姿だ。

いずれ任務が終わったら、モニカはこの学園を去り、山小屋の暮らしに戻ることになる。

そうなったら、この学園で知り合った人々と、モニカ・ノートンとして会うことは二度とないだろう。モニカは、七賢人が一人〈沈黙の魔女〉モニカ・エヴァレットなのだから。

その事実を噛み締めながら、モニカは明日の授業の準備に取り掛かる。

開けっ放しにしていた窓から吹き込む風は、山小屋の秋風とは違う、花壇の花の香りがした。

七章　苦い紅茶が見せた夢

ティーパーティの日から一週間。モニカは困り果てていた。

昼休みになると同時にモニカはそそくさと教室を出る。一番で教室を出たとは言え、油断はできない。

モニカはキョロキョロと辺りを見回しながら外に出た。

（こ、これなら、大丈夫……だよね？）

そう思って顔を上げた矢先に、花壇のそばのベンチに腰掛けている黒髪の令嬢を見つけて、モニカはヒィッと息をのむ。

ベンチに座っているのは、クローディアだ。

彼女はまるで置き物のように手足を揃《そろ》えてベンチに座っていたが、モニカに気づくと首だけを動かし、モニカをじぃっと見つめた。

この一週間、ずっとこうなのだ。

クローディアはモニカの行く先々に現れては、離れた場所からモニカを見ている。

ただ、見ているだけだ。近づいてくることも、話しかけてくることもない。それが逆に不気味だった。

（もしかして、わたしが〈沈黙の魔女〉だって、気づいて……）

結局モニカはクローディアを撒《ま》くべく、校舎の周りをぐるりと一周してから教室に向かう。

校舎の中に戻った頃《ころ》にはもう、昼休みは終わりかけていた。完全に昼食を食いっぱぐれてしまった。

たまにはゆっくり静かに食事がしたいなぁ、とモニカが薄い腹を押さえてため息をついていると、教室の手前で数人の女子生徒がモニカの前に立《た》ち塞《ふさ》がる。

「ねぇ、ちょっといいかしら？　モニカ嬢」

モニカに声をかけたのは、キャラメルブラウンの髪の令嬢――ノルン伯爵令嬢カロライン・シモンズ。モニカが階段から落ちる原因となった令嬢だ。

警戒し、後ずさるモニカに、カロラインは猫撫《ねこな》で声《ごえ》で言った。

「そんな怖い顔をしないで。わたくし、貴女《あなた》をお茶会にお誘いしたいの」

「お、お茶会……ですか？」

「ええ、今日は少し早く授業が終わるでしょう？　だから、生徒会のお仕事の前に、わたくし達とお茶をしましょうよ。ほら、貴女がうっかり階段から落ちてしまった時のこともお話ししたいし」

カロラインは名家の人間だ。余程の理由が無い限り、モニカから誘いを断ることができない。

（社交ダンスもお茶会も、ちゃんとできないと……わたしは、生徒会役員、なんだから）

モニカは制服に留めた役員章を握りしめ、自分に言い聞かせる。

きっとカロラインには、また意地悪や嫌味を言われるのだろう。それでも、お茶会が終わるまで我慢していれば良いことだ。

モニカが両手をギュッと握りしめて顔を上げると、カロラインが目を細めて微笑《ほほえ》んだ。

「わたくしのお茶会、来てくださるわね？」

「せ、生徒会のお仕事に、支障が出ない範囲、なら……」

「ええ、勿論《もちろん》。それほど時間は取らせないわ」

カロラインは嬉《うれ》しそうに微笑み、取り巻きの女子生徒達に「ねぇ、皆さん？」と目配せをする。

女子生徒達はカロラインの言葉に相槌《あいづち》を打ちつつ、モニカを観察するような目で見ていた。

そこには、露骨な蔑《さげす》みの色が滲《にじ》んでいる。みすぼらしい娘だと、少女達の目が何よりも雄弁に語っていた。

（大丈夫、大丈夫、大人しくお茶を飲んで、相槌を打つだけ。余計なことを言わなければ大丈夫、大丈夫……）

必死で自分にそう言い聞かせるモニカの後ろ姿を、瑠璃色の目がじっと見つめていたのだが、モニカは気づいていなかった。

＊＊＊

カロラインに指定された場所は、茶会の実技演習が行われた中庭のティーテーブルだった。

天気が良い日にここで茶会をする令嬢は多いらしい。モニカが案内されたテーブル以外にも複数のテーブルセットが出されていて、それぞれが思い思いの時間を過ごしている。

これだけ人の目があるのなら、分かりやすく暴力を振るわれたり、お茶を顔にぶちまけられたりすることはないだろう。

そのことに少しだけホッとしつつ、モニカは着席する。

テーブルに着席したのは、モニカとカロラインも含めて四人。丁度モニカの正面がカロラインだ。

カロラインはパッチリと目の大きい令嬢である。モニカと同じ年だが大人びていて、華やかな雰囲気があった。

（……あれ？　この人の目……）

秋晴れの午後の日差しの下、モニカはカロラインに小さな違和感を覚える。

だが、その違和感にモニカが言及するより早く、カロラインが口を開いた。

「ふふっ、今日はお忙しい中お越しいただき、ありがとう。モニカ嬢」

「お、お招き……ありがとうございます」

拙いモニカの言葉に、カロラインはおおらかに頷《うなず》く。

「この間は大変でしたわね、不幸な事故で階段から落ちてしまって……ねぇ、お怪我《けが》はなくって？」

「は、はい、大丈夫、です」

「まぁ、良かった！」

カロラインはパッと華やかな笑みを浮かべると、その大きな目を細めて低い声で言った。

「なら、貴女からシリル様に言ってくださらない？　あれは、ただの事故だったって」

「…………え」

モニカが言葉を詰まらせると、他の少女達が一斉に口を開いて「そうよそうよ、あれは事故よ」

「カロライン様は悪くないわ」とカロラインを擁護した。

どうやら、これが今日のお茶会の目的らしい。

カロラインは、モニカが階段から転落した件は事故なのだと、モニカに証言させたいのだ。

「ねぇ、モニカ・ノートン嬢。あれは事故だったわよね？　わたくしは、ラナ・コレットに手をあげたりなんてしていない……そうでしょう？」

カロラインの吸い込まれそうに大きな目が、「頷け」とモニカを威圧していた。

その威圧に負けて頭を下げ、頷いてしまいたい。そうすれば、きっとこの場から解放される。

（……でも、でも……っ）

モニカが階段から転落した後、シリルは誰《だれ》に頼まれたわけでもないのに、周囲の人間に聞き込みをしてくれた。

モニカがカロラインの言いなりになって、あれは事故だと頷けば、シリルの苦労が無駄になる。

モニカは制服の胸元を握りしめ、震える唇を動かした。

「わ、わたしが、発言を翻して、アシュリー様に迷惑をかけるのは……嫌、です」

言った。言えた。

カロラインは何も言わない。モニカがビクビクしながらカロラインの様子を窺《うかが》うと、カロラインはゾッとするほど冷たい目でモニカを見据えていた。

「……そう」

吐き出された声には、低く重い怒りが滲んでいる。その怒りにあてられたモニカがカタカタ震えていると、カロラインは怒気を引っ込め、親しげな笑みを顔に貼りつけた。

「あらいけない。すっかりお喋《しゃべ》りに夢中になってしまいましたわね。このままでは、折角の紅茶が冷めてしまう……どうぞ、召し上がれ？」

「は、はい……」

この紅茶を飲んだら、席を立とう。そう決意してモニカがカップを手に取ると、カロライン達は一斉に扇子を持ち上げて、口元を隠した。

（あっ、これは……イザベル様が言っていた悪役令嬢の基本動作……っ！）

扇子の陰から聞こえるクスクス笑いの輪唱は、もはや訓練されているとしか思えない精度である。

決して大きすぎず小さすぎず、耳に障る笑い声の意地の悪さは、なかなかに絶妙だ。

なるほどこれが……とずれた感心をしつつ、モニカは紅茶のカップに口をつける。

口に含んだ紅茶はやけに苦かった。渋いのではない、苦いのだ。

（そういう種類の紅茶なのかな？）

苦いと言えば苦いが、飲めないほどではない。

普段から苦いコーヒーを飲み慣れているモニカは、その紅茶に多少の違和感を覚えつつも、コクリと飲みこんだ。

途端に、カロライン達の顔色が変わる。

（……？　どうしたんだろう？）

カロライン達は何やら驚き、気味の悪いものを見るような目でモニカを見ている。

自分は何か粗相をしてしまったのだろうか？　モニカは焦りを誤魔化《ごまか》すように、強烈に苦い紅茶を飲み干す。

カロラインが「あっ」と小さい声をあげた。

（……あ、れ？）

ドクドクという心臓の鼓動が、やけにうるさく聞こえた。視界がチカチカと瞬き、目に映る世界がぼやけていく。

「飲んだの？」

「嘘《うそ》でしょ？　すごく苦いのよ？」

「やだ、てっきり咽《む》せるぐらいだと……」

カロライン達が狼狽《うろた》えたように何かを早口で言い合っている。

その声は確かにモニカの耳に届いているのに、どういうわけか頭は言葉を言葉として認識できない。周囲の声が、意味のない音として耳を抜けていく。

（なに、これ？）

グニャリグニャリと世界が歪《ゆが》む。歪んで滲んでぼやけて溶けて、紅茶色に染まっていく。

……違う。この赤は紅茶の色じゃない。


炎の、赤だ。


パチパチと音を立てて飛び交う火の粉と揺らめく炎。その向こうに見える人影は……。

「おとう、さん……？」

木に括《くく》られた父の姿が炎の中に消えていく。

嫌なにおいが鼻をついた。人の肉が焼けていくにおいだ。

父を囲う人々が、一斉に声をあげる。

『異端者め！　異端者め！　禁忌に触れた罪人め！』

「……ちが、ちがう、おとうさんは、わるくない」

燃えあがる火に何かが投げ込まれ、火の粉を散らした。

それは膨大な量の資料だ。父が生前、己の全《すべ》てをかけて書き上げた、大事な大事な大事な……。

「やめて……やめて……燃やさないで……燃やさないでぇ……」

燃えていく、燃えていく、長い年月をかけて積み重ねられた美しい数字が、記録が、一瞬で灰と化す。

（覚えなきゃ、覚えなきゃ、お父さんが遺《のこ》した数字は、全部わたしが覚えなきゃ）

煙で痛む目を限界まで見開き、モニカは投げ込まれる資料の数字を凝視した。

モニカの頼りない動体視力で見ることができるのは、膨大な資料の断片的な数字でしかない。

それでもモニカは瞬《まばた》きもせず、目に映った数字を己の頭に焼き付ける。

（だって、わたしが覚えておかないと。お父さんが遺した記録を、少しでも）

目に焼き付けた数字は父の遺産だ。絶対に忘れるものか。あれは父が生きた証《あかし》なのだ。

「一八四七三七二六、三八五、二〇九八五・七二六、二九四〇五・八四七三九……」

『数字ばかり口にして気持ち悪い！　その口を閉じろ！』

数字を口にするモニカに、罵声《ばせい》と共に酒瓶が振り下ろされる。

モニカは泣きながらうずくまり、頭を抱えることしかできない。

「ごめんなさい叔父さんごめんなさいごめんなさいごめんなさい」

『兄貴が馬鹿な研究をしたせいで、俺までとばっちりだ！　身内に犯罪者が出て、こちとら商売上がったりなんだぞ⁉　ふざけるな！』

「ちがう……おとうさんは、悪くない……おとうさんは……」

『外でそんなふざけたことを言ってみろ！　火かき棒でぶん殴ってやる！』

「ごめんなさい叔父さんぶたないでぶたないでごめんなさいごめんなさいごめんなさいもう人前で余計なことなんて言わないから黙ってるからぶたないでぶたないでごめんなさいごめんなさいごめんなさい……」

＊＊＊

中庭は騒然としていた。

茶会の席で、突然モニカ・ノートンが椅子から転げ落ち、悶絶《もんぜつ》しだしたのだ。

モニカは真っ青な顔でヒィヒィと不自然な呼吸をしながら喉《のど》をかきむしり、その合間に意味不明な言葉をぶつぶつと繰り返している。

同席していたカロライン達は、誰《だれ》もモニカを助け起こそうとはせず、気味の悪いものを見るような目でモニカを見ていた。

そんな中、カロライン達のテーブルに一人の令嬢が音もなく近づく。

それは陰鬱《いんうつ》な空気を漂わせた、黒髪の令嬢クローディアだ。

クローディアは無言でモニカの前に膝《ひざ》をつき、容態を確認した。

「……何を飲ませたの」

クローディアの言葉に、カロラインは首を横に振りながら上擦った声で叫ぶ。

「知らない！　知らないわ！　わたくしは何も知らないっ！」

「………………」

クローディアは静かに立ち上がると、まるで蛇が忍び寄るみたいにするりとカロラインとの距離を詰め、彼女のポケットに手を突っ込んだ。

その指先が、何かを探り当てる。

「……目薬？」

「やだ！　返して！　勝手に触らないでよ！　……っ、ひぃっ⁉」

喚《わめ》き散らすカロラインの顎《あご》を、クローディアは無言で鷲掴《わしづか》みにした。

そうして反対の手をカロラインの目元に伸ばすと、化粧で彩られた瞼《まぶた》をグイと持ち上げ、その目をまじまじと観察する。

「……瞳孔《どうこう》が散大している……ベラドンナか、それに類する毒か」

「これはっ、ただ瞳《ひとみ》を大きく見せる目薬でっ！」

「毒よ」

カロラインの言い訳をクローディアはキッパリと一言で切り捨てた。

瞳孔の開いたカロラインの目をクローディアは真《ま》っ直《す》ぐに見据え、言い含めるように低く告げる。

「あなたは、その娘に、毒を盛ったのよ」

「ちが……わたくしは……ただ、その子が苦い紅茶で咽せて、恥をかけばいいと思っただけで……

だって、あんな苦い紅茶を飲み干すなんて、普通思わないじゃない！　その子が悪いのよ！」

喚き散らすカロラインには見向きもせず、クローディアはモニカのそばに再び膝をついた。そうしてモニカの上半身を起こし、その口に指を突っ込む。モニカが痙攣《けいれん》しながらえずいた。

「……ぁ、ぁう……ぉえ……」

「吐きなさい」

クローディアが喉の奥を刺激しても、モニカは上手《うま》く吐くことができぬまま、小さく呻《うめ》いている。

クローディアは冷静に、遠巻きに見ている者達に命令した。

「誰か、薄い食塩水を持ってきなさい。それと、医務室と生徒会役員に連絡を」

＊＊＊

父のことを思い出す時、真っ先に浮かんでくるのは白衣を着た細い背中だ。

（……おとうさん、おとうさん）

モニカの父は研究者で、一日の殆《ほとん》どを机と向き合って過ごすような人だった。

ほんの少しだけこっちを振り向いてほしくて、幼いモニカは父の背中に手を伸ばしかけ……そして、その手を下ろす。

父が大事な仕事をしていることは知っていたから、その邪魔をしたくなかったのだ。

だが、その日の父は、まるでモニカの心の声が聞こえたみたいに書き物をする手を止めて、こちらを振り返ってくれた。

髭《ひげ》だらけの顔に、丸くて小さい眼鏡《めがね》。眼鏡の奥の目は穏やかで、理知的だ。いつだって、父は穏やかな人だった。

父はモニカが下ろしかけた手を、両手で包むように握ってくれた。温かくて大きな手だ。

「……えへ……おとうさん……」

父の手の温《ぬく》もりに頬を緩めると、何故《なぜ》か頭上から声が聞こえた。

それは、記憶の中の父の声ではなく……。

「うーん、私はそんなに年上に見えるのかな？」

「殿下、この小娘の寝言に耳を貸す必要はありません」

「でも、叩《たた》き起《お》こせとは言わないんだ？」

「それは……その……ぴょ、病人ですから」

モニカは小さく呻きながら、重たい瞼《まぶた》を持ち上げる。

どうやらここは医務室のベッドの上らしい。以前も運ばれたことがある場所だ。

モニカが眠るベッドの横には、人影が二つ見えた。窓から差し込む夕日の光を受けて輝くのは、鮮やかな金と銀の髪。

「……でんか……と、あしゅりぃさま……？」

モニカの手を握りしめているのはフェリクス、その横でモニカの顔を覗《のぞ》き込んでいるのはシリルだ。

どうしてこの二人がこんなところにいるのだろう？　どうして、フェリクスはモニカの手を握りしめているのだろう？

ゆるゆると覚醒《かくせい》し始めたモニカの頭が、ここに至るまでの経緯をぼんやりと思い出す。

（……確か、お茶会で苦い紅茶を飲んだら、目眩《めまい》がして……）

そこから先の記憶が曖昧《あいまい》だ。ただ、酷《ひど》く怖い夢を見ていた気がする。

「君は、お茶会でノルン伯爵令嬢に一服盛られたんだ。中毒を起こして酷い錯乱状態だった」

「……っ！」

モニカはさぁっと青ざめると、フェリクスの手から自分の手を引き抜いた。

そして、ベッドから転げ落ちるような勢いで下りると、未《いま》だ力の入らぬ体を無理やり動かして、床に額を擦《こす》り付ける。シリルがギョッとしたように叫んだ。

「何をしているっ⁉」

モニカは平伏《ひれふ》したまま、ろくに動かぬ唇を震わせて言葉を絞り出す。

「……ご迷惑、おかけして……大変……申し訳、ありません、でした……」

言葉を発すると、それだけで吐き気がした。

それでも、モニカがお茶会の席を台無しにして、騒ぎを起こしたことには変わりないのだ。きちんと謝らなくては。

「生徒会なのに……ちゃんとできなくて、ごめんなさい……」

ダンスの授業が散々だったから、せめてお茶会ぐらいはこなさねばと思っていたのに。

モニカはまたしても、生徒会の汚点を作ってしまったのだ。

謝罪の声に嗚咽《おえつ》が滲《にじ》む。鼻の奥がツンとして、目の奥が熱い。

いつも以上に緩くなった涙腺《るいせん》から、ボロボロと涙がこぼれ落ちて、床に染みを作った。

「ノートン嬢、顔を上げて？」

フェリクスが膝をついて、モニカに声をかける。だが、モニカは顔を上げることができなかった。

（きっと、みんな呆《あき》れてる。生徒会役員なのに、お茶会でまともな振る舞いもできない人間だって）

自分で自分を責める言葉は、いくらでも思いつく。

そうやって際限なく自分を責める言葉を並べ立てて、心を擦り潰《つぶ》していると、モニカの脇の下にニュッと手が突っ込まれた。

その手が猫の子を抱えるかのように、モニカを持ち上げる。

「えぇいっ！　殿下に膝をつかせるとは何事かっ！」

モニカを持ち上げたのはシリルだった。

あぁ、またアシュリー様に怒られてしまった。自分が上手に振る舞えないからだ……とモニカがメソメソ泣いていると、シリルは丁寧な手つきでモニカをベッドに押しこんだ。

そしてモニカに毛布をかけながら、シリルは怒鳴る。

「貴様は被害者だ！　被害者が頭を下げる道理があるかっ！」

「で……も……」

「死にそうな顔色の病人が余計な口を利くな！　次、勝手にベッドから下りてみろ。縄でベッドに括《くく》りつけてやる！」

シリルが眉《まゆ》を吊《つ》り上《あ》げて物騒な宣言をした、その時。

「……あら、医務室で何を喚《わめ》き散らしているの？　……お、に、い、さ、ま」

ベッドを仕切るカーテンが揺れて、そこから美しい顔が現れた。顔だけである。

カーテンの向こう側に体を隠し、宙に浮く生首のように不気味な登場の仕方をしたのは、美しい容姿と鬱々《うつうつ》とした雰囲気の令嬢、クローディアであった。

（……おにいさま？）

シリルはギョッとクローディアを凝視し、不機嫌そうに唇を曲げて黙り込む。

対照的に、フェリクスはにこやかな笑みをクローディアに向けていた。

「クローディア・アシュリー嬢、君の応急処置が的確だったおかげで、一人の生徒が助かった。生徒会長として心からお礼を言うよ。ありがとう」

フェリクスの礼の言葉に、クローディアはまるでこの世の終わりを目の当たりにしたかのように絶望的な顔で、苦々しげにボソリと一言。

「……どういたしまして」

下手《へた》をしたら不敬とも取られかねない態度に、シリルがクローディアを睨《にら》む。

「光栄にも殿下にお褒めの言葉をいただいたのだ。もう少し喜べ」

「……あら、誰《だれ》かさんみたく、褒められた馬鹿犬みたいに尻尾《しっぽ》を振れと？」

そう言って、クローディアは無表情のまま鼻で笑うという器用な芸当をやってのけた。

大抵の人間の神経を逆撫《さかなで》するような態度に、案の定シリルは激昂《げきこう》する。

「誰が犬だっ！」

「……誰もお兄様のことなんて言っていないわ。あら、そんなに顔を引きつらせてどうしたの？昏睡《こんすい》状態のモニカ・ノートンを抱きかかえて運ぼうとしたけど、体力が無くて途中で力尽きて、会長に代わってもらった、お、に、い、さ、ま」

抑揚のない声で淡々と告げられる言葉に、シリルは最初の内こそ顔を赤くしていたが、段々とその顔色は青ざめていき、最後は真っ白になった。ただただ哀れである。

「……わ、わたし……重くて、すみませ……」

モニカが精一杯のフォローをすれば、シリルは眉間《みけん》に皺《しわ》を寄せ、無言で歯軋《はぎし》りをした。怖い。

(ど、どうしよう、アシュリー様が怒ってる……わたしが重かったから……)

モニカが狼狽《うろた》えていると、フェリクスが身を乗り出して、モニカの頬をするりと撫《な》でる。

「君は重くないよ。寧《むし》ろ軽すぎて驚いた。もう少し食事を増やした方がいい」

フェリクスはモニカの毛布をかけ直すと、シリルに目を向けた。

「さて、病人の元に長居をするのは良くないね。我々はそろそろ退室しよう」

シリルはフェリクスの言葉に素直に頷《うなず》くと、モニカをギロリと睨んで宣言した。

「今日は生徒会室に来なくていい。来ても、貴様の仕事など無いと思え」

「で、でも、学園祭の準備で忙しいのに……」

業者に送付する書類作り、クラブの予算案見直し、今日中に片付けたい仕事がいくつもあるのだ。

だが、シリルはキッパリと「問題無い」と言う。

なおもモニカが食い下がろうとすると、フェリクスがモニカの顔を覗き込み、柔らかく微笑《ほほえ》んだ。

「寮に戻って、しっかり休むんだよ」

フェリクスの声は穏やかだが、有無を言わせない強さがあった。

モニカが反論を飲み込んだのを確認し、フェリクスとシリルはベッドから離れる。

そんな二人に、クローディアがポケットから取り出したハンカチを、これ見よがしにヒラヒラと振ってみせた。無表情で。

シリルのこめかみが、ピキピキと引きつる。

「クローディア。その小娘が病室を抜け出して、生徒会室に仕事をしに来ないよう見張っていろ」

「……あら、心配ならそう言えば良いのに。モニカ・ノートンの寝顔をやたらと心配そうに覗き込んで、オロオロしていた、お、に、い、さ、ま」

シリルは全身をわなわなと震わせながら、フェリクスはそんな兄妹《きょうだい》のやりとりにクスクス笑いながら、医務室を出て行った。

二人が出て行くと、途端に医務室は静かになる。モニカは意を決して、クローディアに話しかけた。

「あ、あの、応急処置をしてくださって……ありがとうございました」

「……記憶は、どこまであるの?」

「紅茶を飲んだところまで、です……」

あとは怖い夢を見ていたことぐらいしか覚えていない。そうして気がついたら医務室のベッドの上だったのだ。

クローディアは一度ベッドから離れると、コップを持って戻ってきた。コップの中に入っているのはミルクだ。

「少しずつでいいから飲みなさい。気休め程度だけど、胃の粘膜を保護できるわ」

モニカがコップを受け取り、口をつけると、クローディアは近くの椅子に腰を下ろした。

「……紅茶に混入されていたのは、瞳孔《どうこう》散大作用のある目薬よ」

「め、目薬？　……あっ、だから、カロライン様は明るい場所なのに、瞳孔が……」

中庭のティーパーティでカロラインと向き合った時から、モニカはカロラインに違和感を覚えていた。

通常明るい場所にいると、目に入る光の量を調節するため、瞳孔は小さくなるものである。しかし、カロラインの瞳孔は大きく開いたままだった。

「あ、あの、カロライン様は……目のご病気、だったんですか？」

「……あの目薬は美容目的。瞳《ひとみ》が大きいほど、目が大きく見えて美しいと妄信している馬鹿が、危険性も知らずにああいう目薬に手を出すのよ」

カロラインが所持していた目薬は、本来は眼病の検査などに使われるものである。

用量を守って使う分には問題ないが、使い方を間違えれば毒となり、幻覚や中毒症状を引き起こすものだ。

そして、彼女はそれをモニカのティーカップに入れた。

「……あの目薬は色々混ぜ物がされていて、酷《ひど》く苦いのよ。それを混入した紅茶を飲んで、貴女が咽《む》せるところを笑いものにしてやるつもりだったのね」

だからカロラインは、個室ではなく人の多い中庭で茶会をしたのだ。

モニカが見苦しく紅茶に咽せているところを、大勢の前で嘲笑《あざわら》うために。

ところがカロラインにとって誤算だったのは、モニカがそれを普通に飲み干してしまったことである。

「あの……えっと……苦いけど、飲めなくもなかったので……」

「……生物の味覚が何のためにあると思う？　美食を味わうためじゃない。味を判別して毒物による危険を回避するためよ」

危機管理がなっていない、と遠回しに叱《しか》られ、モニカは黙り込む。

確かに警戒心が足りなかったかもしれない。カロラインが自分に悪意を持っているのは明白だったのだから、出された物をなんでも口にするべきではなかった。

クローディアが言うには、モニカは上手《うま》く毒を吐くことができなかったので、薄い塩水を飲ませて無理やり吐かせたらしい。

「……吐かせたら胃の中身は殆《ほとん》ど空っぽだった。見たところ年齢の割に低体重だし、生命を維持する気を感じないわね」

「…………うっ」

今日に限っては、昼食を食べられなかったのは、クローディアから逃げ回っていたからである。

それでも、普段の食事量が充分ではないという指摘は、以前からされていたので耳が痛い。

しょんぼりと項垂《うなだ》れるモニカに、クローディアはやはり鬱々とした声で告げた。

「小柄な人間ほど、毒の致死量は少ない……標準体型の大人なら死に至らないような毒も、幼児体型には致死量になることもあるわ。命拾いしたわね」

「よ、幼児体型……」

モニカは思わずクローディアを凝視した。

スレンダーだが、出るところはしっかり出ている長身は、モニカと同じ年にはとても見えない。

体型にそれほどコンプレックスを感じたことはないけれど、ラナやケイシーと仲良くなってから、モニカはほんの少しだけ自分の子どもっぽい容姿を気にするようになっていた。

密《ひそ》かに打ちひしがれていると、クローディアは身を乗り出してモニカの顔を覗《のぞ》き込む。

「……あら、どうしたの幼児体型？　そんなにまじまじと眺めて幼児体型。一応言っておくけど、今日は固形物の摂取はやめておきなさい。吐くわよ幼児体型」

「そ、そんなに、幼児体型、幼児体型って言わなくても……」

「……だって、貴女に命の恩人だと感謝されたくないんですもの」

クローディアの言葉にモニカは目を丸くする。

そういえば彼女は、フェリクスに礼を言われた時も嫌そうな顔をしていた。

モニカは当然クローディアに感謝しているし、礼を言いたいと思っている。だが、クローディアは照れ隠しではなく、本気で不快そうな顔をしているのだ。

「その……感謝されたくないのは……わたしが嫌いだから……ですか？」

震える声で問うと、クローディアは居住まいを正す。

人形のような無表情は変わらない。だが、悪意とは少し違う暗い情念が、瑠璃色《るりいろ》の目の奥でわずかに揺れた気がした。

「……別に嫌いじゃないわよ……好きでもないけれど」

気怠《けだる》げに答えるクローディアに、モニカは思い切って訊《たず》ねる。

「じゃ、じゃあ……なんで、この一週間、わたしを……尾行してたん、ですか？」

モニカは、クローディアが自分のことを〈沈黙の魔女〉だと疑っているのではないかと思っていたのだ。

モニカが答えを待っていると、クローディアは蛇のように音もなく距離を詰め、モニカの顔を至近距離で覗き込んだ。

「……貴女が、私の婚約者を誑《たぶら》かしたからよ」

「……へ？　……え？　……えぇっ？」

危うくミルクのコップを取り落としかけたモニカに、クローディアは淡々と言う。

「……同じ生徒会役員というだけならまだしも、ダンスの練習まで一緒だなんて……許せるわけないでしょう。私だって、ろくに踊ってもらったことないのに」

生徒会役員、ダンスの練習。

この二つのキーワードから、真っ先にモニカが連想したのは、フェリクスとシリルである。

だが、シリルとは兄妹となると、必然的に答えは限られてくる。

（ま、まさか、クローディア様は……殿下の婚約者っ⁉）

クローディアに正体がバレたわけではないというのは、安堵《あんど》すべき点である。

だがまさか、フェリクスの婚約者に、フェリクスを誑かしていると誤解されるなんて！

どうにかしてクローディアの誤解を解かねばとモニカが頭を抱えていると、医務室の扉が開く音がした。カーテン越しに聞こえてくる足音は二つ。

「モニカぁ――！　お見舞いにきたっすよ――！」

「しーっ、しーっ！　医務室で大声出しちゃダメですよぅ」

聞き覚えのある賑《にぎ》やかな声は、グレンとニールだ。

グレンは声もかけずにカーテンを開けて、大股《おおまた》でベッドに近づく。

「モニカ、大丈夫っすか！　うっわ、顔色真っ青じゃん！　あっ、お見舞いなんすけど、肉でいいっすかね？」

「グレン、中毒症状起こした人に肉はダメですよ」

グレンを窘《たしな》めるニールは、ベッドサイドに腰掛けるクローディアに気づくと、姿勢を正し、ぎこちなく笑った。

「あ、えーっと、クローディア嬢、こんにちは」

「………………」

クローディアは相も変わらぬ無表情だ。だが、明らかに纏《まと》う空気が変わった。

さっきまで漂っていた鬱々とした気怠げな空気が、綺麗《きれい》に消えている。

無表情のクローディアに、ニールは少しだけ困ったように眉を下げた。

「えっと……その……あっ、生徒会長から聞きましたよ。ノートン嬢の応急処置をクローディア嬢がやってくれたって」

「………………」

やはり、クローディアは無言かつ無表情である。相槌《あいづち》の一つすらない。

ニールはアワアワと無意味に手を動かしながら、言葉を続けた。

「さ、流石《さすが》クローディア嬢ですね！　すごいです！」

「………………そう」

その時、モニカは確かに見た。

小さく呟《つぶや》くクローディアの唇が、僅《わず》かに……ほんの僅かに持ち上がったところを。

フェリクスに褒められても嫌そうな顔をしていたクローディアが、今は嬉《うれ》しそうな気配を漂わせているのだ。

(も、もしかして、クローディア様の婚約者って……)

「えーっと、そっちの人は、モニカの友達なんすか？　ニールとも知り合い？」

グレンの言葉にニールが何かを言うより早く、クローディアがモニカに擦り寄った。

「ええ、そうよ……私達、お友達なの……ねぇ、モ、ニ、カ？」

初耳である。なんだったら、さっき「嫌いじゃないけど好きでもない」と言われたばかりだ。

モニカが呆然《ぼうぜん》としていると、クローディアは瑠璃色の目でじぃっとモニカを見据える。

その無言の圧にモニカは負けた。

「は、はぃ……」

モニカがガクガクと頷けば、クローディアは「ほらね」と言ってグレンとニールを見る。

「高等科二年、クローディア・アシュリー。ニールの婚約者よ。……よ、ろ、し、く」

「えっ、こ、婚約者ぁっ⁉　ニールに⁉　婚約者ぁ⁉」

大声をあげるグレンに、ニールが曖昧《あいまい》に笑う。

「えーっとですね、婚約は親同士が勝手に決めただけで……」

「……あら、私に不満が？」

クローディアが人形のような顔をニールに向ける。なまじ顔が整っているだけに、無表情でも妙な威圧感があった。

ニールは顔を強張《こわば》らせて、ブンブンと首を横に振る。

「いえ、あの、そういうわけではなくて、僕なんかじゃ不釣り合いで、クローディア嬢に申し訳ないと言いますか……」

ニールの目は、クローディアの頭の天辺《てっぺん》をチラチラと見ている。

その視線の動きで、モニカはニールが何を気にしているのかを察した。

ニールは同年代の少年達と比べてやや小柄である。一方、クローディアは女性にしては長身。並ぶとクローディアの方が明らかに背が高いのだ。

ましてクローディアは名門の侯爵家、一方ニールは下級貴族の男爵家である。家柄からして釣り合っていない。

モニカが絶句していると、クローディアはおもむろに立ち上がり、ニールの腕に己の腕を絡めてニタリと不気味に笑った。

「……ねぇ、モニカ。私とニール、とってもお似合いよね？　……ねぇ？」

小柄なニールと長身のクローディアは、並ぶとより一層身長差が顕著になる。

だが低い声で念を押されたモニカは、クローディアの圧力に負け、考えるより早くコクコクと頷《うなず》いた。

「お、お似合い、でふ」

「ほら、お友達のモニカも祝福してくれているわ」

何も問題ないでしょう？　と言わんばかりのクローディアに、ニールが空笑いを浮かべ、グレンが「圧力がすごいっす」と小さく呟く。

その時、医務室の扉が勢いよく開かれた。

ポニーテールを振り乱して駆け込んできたのは、ケイシーだ。

「モニカ！　医務室に運ばれたって聞いたけど、大丈夫……」

言いかけてケイシーは言葉を切り、ニールに腕を絡めているクローディアをまじまじと見る。

そうしてしばし黙り込んだ末に、ケイシーは困惑顔で口を開いた。

「ねぇ、これって、どういう状況？」

「……見れば分かるでしょ。これから、私とニールの馴《な》れ初《そ》め話が始まるのよ」

「いやごめん。見ても分からないわ」

呆《あき》れ顔《がお》のケイシーに、モニカは苦笑を浮かべた。

＊　＊　＊

廊下を歩くフェリクスは珍しく柔和な笑みを引っ込めていた。そうしていると、冴《さ》え冴《ざ》えとした美貌《びぼう》がより一層際立つ。

そんなフェリクスから静かな苛立《いらだ》ちを感じているのだろう。後方を歩くシリルも、神妙な顔をしていた。

フェリクスは歩きながら、自分の中の苛立ちと静かに向き合う。

（……あぁ、困ったな。怒りの無駄遣いはしない主義なのだけど）

自分の中にある怒りという感情は、然《しか》るべき時に然るべき相手に向けられるものだ。こんなところで無闇に発散していいものじゃない。

それでも床に額をつけて謝るモニカの姿が、フェリクスの懐かしい記憶を刺激した。

——生徒会なのに……ちゃんとできなくて、ごめんなさい……。

そう言って震えていた少女の姿が、幼い少年の姿と重なるのだ。

——王族なのに……ちゃんとできなくて、ごめんなさい……。

自分の無力さに涙を滲《にじ》ませて項垂《うなだ》れ、震えながら叱《しか》られるのを待つ少年と。

(あぁ、やっぱり似ているんだ。あの子は……)

そのことを静かに確認し、フェリクスは口を開く。

「今回の件、私は少々腹に据えかねている」

いつになく冷たいフェリクスの言葉に、シリルはハッと表情を引き締めた。

「首謀のノルン伯爵令嬢と他二名を、事情聴取のため応接室に待機させています。それと……」

シリルは言葉を切ると周囲を見回し、フェリクスに耳打ちする。

「ケルベック伯爵家のイザベル・ノートン嬢が生徒会室に乗り込んできて、ノルン伯爵令嬢と話がしたいと……」

「イザベル嬢?　あぁ、子リスの妹だっけ?」

「血縁関係の無い、姪《めい》にあたるそうです」

ふぅん、と呟き、フェリクスは唇の端を持ち上げる。

「丁度良い。ならば、イザベル嬢にも同席してもらおう」

美しい顔にゾッとするほど冷ややかな笑みを浮かべて、フェリクスは宣言する。

「さぁ、楽しいティーパーティをしようじゃないか」

八章　真打ち悪役令嬢の高笑い

待機しているようにと命じられた応接室で、ノルン伯爵令嬢カロライン・シモンズはソファに腰掛け、イライラと扇子の房飾りを弄《いじ》っていた。

隣に座る二人の友人が、恨めしげに自分を見ているのがまた腹立たしい。

（貴女達《あなた》だって、乗り気だったたじゃない！）

カロラインはただ、最近調子に乗っているモニカ・ノートンに、自分の立場を思い知らせてやろうとしただけだ。

とても貴族の人間とは思えないみすぼらしい容姿に、みっともない振る舞いのあの娘は、どういうわけか生徒会役員に選出された。

挙句、フェリクスやシリルにダンスの手ほどきを受けたと言うではないか。

あの二人は学園の華だ。昨年の学園祭の後のパーティで、カロラインはなんとか彼らに近づこうとしたけれど、それは叶《かな》わなかった。

フェリクスとシリルの周囲には、いつも人が集まっているから、カロラインはダンスをしてもらうどころか、話をすることもできず、遠くから見ていることしかできなかったのだ。

（……それなのに……なんで、あんな小娘が！）

握りしめた扇子がキシキシと音を立てて軋《きし》む。

何もかも、モニカ・ノートンが悪いのだ。自分はただ、少し苦い紅茶を提供しただけ。それなのにあんな大袈裟《おおげさ》に騒いで、カロラインに恥をかかせて。なんて憎らしい娘だろう！

(全部、全部、あの子が悪いのよ)

手元でピキッと小さな音がした。扇子にヒビが入ったのだ。

(あぁ、お気に入りの扇子だったのに壊れてしまったわ。新しい物をお父様に買ってもらわなくちゃ)

大丈夫、きっと父は自分を助けてくれる。父はカロラインを溺愛《できあい》しているし、学園にも多額の寄付をしているのだ。退学処分になどなるはずがない。

「失礼するよ」

扉がノックされ、二人の生徒が入ってきた。

柔らかく揺れる金髪に、水色に緑色を一滴だけ混ぜたような神秘的な碧眼《へきがん》。常に穏やかな雰囲気を纏《まと》った第二王子フェリクス・アーク・リディル。

冬の雪にほんの少しの蜜《みつ》を混ぜたような銀の髪と濃い青の目。氷の貴公子と名高い、ハイオーン侯爵令息シリル・アシュリー。

この学園の生徒会長と副会長である彼らは、生徒達の頂点に立つ存在である。

フェリクスはカロラインの向かいの席に座ると、膝《ひざ》の上で指を組んだ。シリルはその背後に控え、冷ややかな目でカロライン達を見下ろしている。

シリルは目に見えて険しい顔をしているが、フェリクスはいつもと変わらぬ柔和な笑みを浮かべていた。

（あぁ、やはり殿下は分かっていらっしゃるのだわ！　わたくしが悪くないって！）

ほっと胸を撫《な》で下《お》ろすカロラインに、フェリクスは柔らかな笑顔で告げる。

「カロライン・シモンズ嬢。モニカ・ノートン嬢毒殺未遂事件における、君の言い分を聞かせてもらおうか？」

毒殺。その一言にさぁっとカロラインと友人達の顔色が変わる。

たとえ貴族であろうとも、殺人は重罪だ。未遂でも相応の罪に問われる。

「誤解ですわ、殿下！　あれは、ほんの悪戯《いたずら》だったのです！　それなのに、モニカ・ノートンが勝手に大騒ぎをして……あの娘は、わたくしに恥をかかせようとしたに違いありませんわ！」

「君は悪戯で、同級生のカップに毒を盛るのかい？」

フェリクスの穏やかな声は変わらない。それなのに突きつけられる言葉はどこまでも冷たく、無慈悲だ。

カロラインは目尻《めじり》に涙を浮かべて懇願した。

「あれは毒ではありませんわ！　ただの目薬です！　とても苦いから、気つけ薬にもなると聞いて……そう、だから、おどおどしているあの子の目を覚まさせるには丁度良いかと……」

後半は思いつきのでたらめだ。あの目薬を売った行商人は「とても苦いが、だからと言って気つけ薬代わりにはしないように」と冗談めかして言っていた。

あの時は、目薬を口にするなんて馬鹿げていると鼻で笑ったものだけど。この際、言い逃れできるのならなんだっていい。

カロラインがペラペラと言い訳を捲《まく》し立《た》てていると、シリルがポケットからハンカチに包んだ小瓶を取り出した。

この応接室に通される際に没収された、カロラインの目薬だ。

「我が妹、クローディアが言うには、貴女が所持していた目薬は、本来は目の手術の際に使われるものであるという。医者、或《ある》いは国家認定薬剤師の資格が無ければ、所持することはできない」

シリルの青い目がギラリと底光りし、カロラインを冷たく睥睨《へいげい》する。

「そのような危険薬物を違法に所持し、挙句、他人に飲ませた。これが殺人未遂でなくて、なんだと言うのだ?」

シリルの妹、クローディア・アシュリーは〈識者の家系〉の正当な血を引く人間だ。〈歩く図書館〉とも呼ばれるその膨大な知識量は、大人にも勝る。そんなクローディアが断言するのなら、きっとその通りなのだろう。

カロラインは青ざめながら、それでも必死に逃げ道を探した。

「それは……わたくし、この目薬がそのような恐ろしい物だなんて知りませんでしたの。ただの目薬だと聞いていたものですから……あぁ、殿下、どうか信じてくださいまし!」

ポロポロと涙の粒を流して懇願すると、フェリクスはニコリと柔らかく微笑《ほほえ》んだ。

「そう、君は何も知らずに、ほんの悪戯心で、あの目薬をモニカ・ノートン嬢のカップに盛ったと」

「えぇ! そうです!」

「ノートン嬢に恥をかかせるために」

静かに落とされた一言に、カロラインはキュッと唇を噛《か》んで黙り込む。

フェリクスは肘置《ひじお》きに肘を乗せて頬杖《ほおづえ》をつき、碧《あお》い目を細めた。

「名誉毀損罪《めいよきそん》も上乗せかな」

「……………っ」

自分はうまく言い訳をしているはずだ。それなのに、フェリクスの方からカロラインを庇《かば》う言葉が出てこないのは何故《なぜ》だろう。どうして、フェリクスは自分を助けてくれないのだろう。

この時のカロラインはまだ、知らぬ存ぜぬで通せば逃げ切ることができると、本気で思っていたのだ。

そこに、コンコンとノックの音が響く。

フェリクスが「どうぞ」と声をかければ、一人の女子生徒が応接室に足を踏み入れ、優雅に一礼した。

それはオレンジ色の巻毛の一年生だ。少しきつい顔立ちの美しい少女で、凛《りん》とした雰囲気を漂わせている。

「ケルベック伯爵家のイザベル・ノートンと申します。立ち会いをお許しいただきましたこと、心より感謝いたしますわ、殿下」

モニカ・ノートンはケルベック伯爵家に引き取られた人間だという。

ならば、ここでケルベック伯爵令嬢のイザベルが、事情を聞くために立ち会うのは自然なことだろう。

(……大丈夫よ。ケルベック伯爵令嬢は、モニカ・ノートンを毛嫌いして苛《いじ》めているんだもの)

実際に、カロラインはイザベルがモニカを叱咤《しった》しているところを目にしているのだ。

(モニカ・ノートンに何かあったところで、わたくしのことを強く咎《とが》めたりはしないはず)

イザベルはシリルに勧められた椅子に腰掛けると、いかにも申し訳なさそうな顔で目を伏せた。

「このたびは我が家の厄介者が、皆様に御迷惑をかけたとか。ケルベック伯爵家の者として、大変心苦しく思いますわ」

フェリクスもシリルも何も言わない。だが、カロラインは密《ひそ》かに胸の内で喝采《かっさい》をあげていた。

（ほら、やっぱり！　ケルベック伯爵家はモニカ・ノートンなど切り捨てても、痛くも痒《かゆ》くもないのよ！）

イザベルがモニカを毛嫌いしているのなら、きっと自分の味方になってくれるはずだと、カロラインは密かにほくそ笑む。

そんなカロラインにイザベルはちらりと目を向け、可愛《かわい》らしく微笑んだ。

「お詫《わ》びの気持ちと言ってはなんですが……実は侍女にお茶を用意させていますの。皆様、喋《しゃべ》りっぱなしで、喉《のど》が渇いたでしょう？　どうぞ、召し上がってくださいまし」

イザベルが扉の外に声をかけると、彼女の侍女が静かに入室し、イザベルの前にカップを載せた盆を置く。

何故、すぐに配らないのだろうとカロラインが不思議に思っていると、イザベルはポケットから小さな小瓶を取り出し、カロライン達にも見えるように指で摘《つ》まんで持ち上げた。

その小瓶を見て、カロラインとその取り巻きの少女達はギクリと身をすくませる。

それは、カロラインが所持していた目薬の瓶とあまりにも酷似していたのだ。

「そうそう、折角ですから、カロライン様達にはこれをお試しいただきたいの。最近、行商人から買ったのですけど……とっても美容に良いお薬ですのよ」

そう言ってイザベルは小瓶の液体を、ポタポタと三つのカップに垂らした。それをイザベルの侍女が全員に配る。

イザベル、フェリクス、シリルには何も入っていないカップを。カロラインとその友人達には、薬を入れたカップを。

カロラインが強張《こわば》った顔でカップを睨《にら》んでいると、イザベルは扇子で口元を隠してクスクスと笑った。口元を隠しているのに、明確に馬鹿にしていると分かる、悪意に満ちた笑い方で。

「……さぁ、召し上がれ？」

カロラインはカップを凝視した。カップからは紅茶以外の匂《にお》いはしない。だが、あの目薬も無臭だったのだ。

（あの小瓶、私の目薬と同じ物？　なんで、ケルベック伯爵令嬢がそんな物を持っているの？）

ケルベック伯爵令嬢が、都合良くカロラインと同じ目薬を持っているのは不自然だ。きっと、ただの偶然に決まっている。

隣に座る友人達は、カロラインのことを探るような目で見ていた。二人ともカップに触ろうとすらしない。

（やめてよ！　そんな態度をとったら、私が持っていた目薬が毒だと認めるようなものじゃない！）

これが同じ目薬のはずがない。きっとハッタリだ。

カロラインはカップの紅茶を睨みつけると、覚悟を決めて一口啜《すす》る。

口腔《こうこう》いっぱいに華やかな紅茶の香りが広がった。それから少し遅れて、強烈な苦味とえぐみが舌を刺す。

「……っぶ⁉　うっ、おえええええっ」

カロラインは咄嗟《とっさ》に紅茶を吐き出した。口の中に一滴も残すまいと唾液《だえき》を垂らしながら紅茶を吐き、殺意に満ちた目でイザベルを睨みつける。

「毒よ！　この女はわたくしに毒を盛ったわ！」

「……まぁ」

イザベルはクスクスと笑いながら小瓶の蓋《ふた》を開け、自分のカップに垂らす。

そして、そのカップの中身を涼しい顔でコクリと飲み干し、微笑んだ。

「先程も申し上げましたでしょう？　美容に良いお薬だって。あぁ、少々苦いから、驚かれてしまいましたのね？」

「あ、貴女……っ！」

「ふふっ、だからって、何もそこまで見苦しく吐き出さずともよろしいでしょうに……あの女は、貴女が出した苦い紅茶をきちんと飲み干しましてよ？」

あの女──それがモニカ・ノートンを指してるのは言うまでもない。

イザベルは、ふぅっと物憂げにため息をついた。

「まったく、あれは育ちの悪い女で、我が家の鼻つまみ者ですけれど……どんなにまずい紅茶も残さず飲もうとした、客人としての振る舞いだけは評価しますわ。貴女はそれ以下ですのね？　殿下の前で、なんてはしたない」

そう言って、イザベルは扇子を傾け、口元を見せて鼻で笑う。

大勢の前でモニカに恥をかかせてやろうとしたカロラインが、よりにもよってフェリクスの前で恥をかかされている。

（なんなのよ、なんなのよ、なんなのよこれっ！）

フェリクスは何も言わない。ただ、どこか面白がるような顔でイザベルとカロラインのやりとりを見守っている。

イザベルは美味《おい》しそうに二杯目の紅茶を飲みつつ「そうそう」と、世間話でもするような口調で言った。

「今回の件ですが、お父様に報告をさせていただきますわ。仮にもノートンの姓を持つ者が毒殺されかけたんですもの。当然ですわよね？」

「……っ！」

今になってようやくカロラインは、自分がしでかしたことの大きさに気がついた。

イザベルがモニカを嫌っていても、モニカがノートンの姓を持つ者であることに変わりはない。

つまり、カロラインはケルベック伯爵家に喧嘩《けんか》を売ってしまったのだ。

「我がケルベック伯爵家は、カロライン様のご生家……ノルン伯爵家と親交を持っていたのに、残念ですわ」

ケルベックはリディル王国東部で最も広大な領地だ。その規模は決して田舎《いなか》貴族と馬鹿にできるものではない。

なにより東部の山岳地帯は竜が多いため、東部に領地を構える者は常に竜害に苛《さいな》まれている。

王都に救援要請を出せば竜騎士団が出動してくれるが、王都から東部に到着するには時間がかかるので、東部に領土を持つ貴族は皆、自分の兵を持っていた。

その規模がずば抜けて大きいのが、ケルベック伯爵家なのだ。

故に東部の貴族達は竜による災害が起こり、竜騎士団の到着が間に合わない時、近隣のケルベック伯爵家を頼ることが多い。それはカロラインの実家、ノルン伯爵家も例外ではない。

ノルン伯爵家は領地が竜害に襲われるたびに、何度もケルベック伯爵家の兵に助けられているのだ。

その恩を、娘が仇《あだ》で返すような真似《まね》をしたらどうなるだろう？

もし、ケルベック伯爵がノルン伯爵領を見捨てたら？

軍事力の弱いノルンは竜害に耐えきれず、最悪滅びかねない。

「あ、ああ、違う、違うの……待って……わたくし、そんなつもりじゃ……そんなつもりじゃ……」

髪を振り乱して言い訳するカロラインに、イザベルは冷ややかな目を向ける。

イザベルはカロラインより一歳年下だ。だが、イザベルにはカロラインにはない、圧倒的な威圧感があった。

カロラインのプライドを粉々にした美しい少女は、高慢に告げる。

「貴女の軽率な行いが、貴女の故郷を滅ぼす……それが社交界でしてよ？　さぁ、寮に戻ったら、他のご友人方にしっかりと語って聞かせてくださいまし……我がケルベック伯爵家を敵に回すと、どうなるのかということを！」

そう言ってイザベルは扇子を持ち上げ、オーッホッホッホ！　と軽やかに高笑いをした。

＊　＊　＊

イザベル・ノートンの独擅場《どくせんじょう》の後、カロライン・シモンズとその友人二名は教師によって別室に連れて行かれた。その背中をシリルは冷ややかに見送る。

まだ正式には決まっていないが、実行犯であるカロラインは強制退学、その友人二名は自主退学が妥当だろう。

カロラインは最後まで、自分の非を認めようとしなかった。それどころかモニカに責任を押し付けて、言い逃れをしようとする始末である。モニカが階段から落下した時もそうだった。

（……愚かな）

少し前に退学処分にした前会計もそうだが、彼ら彼女らは、ここが社交界の延長線上にあることを理解していない。何かあれば、親が金を積んで何とかしてくれると思っている。

（金で信用が買えれば、苦労は無い……なんと浅はかな）

カロラインが部屋を出て行くと、イザベルは居住まいを正し、フェリクスとシリルに頭を下げた。

「殿下の御前にて、お目汚し失礼いたしました」

先程まで高笑いをしていたとは思えない殊勝な態度だ。まったく女とは恐ろしい、とシリルは思う。

だが、フェリクスは穏やかに笑ってそれに応じた。

「なかなか愉快ではあったよ。ところで、君のお父上はノルン伯爵を見限ると思うかい？」

フェリクスの問いに、イザベルは首を横に振る。

「いいえ、我が父ケルベック伯爵は感情的に他領を見捨てるようなことも、それによって国に損害を与えることも、誓っていたしませんわ」

ノルン伯爵領は重要な流通経路の一つだ。竜害で道が閉ざされるのは、あまり都合の良いことではない。

まぁ、強《したた》かなケルベック伯爵のことだ。今回の件は、ノルン伯爵家との交渉カードにでもするのだろう。

ケルベック伯爵は、このリディル王国の東部で最も影響力を持つ大貴族だ。

リディル王国東部は竜による災害が多く、また、帝国を含む複数の国と隣接しているので、有事の際は前線となる。故に、東部の貴族達は王都に匹敵するだけの軍事力を有している。

だからこそ、謀反を起こされると一番恐ろしいのが東部地方なのだ。

中央の貴族達は東部貴族が謀反を起こし、中央に兵を向けることを恐れ、東部貴族達の軍隊の規模を縮小したがっているらしい。

だが、東部貴族とて、そう簡単には軍を縮小できない。東部は常に「隣国」と「竜」という二つの危機と隣り合わせなのだから。

（ケルベック伯爵は、第一王子派でも第二王子派でもない、中立派と聞いたことがあるが……）

シリルが用心深くイザベルのことを観察していると、フェリクスが世間話のような口調でイザベルに話しかけた。

「そうそう、ケルベックと言えば……ウォーガンの黒竜の件は大変だったね」

「その節は、王都より竜騎士団を派遣していただきまして……国王陛下の迅速かつ寛大な措置に、心から感謝しております」

殊勝な態度のイザベルにフェリクスが冗談めかした口調で言う。

「竜騎士団が到着せずとも、伯爵家の軍隊だけで、どうにかできてしまったのでは？」

伯爵家の兵は竜退治に慣れているので、竜騎士団が到着する前に竜を退治してしまうことがしばしばあった。

だからこそ、竜騎士団の派遣など必要なかったのでは、とフェリクスは遠回しに言っているのだが、イザベルは「とんでもない！」と声を張り上げる。

「確かに我がケルベック伯爵家は、何百年も竜と戦い続けてきた歴史を持ちます。そんな我々を以《もっ》てしても、黒竜と対峙《たいじ》したのは二〇〇年前の一度きり。ウォーガンの黒竜を撃退することができたのは、竜騎士団の皆様の尽力と、〈沈黙の魔女〉様のおかげですわ」

七賢人が一人〈沈黙の魔女〉。

その名はシリルも知っている。二年前に弱冠一五歳で七賢人に就任した若き天才魔術師だ。

シリルはその姿を見たことはないが、なんでも〈沈黙の魔女〉は式典でも常にローブのフードを目深に被《かぶ》って俯《うつむ》き、誰《だれ》にもその素顔を見せないのだとか。

（素顔を隠した、魔術師……）

シリルの指が、無意識に襟元のブローチに伸びる。

胸をざわつかせるシリルの耳に届くのは、興奮を隠せぬイザベルの声。

「わたくしはこの目で直《じか》に見たのです！〈沈黙の魔女〉様が、黒竜が従えていた翼竜の群れを一瞬で撃ち落とすところを！」

シリルの心臓が早鐘を打った。

（……翼竜の群れを一瞬で撃ち落とす？　……そんなことは不可能だ）

竜は寒さに弱いという弱点があるが、その体は頑強かつ魔力耐性が高いので、大抵の魔術が通用しない。

もし倒すのなら、眼球か眉間《みけん》を狙《ねら》わなくてはならないのだが、動く的の眉間や眼球を正確に狙うのは、たとえ上級魔術師でも至難の業だ。

（だが……）

シリルの脳裏を過《よ》ぎるのは、数週間前の夜の出来事。

氷の矢を一瞬で正確に撃ち落とした、恐ろしく高度な魔術。

とても詠唱が間に合うようなタイミングじゃなかった。それなのに、あの人物はシリルの後出しで、あんなにも精緻《せいち》な魔術を展開してのけた。

――静かなる、化け物。

あの人物なら、シリルの氷を撃ち落としたように、群れをなす翼竜達を一瞬で撃ち落とすことができるのではないだろうか？

イザベルが熱のこもった口調で〈沈黙の魔女〉について語るのを聞きながら、シリルは静かに動揺を押し殺していた。

＊　＊　＊

応接室を後にしたイザベルは、侍女のアガサを従えて廊下を歩く。

生徒達の視線が、チラチラとイザベルに向けられていた。その殆《ほとん》どが畏怖《いふ》の眼差《まなざ》しだ。早速、カロラインがイザベルの仕打ちを吹聴したのだろう。

「お嬢様、よろしいのですか？」

「ええ、覚悟の上よ」

誰かを踏みにじれば、当然に敵を作る。それでも、あえてイザベルはカロラインに報復をした。

ケルベック伯爵家に手を出すな──その暗黙の了解を作り上げれば、モニカに手を出す者はいなくなる。

〈沈黙の魔女〉モニカ・エヴァレットは、ケルベックに住まう全ての者の恩人だ。

領土内で黒竜が発見された時、ケルベックの人間は皆、絶望に嘆いた。

竜は災害だ。その中で最も恐れられているのが黒竜である。

黒竜の鱗《うろこ》はありとあらゆる魔術を弾《はじ》き返し、吐き出す炎は防御結界をも焼き尽くす冥府《めいふ》の炎。過去には黒竜一匹で国が滅びたという伝承すら残っている。

人々が絶望する中で、〈沈黙の魔女〉は果敢にも、たった一人で黒竜の巣食うウォーガン山脈に乗り込み、黒竜を追い払うことに成功したのだ。これを奇跡と言わずして何と言おう。

ケルベック伯爵家にとって、〈沈黙の魔女〉は偉大な救世主である。

それなのに〈沈黙の魔女〉は何のもてなしも受けずに、ケルベックを立ち去ってしまった。

だからこそ、〈結界の魔術師〉ルイス・ミラーから〈沈黙の魔女〉のサポートを頼まれた時、イザベルは決めたのだ。

己の持てる全《すべ》てを尽くして、〈沈黙の魔女〉モニカ・エヴァレットに恩返しをしよう、と。

自室に戻って扉を閉めたイザベルは、ゆったりと広い一人部屋を見回し、ふむと顎《あご》に指を当てる。

「ねぇ、アガサ。この部屋、もう一つベッドを入れられるわよね？」

「ええ、勿論《もちろん》です」

聡《さと》いアガサは、すぐにイザベルがやりたいことを察してくれた。

イザベルはフンスと鼻を鳴らすと、拳《こぶし》を握りしめる。

「なら、早速ベッドの手配を。モニカお姉様は、しばらく授業を休んで療養することになるはずよ。でも、屋根裏部屋ではろくに看病できないわ。他の生徒達の目を盗んで、この部屋に来ていただきましょう」

「かしこまりました、早急に手配いたします」

「ありがとう。ふふ……憧《あこが》れのお姉様と同室……あぁ、お姉様はきっと今回の事件で心身共に傷ついているに違いないわ、わたくしが慰めてさしあげないと！　お姉様、恋愛小説はお好きかしら？　わたくしのお勧めシリーズをお貸ししてさしあげたいわ。それで一緒に小説について語れたら素敵……あっ、寝間着も！　寝間着も用意して、アガサ！　わたくしとお揃《そろ》いの、うーんと可愛《かわい》いやつ！」

目を輝かせておねだりするイザベルに、有能な侍女のアガサは「お任せください」と力強く頷《うなず》いた。

＊＊＊

カロラインの処遇について教師と話し合ったフェリクスは、その足で医務室へ向かった。モニカの様子を見ようと思ったのだ。だが、医務室にモニカの姿は無かった。どうやら寮の自室に戻ったらしい。

モニカがちゃんと寮に戻れたか気になるが、クローディアが一緒にいたから、モニカに無理をさせるようなことはないだろう。

そういえば、モニカは女子寮の屋根裏部屋で暮らしているらしい。ケルベック伯爵令嬢がそうするように仕向けたのだとか。

（本当はイザベル嬢に、あまりあの子を苛《いじ》めないでくれと、釘《くぎ》を刺しておきたかったのだけどね）

イザベルがモニカを苛めている理由をフェリクスが訊《き》いてしまえば、王族がケルベック伯爵家の内情に首を突っ込んだと判断されかねない。

ケルベック伯爵家は中立派の大貴族だ。第二王子のフェリクスとて、簡単に干渉できる存在ではない。

まぁ、モニカがイザベルに苛められて泣いているのなら、自分がその分甘やかしてやればいいだろう。

分かりやすい苛め役がいる方が、あの子リスを手懐《てなず》けやすい。

（最初はシリルにその役目を期待していたんだけど……最近の彼は彼女に甘いからなぁ）

モニカを医務室に運ぶことになった時、真っ先にモニカを抱き上げたのはシリルだった。まぁ、途中で力尽きてしまったけれども。

案外、シリルはモニカのことを妹のように思っているのかもしれない。何せ、妹のクローディアがあれである。

ちぐはぐな兄妹《きょうだい》のやりとりを思い出してクスクス笑っていると、前方に見覚えのある人物が見えた。

廊下の壁にもたれて腕を組み、垂れ目を眇《すが》めてこちらを見ているのは、生徒会書記エリオット・ハワードだ。

「やぁ、エリオット。アボット商会の件は片付いたかい？」

エリオットは壁から背を離し、小さく頷く。

「あぁ、学園敷地内に入る時の手続きを厳格化する旨も伝えてある」

アボット商会を騙《かた》った窃盗犯は、学園に入るために必要な許可証を偽造していた。だから、堂々と表門から入ることができたのだ。

その大元となる許可証は、アボット商会から流出した可能性がある。そのことをエリオットが仄《ほの》めかしたら、商会側はあっさりこちらの要求を飲んだらしい。

アボット商会は、花火や演出用の火薬を扱っている数少ない業者だ。簡単には乗り換えられないので、フェリクスとしてもありがたい。

「最近は、犯罪組織の書類偽造技術も向上しているからね。手続きは厳格化するに越したことはない」

「あぁ、そうだな」

フェリクスの言葉に相槌《あいづち》を打ったエリオットは口の端を持ち上げて、意地の悪い笑みを浮かべた。

「まぁ、連中が書類や馬車を揃えて、どんなに上手《うま》く外面《そとづら》を取り繕ったところで、演じる奴《やつ》がマヌケならどうしようもないがな」

「続きは、後で報告書で出してくれるかい？　そろそろ、部屋に戻りたいんだ」

フェリクスがエリオットの横を通り過ぎようとすると、エリオットは「なぁ」とフェリクスを呼び止める。

フェリクスが足を止めて振り向けば、エリオットは少しだけ言《い》い淀《よど》んでから口を開いた。

「……ノートン嬢が、茶会でやらかしたらしいな」

「彼女は被害者だ。非はノルン伯爵令嬢にある。それとも君は、『平民が身の程を弁《わきま》えず茶会に参加するからだ』とでも言うつもりかい？」

フェリクスの言葉にエリオットは心外そうに鼻を鳴らし、首を横に振った。

「客人の茶に毒を盛り、貶《おとし》める行為は、貴族として恥ずべきことだろう。加害者を庇《かば》いだてする気はないさ」

エリオットは軽薄に肩をすくめつつ、そのくせ、どこか煮え切らない態度で「ただ……」と付け加える。

「ノートン嬢に似たようなことをする奴は、これから先も出てくるだろうぜ。なにせ、平民上がりのくせに、生徒会役員に選ばれたんだ」

エリオットは軽薄な男を装っているが、その本質は誰《だれ》よりも貴族的だ。

エリオットは決して庶民を見下しているわけではない。ただ、己の本分を果たさぬ者が許せない男なのだ。それが、貴族であろうと庶民であろうと。

前会計の不正行為に誰よりも腹を立てていたのがエリオットであることを、フェリクスは知っている。

「エリオット、君は以前こう言っていたね。『貴族は貴族の、平民は平民の、生まれ持った役割がある。それぞれが身の丈に合った役割を果たすべきだ』……と」

「あぁ、そうだ。だからこそ問いたい」

エリオットは垂れ目を細めると、フェリクスを鋭く見据え、問う。

「何故《なぜ》、モニカ・ノートンを会計にした？」

「ノートン嬢の身の丈が分からないからだよ。それは君も、薄々感じているんじゃないかい？」

フェリクスの答えに、エリオットはムッと唇を曲げて黙り込む。

フェリクスは、あくまでいつもと変わらぬ穏やかさで言葉を続けた。

「彼女はただの一般人というには、あまりに非凡だ。会計という役割をあてがえば、彼女の身の丈が見えてくるかもしれないだろう？」

フェリクスが挙げた尤《もっと》もらしい理由に、エリオットは納得していないようだった。

普段、軽薄な笑みを浮かべている顔を苦々しげに歪《ゆが》めて、エリオットは低く呻《うめ》く。

「モニカ・ノートンが非凡なのは認めるさ。だけど、身の程知らずなことには変わりない」

エリオットはフンと鼻を鳴らすと、口元に皮肉げな笑みを浮かべた。

「ところで、俺が身の程知らずよりも嫌いなものが何か知ってるか？　己の役割を全うしない人間だ。それは、王族も平民も変わらない」

王族に対して不敬とも取れる態度に、フェリクスは気分を害するでもなく、穏やかに答える。

「無論、フェリクス・アーク・リディルを名乗る以上は、この役割を全うするさ」

——そう、この名前を名乗る間は。

どこか遠くを見るような目で、声に出さずに呟《つぶや》き、フェリクスはそのままエリオットの横を通り過ぎる。

エリオットはもう、フェリクスを呼び止めたりはしなかった。


フェリクスが自室に戻り、扉を閉めると、胸ポケットから白い蜥蜴《とかげ》がするりと這《は》い出てきた。

蜥蜴はフェリクスの体を伝って地面に下りる。するとたちまちその姿がぼやけ、水色がかった白髪を撫《な》でつけた侍従の姿になった。

人に化けた精霊ウィルディアヌは、目を伏せてフェリクスに一礼する。

「本日は、その……色々と大変でしたね、マスター」

気遣うように言うウィルディアヌに、フェリクスは上機嫌に頷いた。

「あぁ、だけど今は少しだけ機嫌が良いんだ。なんと言っても、久しぶりに彼女の名を聞けた」

「彼女……とは？」

訝《いぶか》しげな顔をするウィルディアヌに、フェリクスはゆっくりと唇の端を持ち上げて笑った。

そして、その名を口にするだけで、嬉《うれ》しくて堪《たま》らないと言わんばかりに声を弾ませる。

「〈沈黙の魔女〉レディ・エヴァレット」

応接室で、イザベル・ノートンは目を輝かせてこう言った。

『わたくしはこの目で直に見たのです！〈沈黙の魔女〉様が、黒竜が従えていた翼竜の群れを一瞬で撃ち落とすところを！』

イザベルの言葉に相槌を打ちながら、フェリクスは胸の内でこう呟いていたのだ。

あぁ、その光景は僕も見ていたよ――と。


あの時、フェリクスは訳あって、お忍びで東部地方を訪れていた。

だが、黒竜騒動で東部は大混乱。村や町を捨てて避難する人で道は溢《あふ》れかえり、フェリクスは足止めを食らっていた。

周囲に正体がバレると都合が悪かったため、人の流れを避けて移動していた彼は、不運にも翼竜の群れの移動先とぶつかってしまったのだ。

そこで彼は見た。

空を覆い尽くす翼竜の群れ。耳をつんざくような、ギャアギャアという鳴き声は非常に攻撃的で、翼竜達の気が立っているのは明らかだった。

翼竜の一匹が気紛《きまぐ》れに滑空すれば、その爪が掠《かす》めただけで、太い木が折れる。

それは意思を持った災害だ。一匹一匹が民家よりも大きい、大型翼竜。それが群れを成して空を舞う光景は、悪夢のようだった。

だが、次の瞬間、空に門が開いた。

風の精霊王シェフィールド召喚の大魔術。開かれた門から降り注ぐ白く輝く風は、槍《やり》となって正確に翼竜の眉間《みけん》を貫いた。

地に落ちていく翼竜達の骸《むくろ》は白く輝く風に包まれ、まるで雪のようにヒラリ、ヒラリと音もなく地に積もっていく。

その光景にフェリクスは呼吸を忘れてしまうほど、魅入られた。

──あぁ、なんて静かで、美しい魔術なのだろう。

フェリクスは〈沈黙の魔女〉を式典で何度か見かけたことがある。ただ、彼女は常にローブのフードを目深に被っているので、その素顔までは見たことがない。

おまけに〈沈黙の魔女〉はあまり公の場に顔を出さないのだ。故に、七賢人の中でもとりわけ地味で目立たない存在と言われていた。

(……それが、あんなに素晴らしい魔術の使い手だったなんて!)

ケルベック伯爵領で見た光景に思いを馳《は》せながら、フェリクスは鼻歌まじりにポケットから鍵《かぎ》を取り出す。そうして引き出しの鍵を開けて、論文の束を取り出した。

それを見たウィルディアヌが、緩やかに瞬《まばた》きをする。

「それは〈沈黙の魔女〉様が、学生時代に書いたという論文ですか?」

「あぁ、馴《な》染《じ》みの古書店に頼んで、取り寄せてもらったんだ。非常に高度な魔術の位置座標とその変動に関する論文で……」

そこでフェリクスは言葉を切り、少しだけ残念そうに眉《まゆ》を下げた。

「あぁ、君達精霊は、魔術とは無縁なのだったね」

「はい、わたくし達精霊は、感覚で魔力を使いますので……術式を編む魔術なるものを、理解できません」

人間が手を伸ばして机の上の物を持ち上げるのと同じぐらい自然に、精霊達は魔力を行使することができる。

だが、人間は魔力の使い方が精霊ほど上手《うま》くはない。だからこそ、魔術式を編んで「術」として魔力を行使するのだ。

フェリクスは論文の表紙を愛《いと》しげに撫でながら呟く。

「〈沈黙の魔女〉レディ・エヴァレットの無詠唱魔術の原理については、まだ明かされていないのだけれど、彼女が非常に優れた頭脳を持っていることは間違いないね。この論文はレディ・エヴァレットが学生時代に書いた物なんだが、この論文が発表されたことで広範囲術式の常識が変わったと言ってもいい。魔術の命中精度が格段に上がったんだ」

「……我々精霊は、攻撃魔法で何かを狙《ねら》う時、なんとなく狙いを定めて、なんとなく魔力を放ちます」

「人間は『なんとなく』では魔力を使えないんだよ。仕組みを理解し、論理的に術式を編んで『魔術』という形で魔力を行使する」

例えば火の魔術で敵を攻撃する時。魔術師は、まず火を作るために火の温度、大きさ、形状、持続時間など、それら全《すべ》てを決定しなくてはいけない。

更にそれを敵に放つために、速度、角度、飛距離を計算に入れ、気候や風向きを考慮して微調整するのだ。

それらを正確に魔術式に織り込まなければ、魔術は正しく発動しない。最悪、手元で火球が爆発して大惨事である。

「魔術には膨大な計算が必要なんだ。人間が詠唱をするのは、難解な数式で途中式が必要になるのと似ている。慣れれば多少の省略はできるが、複雑な数式を見て、いきなり答えに辿《たど》り着《つ》くことはできないだろう？　……だが、それができる人間が一人だけいる」

難解な魔術式の最適解を一瞬で導きだせる——故に詠唱を必要としない、天才魔術師。それが〈沈黙の魔女〉だ。

式典のローブ姿を思い出し、フェリクスは無意識に頬を染め、口の端を持ち上げる。

「できることなら、また見たいな……彼女の静謐《せいひつ》で美しい魔術を」

目を閉じれば瞼《まぶた》の裏に蘇《よみがえ》るのは、雲を裂く巨大な魔法陣、天空に開かれた門、白く煌《きら》めく風の槍。

風の槍で眉間を穿《うが》たれ、地に落ちる翼竜達は、殆《ほとん》ど血を流すことなく即死していた。

そのどこまでも無慈悲で、残酷で、美しい光景にフェリクスは心を奪われたのだ。

フェリクスは〈沈黙の魔女〉の論文を見つめて、ほぅっと甘い吐息を零《こぼ》す。

「あぁ、あの時、翼竜を撃ち落とした魔術はどうやって敵の座標軸を算出したのだろう。追尾術式を組み込んだにしても、現在の追尾術式の性能では正確に眉間を狙うことなんてできないはず……〈沈黙の魔女〉なら新しい追尾術式を開発していてもおかしくはないけれど、あの時、翼竜の眉間の真上に魔法陣が見えたから、追尾術式ではないと思うんだ。そうなると翼竜二四体の位置を正確に割り出して瞬時に精霊王召喚の魔術を起動し、眉間を貫いたことになるけれど、二四体分の位置を全て把握して、あの威力の攻撃魔術を同時に撃ち込むなんて尋常じゃない。〈沈黙の魔女〉はもしかしたら恐ろしく高度な空間把握能力を有しているんじゃないかと思うのだけど……」

呼吸も忘れて饒舌《じょうぜつ》に語るフェリクスに、ウィルディアヌが困り顔で口を挟む。

「あの、マスター……紅茶の用意ができたのですが……」

「あぁ、うん、ありがとう。その辺に置いておいてくれ」

雑な指示に従い、ウィルディアヌは紅茶のカップを置く。

そうして生真面目《きまじめ》なウィルディアヌは、心の底から申し訳なさそうに言った。

「……浅学故にマスターのお話を理解できないこと、大変申し訳ありません」

「いや、こちらこそすまないね。こんな話をできる相手が他にいないものだから、ついつい熱が入ってしまった」

フェリクスは論文をパラパラと捲《めく》って、目を通す。

非常に高度で複雑な論文だ。だが、紙に折り癖がつくほど何度も読んだ論文の内容は、軽く目を通すだけで簡単に頭に入ってきた。覚えるほどに読んだのだ。何回も、何回も、繰り返し。

「イザベル嬢とは、〈沈黙の魔女〉のファン同士、仲良くなれると思うんだけどな……」

自らをファンと言い切ったフェリクスに、ウィルディアヌは複雑そうな顔で進言する。

「マスター、その、外で魔術の話は……」

「あぁ勿論《もちろん》、自重するよ。表向き、私は魔術に詳しくないということにしておかないといけないからね」

そう呟いて、フェリクスは少しだけ寂しそうに笑い、手元の論文を胸に抱いた。

まるで、愛しい人の恋文を胸に抱くかのように、切なげに目を細めて。

九章　チョコレートの事情

カロライン・シモンズに一服盛られて医務室送りになったモニカは一週間ほど授業を休み、イザベルの部屋で療養をしていた。

モニカとしては屋根裏部屋でも一向に構わなかったのだが、イザベルは既にモニカのために自室にベッドを持ち込んでいて、断れなかったのである。

フカフカのベッドに座り、借り物のシルクの寝間着を着たモニカは、自分に向けられる熱い眼差《まなざ》しに居心地《いごこち》の悪い思いをしつつ、イザベルに借りた小説のページを捲った。

そうして最後のページまで読み終えたところで、モニカが疲れた目を擦《こす》ると、ベッドサイドに座っていたイザベルが目を輝かせて、前のめり気味にモニカに訊《たず》ねる。

「どうでしたか？　マローネ・フィリルの代表作『白薔薇《しろばら》の乙女は花園に眠る』は！」

「え、えっと……」

モニカは返す言葉に詰まり、視線をうろうろと彷徨《さまよ》わせる。

「い、言い回しが……独特、ですね」

「そうなんです、マローネ・フィリルは詩的な言葉使いがとても美しくて、なによりも情景描写とヒロインの心理描写が素晴らしいのですわ！　でもでも、ストーリーも最高ですのよ！　なんと言っても三章の別れのシーンは涙無しに読むことはできませんわ！」

まさにその三章を涙無しに読んでしまったモニカは、なんだかとても申し訳ない気持ちでいっぱいだった。

幼少期から物語の類を読み慣れていないモニカは、この手の創作物特有の言い回しが苦手だ。

白磁の如《ごと》く滑らかな柔肌《やわはだ》とか、黒檀《こくたん》を溶かし宝石の粉をちりばめたような黒髪とか、野苺《のいちご》のように瑞々《みずみず》しい唇などと言われても「白い肌、黒い髪、赤い唇」で良いではないかと思ってしまうのだ。

それでも勧められた物をバッサリ否定するのも気が引けて、モニカは曖昧《あいまい》に笑いつつ相槌《あいづち》を打つ。

そこにイザベルの侍女、アガサが控えめに声をかけた。

「お嬢様、そろそろお食事の時間ですよ」

「あら、もうこんな時間。お姉様、わたくし、少々食堂に行って参りますわ。お姉様の分のお食事はアガサが用意していますので」

「あ、ありがとうございます」

イザベルが部屋を出ると、イザベル付きの若い侍女アガサが食事を載せた盆を持ってきてくれた。

「こちらにお食事を置いておきますね。お下げの際は、卓上のベルを鳴らしてください」

「……あ、ありがとう、ござい、ます」

アガサはニッコリ微笑《ほほえ》み、一礼して部屋を出て行った。モニカが人のいる場所での食事に慣れていないと察した上での気遣いがありがたい。

モニカはベッドから下りて、椅子に腰掛ける。

テーブルの上には、柔らかなパン、チーズ、魚と野菜の煮込み、林檎《りんご》を甘く煮た物が並んでいる。

どれも、わざわざモニカのためにアガサが食堂を借りて作ってくれたらしい。

モニカはイザベルとアガサの気遣いに感謝しつつ、パンを千切って口に運んだ。ふわふわの白いパンは柔らかくて、ほんのり甘い。

こんな柔らかなパン、山奥では滅多に食べられる物ではなかった。モニカが山小屋で食べていたのは、石のように硬く黒いパンだ。あれはあれで、スープに浸したり、チーズと一緒に食べると美味《おい》しいのだけど。

パンを噛《か》み締《し》めながら山小屋での暮らしを懐かしんでいると、窓をカリカリと引《ひ》っ掻《か》く音が聞こえた。目を向ければ、ネロが外から窓に爪を立てている。

モニカが立ち上がって窓を開けると、ネロはするりと室内に入り込み、鼻をヒクヒクさせた。

「いいにおいじゃねーか」

「お魚があるよ、食べる？」

「オレ様、魚は好きじゃねーんだ。それより肉がいい。特に鳥がいいな、鳥」

机に飛び乗ったネロは肉がないことを知ると、不満そうに顔をしかめて「チーズで手を打ってやる」と言う。

チーズの小皿をネロの前に置いてやると、ネロは器用に両手でチーズを抱え込んで、ガリガリと齧《かじ》った。

「はー、うめぇ。これで肉があれば完璧《かんぺき》なんだけどな。ちょっと、今夜も一狩り行ってくるか」

「……昔、鳥の骨が喉《のど》に刺さったって大騒ぎしてたの、誰《だれ》だっけ？」

「あれは若気の至りってやつだな。知恵のある生き物はそうやって失敗を繰り返すことで、日々成長していくんだよ」

うんうん、と尤《もっと》もらしく頷《うなず》いたネロは、モニカのベッドサイドに小説が置いてあることに気づくと、金色の目を丸くする。

「珍しいな、お前が小説読むなんて……あっ、分かった。オレンジ色のクルクル娘に勧められたんだな」

オレンジ色のクルクルとは、イザベルの髪のことを言っているのだろう。ネロは基本的に人間の名前を覚えようとしない。

「ネロ、イザベル様に失礼でしょ」

モニカが窘《たしな》めてもどこ吹く風で、ネロはチーズを齧りながら小説の表紙を眺めていた。

「オレ様の知らない作家だな。なぁ、面白かったか？」

「……よく分からなかった」

「どんな話なんだ？」

モニカはパンを千切りながら、先程読み終えたばかりのストーリーを反芻《はんすう》する。

「……男の人と女の人がいて」

「おう」

「……なんか色々あって」

「ほうほう」

「……結婚するの」

「それで？」

「……おしまい」

ネロは齧っていたチーズを飲み込み、モニカをじとりと見上げた。

「お前がその小説に、これっっっっぽっちも感動しなかったってことは、よく分かったぜ。その『なんか色々あって』の部分が大事だろうが。何万文字省略しやがった、おい」

「だって、本当によく分からなかったんだもの……」

小説の中では、不遇のヒロインが名門貴族の青年と出会い、一目惚《ひとめぼ》れで恋に落ちる。

しかし、青年には婚約者がいた。その婚約者は、ヒロインを追い出そうとあれこれ画策するが、二人はそれを乗り越えて結ばれる……というストーリーだ。

だが、モニカにはヒロインの少女と貴族の青年が恋に落ちた理由が理解できない。そもそも、青年には婚約者がいたのだ。そんなの婚約者は激怒して当然ではないか。

モニカは小説の表紙を無表情に見下ろして、ポツリと呟《つぶや》く。

「……なんで、こんな風に、誰かに夢中になれるんだろう」

作中の登場人物は、他のものなど目に入らないぐらい好きな人に夢中になって、相手を求めていた。

愛してほしい、愛されたい、自分を選んでほしい、望んでほしい……他の何を失ってでも、と。

その生き様は、モニカが編入したばかりの頃《ころ》に巻き込まれた事件の犯人——婚約者のために暴走し、フェリクスに危害を加えようとした、セルマ・カーシュ嬢を思い出させた。

セルマは婚約者に愛されたがっていた。そのためなら、きっと彼女は何でもできたのだろう。それこそ、他人を傷つけることだって。

そうして恋に溺《おぼ》れる姿が、モニカにはなんだか恐ろしく見えたのだ。

「どうして、こんなに……他人に期待できるんだろう」

モニカが暗い目で小説の表紙を見ていると、ネロが尻尾《しっぽ》をゆらゆらさせながら言った。

「お前は、おこちゃまだから分からないんだろうな。恋ってのは、こう……落ちたら心臓がズキューンってなるんだよ。ズキューンって」

いかにも物知りぶった顔のネロを、モニカは唇を尖《とが》らせて睨《にら》む。

「じゃあ、ネロは恋が分かるの？」

「おう、勿論。ちなみに、オレ様の好みは尻尾がセクシーな雌だな」

「……尻尾」

「オレ様、尻尾の無い雌には欲情できねーから、お前は論外だ。安心しろ」

尻尾の無いモニカには理解できない世界である。

もしかしたら、モニカには尻尾がついていないみたいに、恋心なんていうものも初めから備わっていないのかもしれない。

その結論に満足し、モニカはパンを口に放り込む。

恋だの愛だのが分からない以前の問題なのだ。臆病《おくびょう》なモニカは、誰にも何も望めない。期待できない。

夢中になるのは、裏切ることのない数字だけでいい。

＊　＊　＊

一週間の療養ですっかり回復したモニカは、その日の晩、屋根裏部屋の自室に戻ることにした。

イザベルはこのまま同室になっても構わないと言ってくれたけれども、表向きはイザベルに苛《いじ》められていることになっているので、いつまでもイザベルの部屋で過ごすわけにはいかない。

ネロを布で包んで隠し、モニカは最上階の物置部屋まで移動する。

物置部屋から伸びる梯子《はしご》を上って、天井の戸を持ち上げれば、そこがモニカが暮らす屋根裏部屋だ。

ネロを抱えたまま梯子を上るのは難しいので、モニカは一度ネロを足元に下ろし、梯子に手をかけた。

すると、ネロが「なぁなぁ」とモニカを見上げて言う。

「オレ様、何か忘れてる気がするんだけど、気のせいか？」

「へっ？　忘れてること？」

言われてみれば、確かに何かを忘れている気がする。

モニカは「うーん」と唸《うな》りながら梯子を上り、天井の戸を押し上げた。

「忘れてること……なんだろう……イザベル様のお部屋に、忘れ物はしてないと思うけど……」

「ご機嫌よう。忘れられていた連絡係です」

戸を押し上げたモニカを見下ろしているのは、美貌《びぼう》のメイド——リンだった。

「ぴぎゃぁっ⁉」

驚きのあまり、モニカは奇声をあげる。

その拍子に梯子から手を離してしまい、モニカの体が空中で傾いた……が、体は落下することなく、フワリと柔らかな風に受け止められた。リンが風を操って、モニカを受け止めてくれたのだ。

リンが軽く片手を掲げると、モニカとネロの体はゆっくりと浮かび、屋根裏部屋に着地する。

モニカは冷や汗を流しながら、リンを見上げた。

「す、すみません……あの……リンさん、いつから、ここに……」

「三日ほど前から」

ひぇぇと青ざめ、モニカはリンにペコペコ頭を下げる。

「すっ、すみません！　すみません！　わたし、一週間前からイザベル様のお部屋にいて……えっと、毒を飲まされて、その療養に……」

モニカがもじもじと指をこねつつ事情を説明すると、リンは首を直角に傾けた。

首を傾《かし》げているつもりらしいが、首のもげた人形じみて大変不気味である。

「第二王子を護衛する側の〈沈黙の魔女〉殿が、何故《なぜ》、毒殺されかけているのでしょうか？」

「……なんででしょうね」

そんなのモニカが訊《き》きたい。

思い返せばこの一ヶ月半、編入して早々に植木鉢を落とされたり、準禁術を使う魔術師を捕まえたり、こっそり竜退治をしたり、侵入者を無力化するつもりが馬を暴走させてしまったり、同級生に毒殺されかけたり……なかなかに壮絶である。都会って怖い。

「あのっ、えっと、ごめんなさいっ、今すぐ報告書を書くので……もうちょっとだけ待っててください」

モニカが慌てて椅子に座り、報告書を書き始めると、リンが何かを思い出したようにポンと手を叩《たた》いた。そうしてリンは、メイド服のポケットをごそごそと漁《あさ》りだす。

「〈沈黙の魔女〉殿が留守にしている間、この屋根裏部屋に数枚の密書が届いておりました」

「み、密書？」

「はい、戸の隙間《すきま》に挟んでありました故、回収させていただきました。どうぞ」

リンが差し出したのは二つ折りにしただけの簡素な紙が数枚。

モニカは緊張に体を強張《こわば》らせた。

昔、魔術師養成機関ミネルヴァに通っていた頃、自室に悪口を書いた紙が放り込まれていたことを思い出したのだ。苦い思い出に顔をしかめつつ、モニカは二つ折りの紙を開く。

紙に書かれていたのは、悪意に満ちた言葉ではなかった。少し丸い字で書かれているのは、翌日の授業の変更点や持ち物などの連絡事項。

それと「早く良くなりなさいよ」「ご飯ちゃんと食べてるの？」という一言も。

名前は書いていないけれど、モニカはその筆跡を知っている。

（ラナの字だ……）

紙の枚数から察するに、一週間、毎日かかさず届けてくれたのだろう。

モニカは口をむずむずさせて、赤くなった頬を両手で押さえた。

「………えへ」

モニカは手紙を一枚一枚大事に読み直すと、鍵《かぎ》付きの引き出しを開ける。

大事な物を入れる鍵付きの引き出しの中には、父の形見のコーヒーポットがあるだけだ。

モニカはそこにラナから貰《もら》った手紙を入れて、引き出しに鍵をかけた。

＊　＊　＊

翌日、一週間ぶりに生徒会室に顔を出すと、生徒会役員が全員揃《そろ》っていた。

偽アボット商会の後始末で多忙にしていたエリオットは、見かけること自体久しぶりだ。

ご迷惑をおかけしました、とモニカが頭を下げると、フェリクスが気遣わしげにモニカを見た。

「やぁ、ノートン嬢。体調はもう大丈夫かい？」

「は、はい……」

「良かった。今週から学園祭で使う資材の搬入作業が増えるから、少し忙しくなると思うけれど、あまり無理はしないように」

資材の搬入、と聞いてモニカは顔を強張らせる。

少し前に、アボット商会を騙《かた》る窃盗犯が侵入したばかりなのだ。またあんなことがあったら……と、険しい顔をするモニカに、エリオットが肩をすくめて言う。

「まぁ、外部の人間が出入りする際の書類と紋章のチェックを厳格化したし、刃物の持ち込みも全面禁止にしたから、滅多なことはないだろうけどな」

「油断は禁物だ」

軽い口調のエリオットを生真面目《きまじめ》なシリルがギラリと睨みつけ、エリオットは「分かってるって」と嫌そうに顔をしかめた。

そんな二人を取りなすように、フェリクスが口を挟む。

「さて、それでは今日の業務を始めようか。ノートン嬢、君が休んでいた間の仕事はシリルが代わってくれたから、今日はその引き継ぎに専念するといい」

「は、はいっ」

頷き、モニカは横目でシリルを見る。

シリルと最後に会ったのは、モニカが毒を飲んで倒れた後の医務室だ。

ベッドから起き上がったら縄で縛りつけてやるとかなんとか、物騒なことを怒鳴られて、それっきりである。

シリルは今日もいつもと変わらぬ厳しい顔だ。モニカがチラチラ見ていることに気づくと、彼は腕組みをして鼻を鳴らした。

「一週間休んだ分、みっちりしごいてやる。覚悟しておけ」

「……はい」

迷惑をかけた分を取り戻さなくては。そう意気込み、仕事に挑んだモニカだが、一週間分の仕事は全《すべ》て綺麗《きれい》に片付いていた。フェリクスの言う通り、シリルが殆《ほとん》どやっておいてくれたのだ。

シリルは「しごいてやる」などと言っていたが、モニカがしたことは、シリルが代理で処理した書類の確認作業ぐらいのものである。おかげでモニカは、学園祭の予算案の仕事に集中することができた。

この予算案も、各クラブ長達が提出した書類をシリルの方で目を通し、問題がある物は返却している。みっちりしごくとは何だったのだろう、と言いたいぐらい、手厚い対応である。

やがて、他の役員達の業務が一段落したところで、シリルはフェリクスに進言した。

「殿下、私とノートン会計は作業があるので残ります。戸締りは私がいたしますので」

「そう？　じゃあ任せるけど……あまり遅くなりすぎないように」

「はい」

シリルが頷《うなず》き、他の生徒会役員達は生徒会室を出て行く。部屋に残ったのは、シリルとモニカだけだ。

（……居残り作業って、なんだろう？）

モニカには、居残りをしてまでやらなくてはいけないような仕事が思いつかない。

（もしかして、居残りでお説教……とか。この間のお茶会の件で、迷惑かけたし……）

生徒会役員なのに茶会も満足にこなせないとは何事か！　と怒鳴るシリルを想像して、モニカは落ち着きなく膝《ひざ》の上で指をこねた。

そうしてそわそわしていると、シリルは両手に何かを持って戻ってくる。

シリルの手に握られているのは、白いカップだ。茶会に使うような洒落《しゃれ》た物ではなく、白無地で少しぽってりと厚いカップである。

シリルはカップの片方をモニカの前に置くと、自身はモニカの向かいに座った。

「飲め」

モニカは目の前に置かれたカップを見た。カップは茶色の飲み物で満たされている。コーヒーより薄い色で、ほのかに甘い香りがした。

モニカは一度だけ、この香りを嗅《か》いだことがある。

「これって……チョコレート、ですか？」

「そうだ」

チョコレートは貴族の間で人気のある嗜好品《しこう》だ。カカオという豆をすり潰《つぶ》して、砂糖やミルクなどと混ぜ合わせた飲み物である。独特の風味があり、コーヒーよりも高級品だ。

モニカは以前、一度だけチョコレートを飲ませてもらったことがあるのだが、その時のチョコレートは、もっとドロドロした飲み物だった。

恐る恐るカップを持ち上げると、中の液体が揺れる。以前、モニカが飲んだ物より薄くてサラサラしているように見えた。

シリルはなんでもない顔でカップを傾けている。モニカも真似《まね》をして、カップに口をつけた。

「…………！」

モニカは驚きに目を丸くする。

さらりとした飲み口と柔らかな甘さは、以前飲んだチョコレートとはまるで別物だ。どろどろしていないし、カカオ特有の酸味も軽減されている。

チョコレートはコーヒー以上に手間のかかる飲み物だ。

コーヒー豆は粉砕した状態でもある程度保存が利くが、カカオ豆は脂肪分が多いので、粉砕した状態で保存することができない。つまり、飲む直前に細かくすり潰す必要があるのだ。その手間があるので、チョコレートはコーヒーほど普及していない。

だが、このチョコレートには脂肪分特有のドロリとした食感が無かった。

「このチョコレート……脂肪分が、少ない？」

「そうだ。豆から脂肪分を取り除き、粉末状にした物を使用している。最新技術で作られた物だ」

カカオ豆を粉末状にして保存することができたのなら、それは非常に画期的な発明だ。今までよりも保管しやすくなるし、水やミルクに溶かしやすくなるから、簡単に飲むことができる。

モニカが密《ひそ》かに感心していると、シリルはちらりと片目でモニカを見た。

「クローディアから聞いたのだが、貴様、毒入りの苦い紅茶を、そのまま飲み干したらしいな」

「……へっ、あ、はい……」

あの時のことを思い出して縮こまるモニカに、シリルは強い口調で言い放った。

「普段からろくな物を口にしていないから、そういうことになるんだ。貴様はもっと舌を肥やすべきだ。この間のように、殿下のお手を煩わせるわけにはいかんからな」

「は、はい……すみません……」

「つまりこれは殿下のためだ。分かったな！」

「は、はいっ」

モニカがブンブンと首を縦に振ると、シリルは「分かればいい」と頷き、カップを傾ける。

「貴様はその能力を殿下に買われている……ともなれば、それを妬《ねた》む者がノルン伯爵令嬢のような事件を起こさないとも限らない」

シリルの言う通りだ。本来ならモニカはフェリクスを護衛する側の立場なのに、逆にフェリクスに助けられている。

「自衛手段ぐらい身につけろ。殿下の手を煩わせるな」

「……はい」

モニカはしょんぼりと項垂《うなだ》れながら考える。

シリルもまた、誰かに妬まれたことがあるのだろうか。

（……妬まれないはずがない）

第二王子の側近を務めるということは、それだけ周囲の羨望《せんぼう》を集める。妬む者も少なからずいるだろう。

そして今、モニカもそういう立場にいるのだ。

「あの、アシュリー様。あ、ありがとうございます。この間のことも、えっと、このチョコレートも……」

シリルはいつもみたいにフンと鼻を鳴らし「味わって飲め」とボソリと言う。

モニカはコクコク頷いて、温かなチョコレートを大事に大事に飲んだ。

そんなモニカを睨《にら》むように見ていたシリルは、ふと思い出したような顔で口を開く。

「一つ言っておくが、今日のことは殿下には黙っているように。特に、このチョコレートのことは……」

「あ、あのぅ、アシュリー様……」

モニカがビクビクしながら口を挟むと、シリルは眉間《みけん》に深い皺《しわ》を刻んでモニカを睨んだ。

「なんだ」

「殿下が、その……」

「殿下がどうした」

「……後ろ、に」

シリルの顔がさぁっと青ざめる。

シリルの背後では、フェリクスが笑顔で佇《たたず》んでいた。その気配の消し方たるや、暗殺者も顔負けである。

「こっそり子リスを餌付けなんて、ずるいじゃないか、シリル」

「でっ、でで、殿下っ！」

「そのフレーズ、ノートン嬢以外から聞く日がくるとは思わなかったなぁ」

「あ、いえ、その、これは……」

狼狽《うろた》えるシリルはチラチラと手元のカップを気にしている。まるで、チョコレートをフェリクスに隠したがっているみたいだ。

そんなシリルに、フェリクスはいつもの穏やかさで笑いかける。

「別に私に隠さなくて良いのに。私はそういうことは気にしないよ？」

「そ、その……ですが」

シリルの狼狽えようたるや、まるで違法薬物の所持が見つかった犯罪者のようである。どうして、彼はそこまで動揺しているのだろう？

「私もそのチョコレートが欲しいな。用意してくれるかい？」

フェリクスがそう言うと、シリルはどこかホッとしたような顔で「はいっ！」と返事をし、早足で部屋を出て行った。

その背中を見送り、フェリクスはやれやれと息を吐く。

「そんなに気を遣わなくて良いのに」

フェリクスとシリルのやりとりの意味するところが分からず、モニカは恐る恐るフェリクスに訊《たず》

ねた。

「あ、あの……このチョコレートは、飲んではいけない物、なのですか？」

「いや？　そんなことはないよ。うちの国の貴族達の間で流行《はや》っているしね」

ならば、何故《なぜ》シリルはあんなにも狼狽えていたのだろう？

モニカが首を捻《ひね》ると、フェリクスはなんでもないことのように言う。

「カカオ豆から脂肪分を取り除く技術はね、ランドール王国の学者が発明したものなんだ」

ランドール王国とは、このリディル王国と東の帝国の間に位置する小国だ。

ランドール王国の学者が画期的なチョコレートを発明したことと、シリルの動揺がどう関係しているのか。今一つピンとこないモニカに、フェリクスは言う。

「私の兄、ライオネルの母君がランドールの姫君なんだよ」

ようやくモニカは、シリルがフェリクスにチョコレートのことを隠そうとした理由を理解した。

この国には三人の王子がいるが、それぞれ母親が違う。

第一王子ライオネルの母はランドールの姫。ともなれば、第一王子派は当然にランドールとの繋《つな》がりを重視する者が多い。

シリルはランドールの最新技術のチョコレートを愛飲することで、自分が第一王子派だと思われないか不安だったのだろう。

「だから、私がお茶会に顔を出しても、誰《だれ》もランドールの技術を使ったチョコレートを出してはくれないんだ。美味《おい》しい物に罪はないのにね」

そう言って、フェリクスはモニカの手からカップを抜き取り、一口だけチョコレートを飲む。

人が口をつけたカップに王子自ら口をつけるなんて、シリルが見たら目を剥《む》きそうな光景だ。

だが、モニカには今のフェリクスの行為が、彼の意思表示に見えた。

きっとこの人は本当に、そんな些細《ささい》なことなど、くだらないと思っているのだろう。

「……王族って、大変なんですね」

「あぁ、全く」

呟《つぶや》くフェリクスの横顔にいつもの穏やかさは無く、馬鹿馬鹿しいと見下すような冷ややかさがあった。

十章　幸せな約束

セレンディア学園では、昼食は校舎にある学生食堂を使うのが一般的だ。中には寮の自室に運ばせる者もいるが、それはごく僅《わず》か。大半の生徒は学生食堂を利用する。

……が、実を言うとモニカはまだ一度も、学生食堂を使ったことがなかった。

理由は言わずもがな。人がいっぱいで怖いからである。

なのでモニカは昼休みになると、いつも人のいない場所を探して、ポケットに入れた木の実を齧《かじ》っていたのだ。

そんなモニカだが、今日はケイシーとラナに誘われて、食堂で食事をすることになった。

初めての食堂に、モニカは緊張に強張《こわば》った面持ちでケイシーとラナの間を歩く。

学生食堂と言うと、モニカが思い出すのは、かつて在籍していた魔術師養成機関ミネルヴァの食堂である。

ミネルヴァの食堂では受付でメニューを選んで支払いをし、メニューを書いた木札を貰《もら》う。それをカウンターに差し出すと、食事を載せたトレイと交換してもらえるという仕組みだ。

なので、セレンディア学園の学生食堂も、そういう仕組みなのだろうと思っていたのだが、現実はモニカの想像とは大きく違った。

言うなれば、セレンディア学園の食堂とは高級レストランである。食堂まで行けば、係の人間が席まで案内し、注文を受け付け、生徒の席まで料理を運んでくれるのだ。

代金はまとめて学費とともに請求される仕組みになっているので、この場で生徒が支払うことはない。

更に希望する者は寮の自室まで食事を届けてもらうこともできるというのだから、つくづく至れり尽くせりである。

（す、すごいなぁ……）

かつてモニカが通っていたミネルヴァも貴族の人間が多いので、それなりに設備は整っていたが、セレンディア学園はその比ではなかった。とにかく至るところに贅《ぜい》が尽くされている。

モニカは慣れない食堂にもじもじしながら、給仕係に案内された席に座る。

すると、その隣に誰かが静かに腰掛けた。

ずっと俯《うつむ》いていたモニカは、きっとラナかケイシーだろうと思っていたのだが、顔を上げれば、ラナとケイシーはモニカの正面の席に座っている。

……ならば、隣に座っているのは？

ぎこちなく首を捻ったモニカの視界に映ったのは、陰鬱《いんうつ》な空気を漂わせた黒髪の令嬢クローディア・アシュリーだった。

「なんで貴女《あなた》も座ってるのよ⁉」

ラナがクローディアを睨みながら怒鳴れば、クローディアは隣に座るモニカに身を擦り寄せる。

「……あら。だって、私達お友達だもの。ねぇ、モ、ニ、カ？」

モニカは全身をガチガチに強張らせながら、あうあうと声を漏らす。

クローディアは白い手袋をはめた指先で、モニカの頬をするりと撫《な》でた。なんだか蛇が肌を這《は》うような気分になるのは何故だろう。

「……私はモニカの命の恩人よね？」

「は、はいっ」

「……感謝してるわよね？」

「はいっ」

「……じゃあ、お友達よね？」

「はいっ」

カクカクと頷《うなず》くモニカに、勝利を確信したクローディアがニタリと笑う。

ラナが額に青筋を浮かべた。

「無理やり言わせてんじゃないわよ！」

怒鳴るラナをケイシーが「まぁまぁ」と宥《なだ》め、メニュー表を差し出した。

「ほらほら、ギスギスするのはやめて、注文しましょう？」

「……あら、私はギスギスなんてしてないわよ。その女が勝手に一人で騒いでいるだけで……ねえ？」

明らかに挑発的な物言いのクローディアに、ラナが歯軋《はぎし》りをする。そんな二人を、ケイシーは呆《あき》れ顔《がお》で交互に見た。

「二人とも、いい加減モニカに料理を選ばせてあげなさいよ。あっ、モニカ。私のお勧めはね、この魚のフライ。特製ソースが美味しいのよ。魚なら、こっちのソテーもお勧めね」

「じゃ、じゃあ、それで……」
実を言うと七賢人としてそれなりの収入を得ているモニカは、金に困っていない。

なので、メニューの料理はどれでも構わなかった。寧《むし》ろ、食に無頓着《むとんちゃく》な性分なので、誰かにお勧めをしてもらえると非常にありがたい。

しばらく待つと、給仕係が食事を運んでくる。モニカの前には美味しそうな焼き色のついた白身魚のソテーとパン、スープが並べられた。

ソテーからはレモンとバターの良い香りがする。恐る恐る齧ってみると、柔らかな魚が口の中でホロリとほどけた。

山暮らしをしていたモニカが口にする魚と言えば、塩漬けか燻製《くんせい》が殆《ほとん》どである。それを火で炙《あぶ》るか、湯で戻して汁物にして食べるのだ。

なので、ソテーにした魚の食感はとても新鮮だった。濃厚なバターの香りが口いっぱいに広がった後に、ほんのりと香るレモンの爽《さわ》やかさが絶妙である。

「……お魚、おいしい」

モニカがポツリと呟くと、ラナがパンを千切りながら納得顔で相槌《あいづち》を打った。

「ケルベックの方じゃ、海の魚はあまり食べる機会が無いものね」

「う、うんっ」

正確にはモニカが暮らしていたのは、ケルベックではないのだが、ケルベックも内陸部なので似たようなものだろう。

モニカがぎこちなく頷くと、ケイシーがうんうんと噛《か》み締《し》めるように頷く。

「分かるわぁ。私の故郷も海から遠いから、魚と言えば焼いた川魚だったもの」

そう言ってケイシーはパンを二つに割り、そこに野菜とフライを挟んで、大口を開けてかぶりついた。

その食べ方を見たクローディアが、眉《まゆ》をひそめる。

「……それは、労働者の食べ方よ」

「うちじゃみんなこうして食べるのよ。農作業の合間にね。まぁ、故郷じゃ挟むのは魚のフライじゃなくてピクルスだったけど」

クローディアが呆れた顔をしていようが、ケイシーはお構いなしだ。

そういう周囲の視線を気にしない強さが、モニカには羨《うらや》ましい。

ケイシーはパンをゴクンと飲み込むと、口元をナプキンで拭《ぬぐ》いながらすまし顔で言った。

「それに、うちの故郷じゃ貴族だって労働者だって同じようなものよ。全員総出で働かなきゃ、ご飯にありつけないもの」

「……それで、よく、この学園に来られたわね」

「貧乏貴族がよく学費を払えたな、ぐらい言ってもいいわよ。実際、私もそう思ってるし。セレンディア学園に入学できたのは、ほんと運が良かったのよね。ご縁のある親切な方が支援してくださったの」

ケイシーは卑屈になるでもなく、あっけらかんとした態度だった。自分の境遇を不幸だとは思っていないのだろう。

ただ、周囲に気を遣われるのが嫌なのか、ケイシーは軽く笑って話題を変える。

「ところで、皆はもう来月の学園祭は、どこを回るか決めた？」

ケイシーが振った話題に、クローディアが陰鬱な顔で一言。

「……舞踏会の時間まで部屋にいるわ」

空気を変えようというケイシーの気遣いを、鬱々《うつうつ》とした空気でぶち壊していくのが、クローディア・アシュリーであった。

ケイシーは頬を引きつらせて、空笑いをする。

「はは……いやぁ、その答えは私も予想外だったわ……でもそっかぁ。クローディア嬢、モテるものねぇ。流石《さすが》、学園三大美人」

学園三大美人。

聞き慣れない単語にモニカがパンを咀嚼《そしゃく》しながら首を捻ると、ラナが小声で教えてくれた。

「高等科三年ブリジット・グレイアム嬢、高等科一年エリアーヌ・ハイアット嬢、そしてそこのクローディア嬢の三人のことよ」

モニカはエリアーヌ嬢なる人物は知らないが、確かにブリジットとクローディアの美貌《びぼう》は一際抜きん出ている。

濃い金髪に琥珀色《こはくいろ》の目の華やかな美貌のブリジットと、黒髪に瑠璃色《るりいろ》の目の神秘的なクローディア。この二人が並んだら、さぞ目を惹《ひ》くことだろう。

セレンディア学園の生徒は貴族の子女ばかりなので、婚約者のいる者が多い。他でもないクローディアがそうだ。

だが、婚約者がいてもなお——或《あ》いは婚約者がいるからこそ、せめて学生時代だけでも自由な恋愛を楽しみたいと考える者も少なからずいるらしい。そういう人間にとって、美しいクローディアは憧《あこが》れの的なのだという。

それ故、去年は学園祭の後の舞踏会にクローディアを誘う男達が列を作ったのだとか。

「……ニールは生徒会の仕事が忙しくて、日中は自由に動ける時間がほとんどないのよ。だったら、私が学園祭に出る意味なんてないわ」

「もうっ、信じられない！　学園祭って言ったら、当然劇を観《み》るものでしょ！」

クローディアの言葉に、ラナが唇を尖《とが》らせる。

「今年の劇の衣装は本当に凄《すご》いのよ！　なんと言っても、わたしが衣装を監修してるからね。もう、衣装だけで一見の価値ありと言っても過言じゃないわ。おまけに演出には花火を使うのよ。豪華でしょ！」

胸を張って得意げに言うラナに、ケイシーが苦笑を浮かべる。

「いやぁ、すごかったね。歴史研究会の子とラナの舌戦……」

なんでも、学園祭の目玉である劇の衣装係に抜擢《ばってき》されたラナは、歴史研究会の生徒と衣装について熱い激論を交わしたらしい。

あくまで伝承に基づく衣装にすべきという歴史研究会会長と、流行を取り入れた華やかな衣装にすべきと主張するラナの討論は数日に及び、最後は二人とも戦友のような顔で握手をしていたとかなんとか。

セレンディア学園では毎年伝統的に、初代国王の建国伝説の劇を行う。

それはこの国の人間なら、誰《だれ》もが子どもの頃《ころ》に聞いたことがある物語だ。

今からおよそ一千年前、リディル王国の初代国王ラルフは竜に荒らされた土地に平和をもたらすため、火、水、土、雷、風、光、闇《やみ》の七人の精霊王と契約を交わし、その力を借りて邪竜を退治する。

そうして平和になったこの土地に、彼は国を築く……というのが、建国伝説だ。

この劇がセレンディア学園の学園祭における、一番の目玉であるらしい。

「ねぇ、モニカ、ケイシー。学園祭の日は一緒に劇を観に行きましょう！　……どっかの誰かさんは部屋でゴロゴロしてるらしいけど」

最後の一言はクローディアに向けた嫌味だが、クローディアはどこ吹く風という顔である。

ラナはプイッとクローディアから顔を逸《そ》らし、言葉を続けた。

「劇を観た後は、音楽部の演奏を聴いたり、チャリティバザーを覗《のぞ》いたりするのよ。あっ、そういえば、ケイシーはチャリティバザーに刺繍《ししゅう》を出すんですって？」

「ええ、そうよ。こんな感じの」

ケイシーは頷き、ポケットからハンカチを取り出した。そこには黄色い小さな花が刺繍されている。

ラナがまじまじと刺繍を眺め、目利きの商人の顔で「良い腕ね」と呟《つぶや》いた。

モニカも刺繍を眺めて、素直な感想を口にする。

「すごく、可愛《かわい》いと、思います」

ラナとモニカの褒め言葉に、ケイシーは恥ずかしそうに頬をかいて笑った。

「あはは、ありがと。刺繍は割と得意なのよ。うちの故郷じゃ、黄色い花は幸せのシンボルでね。

よく刺繍するの。チャリティバザーのノルマが終わったら、今度、モニカにも何か刺してあげようか？」

「あの、でも……」

申し訳なさそうに俯くモニカに、ケイシーが眉を下げる。

「お花、嫌だった？」

モニカはフルフルと首を横に振った。

「選択授業で、乗馬を教えてもらう約束まで、してるのに……なんだか悪い、です」

選択授業が始まるのは来週からなのだが、そこでモニカはケイシーに乗馬を教えてもらう約束をしているのだ。

その上、刺繍まで甘えてしまうなんて、とモニカが俯いていると、ケイシーがテーブルから身を乗り出してモニカの頭をワシワシ撫でた。

「そういう気の遣い方しないの！　乗馬も刺繍も、私が好きでやってることなんだから！」

「は、はい……」

頷き、モニカは指をこねながら小さく呟く。

「乗馬も、刺繍も、学園祭も……全部、楽しみ……です」

魔術師養成機関であるミネルヴァにいた頃、学園祭と言えば各々の研究成果の発表がメインだった。

特待生のモニカは当然に相応の研究発表を求められ、論文や資料作りに奔走したものである。

あの頃は展示を用意するだけ用意して、学園祭当日は研究室に引きこもっていたので、モニカは学園祭の空気というものをよく理解していなかった。

だが、今はミネルヴァにいた頃よりも、周囲の高揚感が自分に伝わっているのを感じる。

モニカは人の多い場所が苦手だ。その最たるものが祭りなのに……。

(……わたし、ちょっとワクワクしてる、かも)

学園祭で何かをしたいという目標があるわけではないが、成功すればいいと思う。無事に、なにごともなく。

「ノートン会計」

不意に声をかけられ顔を上げると、シリルがこちらに近づいてくるのが見えた。

思わず背筋を伸ばすモニカに、シリルは一枚の紙を差し出す。

「今日の放課後、資材の搬入作業があると業者から事前連絡があった。我々生徒会役員は立ち会う必要があるので、放課後は東門に来い。これは資材のリストだ。頭に叩《たた》き込《こ》んでおくように」

「東門、ですか?」

普段は閉鎖されていて、滅多に使われない門である。

モニカが疑問の声をあげると、シリルは小さく頷いた。

「資材の量が多いからな、全《すべ》ての業者が正門を使うと生徒の邪魔になる」

シリルが言うには、今日だけで三つの業者が来るらしい。衣装などの布類、花火、そして木材だ。中でも木材は一番嵩張《かさば》るので、東門から運び込むことになるらしい。

「花火は殿下とハワード書記。被服関係はグレイアム書記とメイウッド庶務が、それぞれ立ち会いをする。我々は木材担当だ」

「は、はいっ」

モニカが頷《うなず》くと、隣に座るクローディアが紅茶を啜《すす》りながらボソリと呟いた。

「……生徒会役員の予定を第三者に漏らすなんて、迂闊《うかつ》ね」

クローディアの言葉にシリルはピクリと眉を撥《は》ね上げ、妹を睨《にら》む。

「我々の予定が他の生徒に伝わることに、なんの問題がある」

「……ニールは、ブリジット・グレイアムと二人きりで立ち会いをするのね……私以外の女と二人きりで……邪魔しなきゃ」

「やめんかっ！」

タチの悪い冗談のようなことを、本気で実行するのがクローディア・アシュリーである。まして、婚約者のニールが絡むとなれば、なおのこと。

「確認作業は業者の人間も立ち会う。二人きりになることはない。くれぐれも我々の仕事の邪魔をしないように！　……それと、ノートン会計。我々が担当する木材は量が多い。授業が終わったらすぐに来い」

「はい、アシュリー様」

モニカがコクコク頷くと、モニカの丸い頭にするりと細い腕が絡みついた。クローディアだ。

クローディアはモニカの頭を後ろから抱えるようにして、その耳元で囁《ささや》く。

「……あら、困ったわね。私もアシュリー様よ」

「あ、えっと、クローディア様で……その、えっと……」

「……あらあら、名前で呼んでもらえないのね、お兄様。私はモニカとお友達だから名前で呼んでもらえるけれど、お兄様はただの顔見知りだから名前で呼んでもらえないのね。ただの顔見知りだから仕方ないわよね。後輩に慕われていない可哀想《かわいそう》な、お、に、い、さ、ま」

クローディアが薄く笑ってシリルを見上げれば、シリルの頬がヒクヒクと引きつった。

以前から思っていたのだが、この兄妹《きょうだい》、あまり仲が良くないらしい。

ラナもケイシーも困ったような顔で、兄妹のやりとりを見守っている。

モニカは焦った。このままだとシリルが後輩に慕われていない可哀想な先輩になってしまう。

「あ、あの、アシュリー様……えっと、お兄さんの方のアシュリー様は、お仕事がとてもできて、すごい人ですし、そ、尊敬してますっ」

モニカの精一杯のフォローに、シリルがギロリと青い目を動かしてモニカを睨んだ。怖い。

「あ、あの、ごごごめんなさいっ、そうだっ、わたしが副会長って呼べば良かっただけの話ですよねっ、すみませんでしたっ、アシュリー副会長っ」

シリルは苦々しげな顔でクローディアを睨んでいたのだが、モニカにしてみれば自分が睨まれているようにしか見えなかった。

モニカが涙目でプルプル震えているのを見て、シリルは深々と息を吐く。

「……シリルでいい」

「は、はい…………シリル様」

モニカがか細い声でそう言えば、クローディアはモニカの耳元でクスクスと笑った。

「あらあら。ただの顔見知りのお兄様は、名前で呼んでもらうだけで大騒ぎね」

「お前に友人がいたとは、初耳だな。クローディア」

「ええ、そうよ、私たちとっても仲良しなお友達なの。ねぇ、モ、ニ、カ?」

モニカがカクカクと首を縦に振ると、シリルの眉間《みけん》の皺《しわ》が一本増える。

「ノートン会計、クローディアに無理やり言わされていないだろうな?」

「い、いいいえ、そんなことは……」

モニカが今度は首を横に振ると、クローディアは更にモニカに体を擦り寄せた。

クローディアからは、なんだかとっても良い匂《にお》いがする。それなのに、これっぽっちも心が安らがないのは何故《なぜ》だろう。

「……あら酷《ひど》いわ。私達の友情を妬《ねた》むなんて……お兄様ってば、私とモニカが仲良しだから嫉妬《しっと》しているのね」

「誰《だれ》が嫉妬など……っ!」

「……鏡はお持ち? 嫉妬心剥《む》き出しの酷い顔をしているから、ご自分で確認してみたらいかが?」

ピキピキとシリルの顔に青筋が増えていく。これは激昂《げきこう》の一歩手前だ。

モニカは慌てて声を張り上げた。

「シ、シリル様は、いつも通りのお顔ですっ! 大丈夫ですっ!」

なにせモニカと接する時のシリルは、いつもあの怒り顔である。嘘偽りなく、いつも通りだ。

「……まぁ、お兄様ってば、誰彼構わず、いつでもどこでも嫉妬しているのね」

「ひぃぃぃっ、わ、わたし、そういうつもりで言ったんじゃ……っ」

「ノートン会計! クローディアに迷惑をかけられているなら、そうと言え!」

「いえ、あの、えっと……」

「……迷惑だなんて、思ってないわよね？　モ、ニ、カ？」

「は、はぃぃぃぃぃ……」

銀髪と黒髪の美しい兄妹に挟まれたモニカは最早、卒倒寸前であった。

食後の紅茶を飲んでいたケイシーが、呆《あき》れ顔《がお》で呟く。

「……クローディア嬢に遊ばれてるわね、あれ」

シリルもモニカも、クローディアの掌《てのひら》の上で転がされている。

性格悪すぎだわ、とラナが眉間に手を添えて、ため息をついた。

＊　＊　＊

モニカの使い魔である黒猫のネロは、主に日中は校舎の外をブラブラと散歩している。

無論、優秀な使い魔であるネロは、ただダラダラゴロニャンとひなたぼっこをしているわけではない。

窓の外で授業の内容をこっそり聞いて人間のことを勉強しつつ、第二王子の周辺に不審者がいないか、目を光らせているのだ。

特に今日は外部の人間が出入りするらしいので、放課後になるとネロはいつも以上にフェリクスの周囲を警戒していた。

（……まぁ、あの王子は契約精霊がついてるみたいだから、滅多なことはねーだろうけど）

魔力の感知に優れているネロは、フェリクスのポケットの中に、いつも白い蜥蜴《とかげ》に化けた精霊がいることに気づいていた。おそらくは水の上位精霊だろう。

そういえば、最近こっそり聞いていた魔術の授業では、精霊との契約は上級魔術師クラスでないとできないとかなんとか言っていた気がするが……。

(じゃあ、あの王子は魔術師なのか?)

この手のことはモニカに訊《き》くのが一番だ。

何せモニカはこの国の魔術師の頂点、七賢人の一人である。魔術の知識でモニカの右に出る者は、そうはいない。

その内、精霊との契約のこともモニカに教えてもらおう、などと考えていると、ネロの感覚に何かが引っかかる。

ネロはヒクヒクとヒゲを震わせて意識を集中した。

弱い魔力の反応だ。この学園では実戦魔術の授業をしているから、魔力反応があること自体は珍しくない。

だが、場所が不自然なのだ。

(……ありゃあ倉庫か? 何か運び込んでんな)

学園西側にある大きな倉庫には、何人もの業者の人間が出入りして、木箱を運び込んでいる。鼻の良いネロは、すぐにその中身が火薬の類であることに気がついた。

(搬入物は学園祭の資材ってモニカは言ってたが……人間は祭りに火薬を使うのか? 発破工事でもすんのか?)

花火を見たことがないネロは、運び込まれていく木箱を訝《いぶか》しげに眺める。

木箱の搬入を先導しているのは、護衛対象である第二王子だ。隣には、よくモニカに意地悪を言う、焦茶の髪の垂れ目もいる。

(王子と垂れ目は、倉庫の中で魔力反応があることに気づいてない……みたいだな)

ネロは魔力に対する感覚が鋭いのですぐに気づいたが、どうやら人間はそうではないらしい。

そういえば、以前モニカが言っていた気がする。人間が魔力を感知するためには、感知専用の魔術を使う必要があるのだと。

倉庫内の魔力反応は非常に弱いものだ。だが気のせいか、時間の経過と共に微妙に魔力が膨張している。

(……なんか、嫌な感じがするぜ)

ネロは木から飛び降りると、モニカのいる東門へ駆け出した。

＊　＊　＊

授業を終えたモニカが指定された東門へ向かうと、既に資材の搬入は始まっていた。

シリルは東倉庫のそばで業者の人間にあれこれと指示を出している。

モニカが鈍足なりに必死で駆け寄ると、シリルは眉《まゆ》を吊《つ》り上《あ》げて「遅い！」と怒鳴った。

「シリル、様、す、すみ、ませ……げほっ」

体力のないモニカはここまで走ってきただけで、息も絶え絶えである。

モニカの鈍足っぷりを知っているシリルは、荒い息をしているモニカを見下ろして、眉間に指を添えた。

「早くその聞き苦しい呼吸を整えろ。資材の搬入はまだ始まったばかりだ。すぐには終わらん」

「は、はい……」

「それと、今日は舞台美術担当の人間が、資材の確認に来るはずだが……」

そう言ってシリルは周囲をぐるりと見回し、校舎からこちらに向かってくる人影に目を向ける。

「どうやら、来たようだな」

シリルの視線の先に目を向けたモニカは、パチクリと瞬《まばた》きをした。

こちらに向かってくるのは、明るい茶の髪を後頭部で一つにまとめた、活発そうな少女——ケイシーだ。

「お待たせしてすみません！　高等科二年のケイシー・グローヴです。舞台美術責任者が時代考証班と議論を始めちゃって……しばらく終わりそうにないので、代理で来ました」

「あぁ、数の確認だけなので、代理で構わん」

「はい、よろしくお願いします！　モニカもよろしくね」

ケイシーに声をかけられ、モニカはコクコクと頷く。

正直、初対面の人間とまともに喋《しゃべ》れないモニカは、ケイシーが来てくれたことにホッとしていた。

人見知りのモニカにとって、数字を扱う仕事は、どれだけ量があろうと苦ではないのだが、報告や指示など対人能力が問われる仕事になると、一気に難易度が上がるのだ。

こっそり胸《むね》を撫《な》で下《お》ろすモニカに、シリルが指示を出す。

「私は業者に資材の置き場所の指示を出す。ノートン会計はリストを見て、漏れが無いかチェックを」

「は、はいっ」

頷くモニカの肩を、ケイシーがポンと叩《たた》いた。

「私もモニカを手伝うわ。そうすれば、一緒に資材の確認ができるし」

「あ、ありがとう、ございます」

ケイシーは「どういたしまして」と快活に笑って、リストを手に取る。

そして、そこにずらりと並ぶ資材の名称と数量を見て、ケイシーは笑みを引っ込めた。その頬が微妙に引きつっている。

「うっわ、数字がぎっしり……」

モニカは数字がぎっしりみっちり並んでいると心が躍る性分なのだが、大半の人間はそうではないらしい。その例に漏れず、ケイシーはげんなりした顔でモニカにリストを差し出した。

「……私が現物の数を数えるから、リストとの照合をお願いしていい？」

「はい！」

その手の照合作業はモニカが得意とするところである。

ケイシーは苦笑混じりにモニカにリストを渡し、既に運び込まれた資材に駆け寄る。

運び込まれたのは、ほとんどが加工済みの木材だ。薄い板状になっている物、棒状の物など形は様々で、一部は既に何らかの形に組み立てられている。どれも舞台で使う物なのだろう。

ケイシーが木材の種類と数を確認し、モニカがそれをリストと照合してチェックする。

その作業をしばし繰り返したところで、モニカはふと顔を上げた。目に見える範囲にケイシーの姿が無いのだ。

「……あれ？　ケイシー？」

モニカは周囲を見回してケイシーの姿を探した。すると、木材の陰から「こっちよー！」とケイシーの声がする。

倉庫の奥の方は殆《ほとん》どチェックが終わっているから、自分も少し入り口側に移動した方が良いかもしれない。

リストを手に、ケイシーの方へ歩きだしたその時、モニカはブチリと何かが切れる音を聞いた。

（……え？）

次の瞬間、縄で括《くく》られ縦置きにされていた木材が斜めに傾く。

木材を括って固定していた縄が切れたのだ。

「モニカ、こっちこっち！」

丁度木材が倒れる方向には、ケイシーが立っていた。ケイシーは木材が自分の方に倒れてきていることに気づいていない。

「避《よ》けろっ！」

倉庫の外にいたシリルが短く叫び、早口で呪文《じゅもん》の詠唱を始めた。

恐らく、魔術でケイシーを助けようとしたのだろう。だが、既に木材はケイシーの頭上に迫っていた。詠唱をしていては間に合わない。

……そう、詠唱をしていては。

（間に合って……っ！）

モニカは咄嗟《とっさ》に、無詠唱で風の魔術を発動した。

木材の位置と角度から倒れる位置を割り出し、最小限の力で木材が倒れる位置を僅《わず》かにずらす。

「きゃぁぁぁぁぁっ⁉」

ガラガラと木材が倒れる音とケイシーの悲鳴が重なった。

モニカの背中を冷たい汗が伝う。

（……間に合っ、た？）

「二人とも、無事か！」

シリルが血相を変えて駆け寄ってくる。モニカはコクコクと頷《うなず》きながら、震える足でケイシーの元へ向かった。

床にへたり込んでいるケイシーには、目に見える怪我《けが》は無い。木材は全《すべ》てモニカの計算通り、ケイシーの体から離れた所に倒れている。

それでも一歩間違えれば、木材に押《お》し潰《つぶ》されていたのだ。ケイシーは真っ青になって震えていた。

「ケイシー、大丈夫、ですか……っ」

モニカが声をかけると、ケイシーは強張った顔で頷く。

「二人とも、怪我は無いか⁉」

駆け寄ってきたシリルが、モニカとケイシーを交互に見て、怪我の有無を確認した。

モニカは言うまでもなく、ケイシーも怪我は無い。それでもシリルは念には念をと、二人に医務室に行くように命じる。

「この場は私が受け持つ。事故の原因について、場合によっては業者を追及する必要があるからな。

お前達は医務室で休んでいろ」

「は、はいっ」

モニカはへたり込んでいるケイシーに手を伸ばし、「立てますか?」と訊《たず》ねた。

ケイシーはコクンと一回だけ頷き、モニカの手を取ってフラフラと立ち上がる。

モニカは木材を括っていた縄を一瞥《いちべつ》すると、ギュッと唇を噛《か》み締《し》めて、ケイシーの手を取り歩き出した。

＊　＊　＊

ケイシーはいつだって快活に笑う少女だった。

姉御肌で、頼りになって、モニカの手を引いて前を歩いてくれる。

そんなケイシーが、今は隣を歩くモニカの手に縋《すが》り付くように歩いていた。握った手はじっとりと冷たい汗が滲《にじ》んでいて、微《かす》かに震えているのが伝わってくる。

モニカがその手をじっと見つめていると、ケイシーは青白い顔のまま頼りなく笑った。

「ごめんね、なんか、みっともないとこ見せちゃって」

「い、いえ、あんなことがあったら……誰《だれ》だって、そうなります」

「はは、それも、そっかぁ」

ケイシーはいつもみたいに笑おうとして失敗したような、ぎこちない笑い方をした。

その笑い方が、青白い顔が、頼りなく震える手が……モニカの心を抉《えぐ》る。

二人は校舎東側の廊下を歩いていた。医務室までは、まだ少し距離がある。

モニカは一度だけ唇を噛み締め、口を開いた。

「木材を縛っていた縄は……刃物で切れ目を入れた痕《あと》が、ありました」

「えっ、じゃあ、あれは偶然の事故じゃなくて……まさか、最初っから縄に切れ目が？　業者の人間が誰かの命を狙《ねら》って？」

ケイシーの言葉に、モニカはゆるゆると首を横に振る。

「いいえ、縄の切れ目はよく見ると、途中まで刃物を入れて、あとは自然に切れるのを待つようになっていました。わたし、計算したんです。縄にあの深さの切れ目を入れた場合、縄が千切れるのにかかる時間は何秒か」

木材の正確な重さが分からないから凡《およ》その数字ですけど、と前置きし、モニカは告げる。

「五秒から一五秒、です」

あの縄に切れ目を入れて、一〇秒前後で縄は完全に切れた。

つまり、縄は学園に持ち込まれる前に切られたのではなく、あの場にいた誰かが切れ目を入れたのだ。

そしてモニカは知っている。この間の侵入者騒動が理由で、今この学園では外部の人間が敷地内に入る場合、所持品検査が行われるのだ。

外部の人間は刃物を持ち込むことができない。必要なら全て学園に申請して、借りる必要がある。

「……業者の人は刃物を持ち込めないから、縄に切れ目を入れるなんて、できません」

ケイシーの顔から表情が消える。

モニカは吃逆《しゃっくり》でもおこしたみたいに喉《のど》を引きつらせながら、言う。

「……ケイシーが、縄を、切ったんですか？」

モニカの手からケイシーの手がすり抜ける。

ケイシーはモニカの数歩先まで歩くと、そこで足を止めて、くるりと振り返った。

その顔に浮かぶのは、いつもと変わらない快活な笑顔。

「あっはは、バレちゃったかぁ……うん、そう、私がやったの」

驚くほどあっさりと白状し、ケイシーはポケットから小さいナイフを取り出して、ちらつかせた。

あぁ、とモニカは声にならない声を漏らす。

「……どう、して？」

「モニカが嫌いだから、ちょっと意地悪してやろうと思って。本当はね、あの木材でモニカを狙ったのよ。そしたらドジ踏んじゃって、木材が自分の方に倒れてきちゃってさ。いやー、参ったわ」

その口調も笑い方も、ケイシーはいつも通りを装おうとしているのだろう。

だが、どうしてもぬぐい切れない演技臭さがあった。ケイシーの言葉には、まるで用意していた台詞《せりふ》をそのまま口にしているかのような違和感がある。

紡がれる言葉はいつもより早口で、そして彼女の目は決してモニカを見ようとしない。

ケイシーは、嘘《うそ》をついている。

「……嘘、です」

「嘘じゃないわよ。私、初めて会った時から、あなたのことが嫌いだったんだもの」

ケイシーの言葉がモニカの胸を抉る。いつものモニカなら、ここで涙目になって俯《うつむ》いていたかもしれない。

だが、今はそれ以上に強い違和感がモニカの胸にあった。

「ケイシーは、何を隠してるんですか？」

「やだなぁ、隠し事なんて無いわよ。私はあなたが嫌い。だから、意地悪をしようとした。それだけ」

ケイシーは唇の端をいびつに持ち上げて、いかにも意地の悪そうな顔でモニカを見る。

「お茶会の授業の時、モニカの紅茶が捨てられてたの覚えてる？」

「……はい」

「あれやったの、実は私なの」

あっけらかんとした口調、悪びれない態度。

それなのに、モニカの胸には怒りが込み上げてこない。ただただ、違和感と悲しみだけが募っていく。

モニカは目を伏せ、ポツリと呟《つぶや》いた。

「……知って、ました」

「えっ？」

キョトンと瞬きをするケイシーに、モニカはスカートを握りしめながら言う。

「……わたし、昔、苛《いじ》められてたことがあって……よく物を隠されて……だから私物には、名前、書かないんです」

紅茶の瓶を棚に置く時、モニカはケイシーに目印の紙を貰《もら》った。

ケイシーは紙に自分の名前を書いていたけれど、モニカは誰かに捨てられることを危惧《きぐ》して名前を書かなかった。

だから紙の端を蛇腹に折って、自分にだけ分かるような目印をつけたのだ。

「あの時、わたしが紙を蛇腹に折るのを見てたのは……ケイシーだけ、なんです」

臆病《おくびょう》で慎重なモニカは、紙を蛇腹に折る時も、瓶を棚に置く時も、誰かに見られないよう自分の体で隠すことを徹底していた。

……つまり、モニカの紅茶の瓶を知っていたのは、ケイシーだけなのだ。

そして、使用人のいないケイシーは自分で紅茶を淹《い》れるために、モニカの少し前に離席して準備室に移動している。そのタイミングで、彼女はモニカの紅茶を捨てたのだろう。

モニカの指摘に、ケイシーは唖然《あぜん》とした顔をしていたが、やがて前髪をかき上げて、虚《むな》しく笑った。

「あはは、やっぱ貴女って頭いいわ。そっかぁ……そんなに前からバレてたかぁ」

「でも、ケイシーは、いつも、わたしを助けてくれました……だから、何かの間違いかもって、思って……」

紅茶の葉を捨てられて打ちひしがれているモニカに、ケイシーは自分の紅茶を使えば良いと提案してくれた。

それだけじゃない。ダンスの練習を手伝ってくれたり、昼食に誘ってくれたり、ケイシーはいつもモニカを気にかけ、助けてくれたのだ。

だから、モニカはずっと真実から目を背けていた。何かの間違いだと、自分に言い聞かせて。

今にも泣きそうな顔をするモニカに、ケイシーは語る。

「実は私ね、殿下のお嫁さんになって、未来の王妃になりたいの。だから、殿下が目にかけてるモニカと仲良くすれば、殿下に近づくチャンスが増えるかなって思って。それで、モニカに優しくして、友達のふりしてたの……ははっ、酷《ひど》い話でしょ？」

その声は、モニカのよく知るケイシーの声なのに、なんだか酷く薄っぺらい。

ケイシーの言うことは、一見筋が通っているように思える。だが、やはり嫌な違和感がモニカの胸にこびりついて剥《は》がれない。

モニカは人と接することが苦手だ。だから、今までは目の前にいる相手のことを、あまり観察したことがなかった。

けれど、この学園にやってきて、色んな人と接するようになって、モニカはほんの少しだけ「他人を知る」ことを覚えたのだ。

だからこそ、言える。ケイシーは何かを隠している、と。

だが、その「何か」が掴《つか》めず、モニカはもどかしさに制服の胸元を握りしめる。

（……ケイシーは、何を隠しているの？）

早く気づかなくては、取り返しがつかなくなる。

そんな予感にモニカが焦っていると、廊下の窓が勢いよく開き、一人の男が飛び込んできた。

「モニカ！」

一階とは言え、窓から飛び込んでくるなんて非常識な真似《まね》をする生徒、セレンディア学園にはまずいない。

それもそのはず、窓から飛び込んできたのは、黒髪の青年——人間に化けたネロだった。

いつも古風なローブ姿のネロだが、今はセレンディア学園の男子生徒の制服を着ている。

「……ネ、ロ？　どうしたの、その服？」

「おう、よくできてるだろ。すげー頑張って再現したんだぜ！　見様見真似だからちょっと生地が薄っぺらいけどな……っと、それどころじゃなかった」

ネロは鋭い視線を西側に向け、早口で告げる。

「西の倉庫に変な魔力反応があるぞ。しかも、徐々に強くなってやがる」

ケイシーは窓から現れた謎の男に驚いていたが、その言葉を聞くなり、さぁっと青ざめた。

モニカは咄嗟に、無詠唱で感知の魔術を発動する。

方角は今いる校舎東側と真逆の、西の倉庫。そこに確かに魔力の反応があった。

それは感知の魔術に引っかかりにくいよう偽装されているので、ネロに指摘されなかったら、モニカも気づかなかっただろう。

（属性は火、周囲の魔力を吸収して圧縮、この内側で渦を巻くような魔力の流れは……まさかっ）

かつてミネルヴァに在籍していた頃《ころ》、魔導具の授業で、モニカはこの独特な魔力の流れを見たことがある。

極めて殺傷能力の高い、暗殺用魔導具。その名前は……。

「……〈螺炎《らえん》〉」

モニカがその単語を口にした瞬間、ケイシーは目を見開き、か細い声を漏らした。

「どうしてモニカが〈螺炎〉を知ってるのよ……？」

その呟きを聞いた瞬間、今までのケイシーの行動が一つに繋がる。

西の倉庫で行われているのは、花火の搬入。そこに立ち会っているのは、フェリクスとエリオット。

ケイシーがモニカに近づいて友達のふりをしていた本当の理由。それは……。

「ケイシーの目的は…………殿下の、暗殺？」

ケイシーは答えない。

だが、その強張った顔が、全《すべ》てを物語っていた。

十一章　わたしの責務

学園祭で使われる花火は大きく分けて二種類。定期的に空に打ち上げられる物と、舞台の演出で使う物だ。

前者は学園祭前日に運び込まれるが、後者はリハーサル等でも使われるので、先に運び込まれることになっていた。

搬入には生徒会役員のフェリクス、エリオットの他に、舞台演出担当のメイベル・ヘインズ嬢が立ち会っている。

舞台演出で使う花火は専門の業者が取り扱うことになっているが、舞台演出担当も取扱上の注意点などを知っておく必要があるためだ。

メイベル・ヘインズは、高等科三年の理知的な女子生徒である。

眼鏡《めがね》の似合う知的な顔立ちで、普段は窓辺で静かに本を読んでいる令嬢なのだが、舞台演出が関わると人が変わったように目をギラギラさせることで有名だ。

そんな彼女は、搬入作業を眺めているフェリクスに近づくと「で、ん、か」と媚《こ》びを隠さない甘ったるい声で囁《ささや》いた。

「この間のお話、考えてくれました？」

「あぁ、舞台に出てほしいというやつかい？　それなら、その場で断ったはずだけど」

「殿下が生徒会役員で、大変お忙しいのは存じておりますわ。でも、ほんのちょっとだけ、ほんのちょっとだけで良いのです。初代国王の最後のシーン、最後のシーンだけでも、どうか殿下にお願いできませんか？」

隣でリストを見ているエリオットが無言でフェリクスから離れるぐらいに、メイベルの圧は強い。

フェリクスはそんなエリオットを横目でチラリと眺めつつ、メイベルを諭した。

「それまでは別人が演じていたのに、最後のシーンだけ私になったら、芝居の完成度が下がってしまうよ」

「そんっっっなことありませんわ。間違いなく舞台を見た誰《だれ》もが、歓声をあげて泣き崩れることでしょう！　えぇ、えぇ、わたくしには聞こえるようですわ、観客達の歓喜の声と大地が割れんばかりの拍手の音が！」

大袈裟《おおげさ》だなぁ、とフェリクスはメイベルの主張を聞き流した。

メイベルは本当に普段はおしとやかで物静かな淑女なのだ。舞台演出が関わると、雄弁になりすぎるだけで。

「本当なら初代国王役を殿下に、風の精霊王シェフィールドをシリル様、水の精霊王ルルチェラをブリジット様、大地の精霊王アークレイドをエリオット様に演じていただきたかった……生徒会役員の方々は麗しい方ばかりなんですもの。もう、舞台に立つだけで迫力が！　違うのです！」

フェリクスは聞こえないふりをして、黙々と木箱の確認を続ける。

メイベルはそんなフェリクスの正面に回り込み、恋する乙女よりもなお暑苦しい眼差《まなざ》しで、フェリクスを見上げた。

「どうか、もう一度考えていただけませんか？　王妃役のエリアーヌ様も、英雄ラルフ役は是非殿下にと仰《おつしや》っていますのよ」

「………へぇ」

エリアーヌ。その名前が出てきた瞬間、フェリクスの碧《あお》い目がほんの少しだけ陰る。

だが、浮かべた穏やかな笑みはそのままに、フェリクスはメイベルに告げた。

「ならば、ここで正式に回答しよう。我々生徒会役員は、舞台に上がることはできない。これ以上君が食い下がるのなら、生徒会の業務妨害と見なさなくてはいけなくなるね」

強い拒絶の言葉に、メイベルは「うぐぅ」と淑女らしからぬ声を漏らし、ハンカチを噛《か》み締《し》めた。

そんなメイベルに、フェリクスは辛辣《しんらつ》な態度を引っ込める。

「私が舞台に立たずとも劇は成功すると信じているよ。どうか私の期待を裏切らない、素晴らしい舞台を作ってほしい」

そんなことを言われてしまえば、これ以上メイベルも食い下がることはできない。

メイベルを上手《うま》くあしらったフェリクスが確認作業に戻ると、離れて見ていたエリオットが自然な足取りで戻ってきた。

「上手いことメイベル嬢を言いくるめたもんだな。流石《さすが》、殿下……だが、良いのか？　エリアーヌ嬢は殿下を相手役にと御所望だったんだろう？」

エリアーヌはフェリクスのはとこだ。フェリクスの祖父クロックフォード公爵は、エリアーヌをフェリクスの婚約者にと考えているらしい。

だが、フェリクスは心の底からどうでも良さそうに、軽く肩をすくめてみせた。

「生徒会業務が忙しいのは事実だから、仕方ない。エリアーヌ嬢もそれぐらいの分別はあるだろう」

「学園三大美人の一人を袖《そで》にするなんて、羨《うらや》ましい話だな」

思ってもないことを、とフェリクスは声に出さずに呟《つぶや》き、自身のリストに視線を落とす。

クロックフォード公爵が用意した婚約者候補をフェリクスは嫌っているわけではない。ただ、興味がないだけだ。

婚約者候補も、用意された輝かしい未来も、フェリクス・アーク・リディルのために用意される、ありとあらゆるものに、彼は興味を持てない。

（……それでも私は王にならなくては、いけないんだ）

たとえ、クロックフォード公爵の傀儡《かいらい》と言われようとも。

＊　＊　＊

「……クロックフォード公爵の傀儡を、王にするわけにはいかないのよ」

ケイシーは軋《きし》む歯の隙間《すきま》から、低く呻《うめ》いた。

彼女の顔にいつもの快活な笑みは無く、その目は暗い絶望に彩られている。

ようやくモニカは理解した。

東の倉庫でケイシーが木材を倒し、自作自演の事故を起こしてみせたのは、アリバイ作りのためだったのだ。

もし、同日に二箇所で事件が起これば、大抵の人間は、どちらの事件もフェリクスの命を狙《ねら》った同一犯の仕業だと考える。

だから、どちらかの事件に巻き込まれておけば、周囲の疑いの目を避けられるというわけだ。

もし、ケイシーが木材の下敷きになって大怪我《おおけが》をしたら、誰もケイシーが犯人だとは思わないだろう。

そうすれば、ケイシーは巻き込まれた一般人のふりができる。

（……だからって、あんな、危険な真似《まね》……）

一歩間違えれば、木材に押《お》し潰《つぶ》されて死んでいたのだ。

ケイシーの危うい綱渡りに、モニカの背すじがぞっと冷たくなる。

「なんで……ケイシー……なんで……」

何故《なぜ》、そこまでしてケイシーがフェリクスの命を狙う必要があるのだろう。

危険な魔導具を持ち込んで。わざわざ事故を装って、アリバイ作りまでして。

混乱するモニカに、ケイシーは絶望に歪《ゆが》んだ顔のまま、口の端を引きつらせるように笑った。

「フェリクス殿下が次期国王になれば……その背後にいるクロックフォード公爵は、ランドール王国と戦争を始めるわ。傀儡の第二王子は、それを止められない」

ランドール王国。リディル王国と帝国の間にある小国──第一王子の母の出身国だ。

チョコレートを飲んだ時に、フェリクスが教えてくれた。第一王子派はランドール王国との繋《つな》がりが強いのだと。

……だが、フェリクスは第二王子派がランドール王国に対して、どんな感情を抱いているかまでは言わなかった。

「少し前、クレーメの街の近くに地竜が出たの、覚えてる？」

何故、唐突に竜の話になるのだろう？　疑問に思いつつ、モニカは小さく頷《うなず》く。

クレーメの地竜──忘れるはずもない。グレンの功績に見せかけて、モニカが倒した竜だ。

「地竜が通りすがりの魔術師に倒されたって聞いた時、ホッとすると同時に……羨ましいって思ったわ。私の故郷で地竜が出た時に、魔術師なんていなかった。村が一つ無くなって、犠牲もたくさん出たわ」

たとえその場に魔術師がいたとしても、簡単に竜が倒せるわけではない。竜は魔力耐性が高いので、眉間《みけん》に正確に攻撃を当てなくては倒すことができないからだ。

そのことは、ケイシーも分かっているのだろう。分かっていて、それでもなお、羨ましいと思わずにはいられないのだと、ケイシーの歪んだ顔が語っている。

それはいくつもの竜害を見て、沢山のものを失ってきた人間の顔だ。

「私の故郷はね、ランドールとの国境にあるの。竜害が酷《ひど》くて、でも他の貴族を頼るほどのお金も無くて、いつも苦しかった」

王都の竜騎士団は到着に時間がかかる。軍事力のある近隣の貴族を頼るには金がいる。

ケルベック伯爵のように、近隣の貴族に軍事支援をしている者もいるが、それとて慈善事業ではないのだ。軍の維持には莫大《ばくだい》な金がいる。

「……兵も無く、金も無く。民も土地も、竜との戦いで疲弊していた。それでも、この国は私達を助けてなんてくれなかった」

中央貴族と地方貴族との軋轢《あつれき》は、モニカも耳にしたことがある。

王都の竜騎士団は精鋭だが、下位種の竜一匹のためには動いてくれない。それが現実だ。

「そんな私達を秘密裏に助けてくれたのが、ランドールよ。私の家は代々、ランドールと交流があって……あの国の方々はこっそり国境を越えて騎士団を派遣し、私の故郷を助けてくれてたの」

ランドール王国の騎士団が秘密裏に国境を越えるのは、当然に国家同士の規定に反する。

だが竜に怯《おび》えて暮らすケイシー達にとって、それはどんなにありがたかっただろう。

王国の竜騎士団はいつも優先順位の高いところに派遣される。財源の少ない辺境の田舎《いなか》が後回しにされていたのは、想像に難くない。

ケイシーが自分達を助けてくれない自国より、ランドール王国に恩義を感じるのは当然のことだった。

「フェリクス殿下を擁するクロックフォード公爵は、ランドールへの侵略を考えている。帝国と戦争がしたいクロックフォード公爵は、ランドールをその足がかりにするつもりなのよ」

ケイシーの目の奥にあるのは、絶望と、そして強い怒り。

その目に怯えて立ち尽くすモニカを映し、ケイシーは低く吐き捨てる。

「許せるわけないでしょう。クロックフォード公爵も、その傀儡の第二王子も」

ケイシーが手の中のナイフをモニカに向けた。だが、その手をネロがすかさず捻《ね》じ上げる。

ネロはケイシーを取り押さえたまま、金色に光る目をフェリクス達がいる方向へ向けた。

「おい、どうすんだ、モニカ！　いよいよ西の倉庫がやべぇぞ！」

「…………っ」

〈螺炎〉は、暗殺を目的に作られた魔導具だ。大きさは掌《てのひら》に載るブローチ程度。

一度起動すると、周囲の魔力を吸収して中に溜《た》め込み、やがて溜まった魔力が一定量に達すると、炎を撒《ま》き散《ち》らして破裂する。

この炎が、まるでネジのように高速で回転しながら対象を貫くので〈螺炎〉という名がついた。

特徴はなんといっても、その殺傷能力の高さにある。〈螺炎〉の炎は並大抵の防御結界なら、軽々と貫くほどの威力があるのだ。故に〈螺炎〉は魔術師殺しとも言われている。

欠点は有効範囲の狭さ。〈螺炎〉は強力だが、それほど飛距離はない。

だが、もしそれが火薬を搬入している倉庫で炸裂《さくれつ》したら、間違いなく甚大な被害が出るだろう。

殺傷能力の高い〈螺炎〉を、火薬のそばに仕掛けるという念の入れ方。そこにあるのは、間違いなく本物の殺意だ。

〈螺炎〉は確実に暗殺をするための魔導具。故に、ケイシーが意識を失ったり、或《あ》るいは命を落としたりしても、止めることはできない。

止める方法はただ一つ。ケイシーが魔導具に停止の指示を出すことだけ。

「おねがい……おねがいです、ケイシー……〈螺炎〉を、止めて……っ！」

モニカの懇願に、ケイシーはネロに拘束されたまま、ユルユルと首を横に振る。

「駄目よ。私は拷問されたって、〈螺炎〉を止めたりはしない。フェリクス殿下の暗殺は完遂しなくては」

ケイシーの決意の固さが、モニカを怯《ひる》ませる。

どれだけモニカが泣いて喚《わめ》いても、きっとケイシーは〈螺炎〉を止めたりしないだろう。

「おいっ、時間がないぞ、モニカ！」

立ち尽くすモニカをネロが叱咤《しった》する。モニカの目に涙が滲《にじ》む。

こんなのいやだ、と幼い子どものように泣き喚くことができたら、どんなに良いだろう。

だが、ここでモニカが何もしなかったら、大きな被害が出る。

学園は滅茶苦茶《めちゃくちゃ》になり、フェリクスも、その近くにいる人達も……沢山の人が傷つき、命を落とす。

（それだけは、ダメ……）

モニカは涙の滲む目を閉ざした。

生徒会役員として相応《ふさわ》しくあることが、生徒会会計モニカ・ノートンの責務なら……。

（……これは七賢人である、わたしの……〈沈黙の魔女〉の責務）

ダンスの時や、お茶会の時は、みんなに助けてもらったけれど、これだけはモニカが一人でどうにかしなくてはいけないのだ。

己の胸に込み上げる弱音や泣き言を全《すべ》て切り捨てて、モニカは今の状況で自分にできる、ありとあらゆる手を模索する。

（拡声魔術を使って、全校生徒に避難を促す？　ううん、駄目。わたしの言葉なんかじゃ説得力がないから、信じてもらえない。風の魔術を使って、〈螺炎〉だけを空に飛ばす？　……駄目。〈螺炎〉は固定式魔導具だから、壁か床に固定されているだろうし、周囲の魔力を吸う性質があるから、下手《へた》をしたらわたしの魔術の発動と同時に炸裂してしまう）

やはり考えられる最良の選択肢は〈螺炎〉を結界に閉じ込め、その炎を押さえ込むことだろう。

モニカは遠隔魔術が使えるので、この場所からでもギリギリ結界を張ることはできる。

問題は結界の強度だ。〈螺炎〉は、大概の結界を貫通するだけの破壊力がある。

（わたしが全魔力を注げば、〈螺炎〉の威力を削《そ》ぐことはできる……けど、それだけじゃダメ。完全に封殺しないと、花火に引火して大惨事になる。ルイスさんの結界ぐらい、強力な結界じゃないと……っ！）

その時、一つのアイデアが天啓のようにモニカの頭をよぎった。

モニカは窓に駆け寄り、ネロに告げる。

「ネロ、わたし、今から学園を攻撃するからっ」

「……にゃんだって？」

「前に話したでしょう。この学園が外部から攻撃されると、ルイスさんの防御結界が発動するの。その結界の発動地点を調べて」

ネロの返事を待たずに、モニカは無詠唱魔術で強大な風の槍《やり》を複数作り出した。

基本的に攻撃魔術の類は、術者の周囲に発生し、目標に向かって飛んでいくのが普通だ。

だが、モニカはそれより上位の遠隔魔術を使って、学園の敷地の外に風の槍を作り出し、それで学園を攻撃した。

この学園には〈結界の魔術師〉ルイス・ミラーが大規模な防御結界を張っている。

モニカが風の槍を放てば、ルイスの結界はそれを「外部からの攻撃」と認識し、即座に学園全体を防御壁で包み込む。

強固な結界は、モニカの風の槍を容易《たやす》く弾《はじ》いた。流石《さすが》は〈結界の魔術師〉が張った結界なだけある。桁違《けたちが》いの強度だ。

「ネロ！　結界の発動地点は！」

「ここから近いな。ありゃ、旧庭園のあたりじゃねぇか？」

「わたしをそこまで運んで！」

ネロは「はいよ」と軽い返事をし、左肩でケイシーを、反対の肩にモニカを軽々と担いだ。

そうしてネロは窓枠を軽々と飛び越え、着地と同時に全速力で走りだす。

ネロに担がれたまま、ケイシーがモニカを睨《にら》んだ。

「……何をしても無駄よ。〈螺炎〉はじきに発動する。モニカにできることなんて、何もない」

「いいえ」

モニカらしからぬ強い口調の否定に、ケイシーが僅《わず》かに目を見開く。

モニカはいつものオドオドした表情を引っ込め、自分自身に言い聞かせるように強い口調で呟いた。

「わたしなら、止められます……ううん、わたしが、止めなきゃ」

そうしてモニカは目を閉じ、声には出さず、己の胸に決意を刻む。

（だって、わたしは……七賢人〈沈黙の魔女〉だから）

＊＊＊

ケイシー・グローヴには三人の兄がいたが、三人とも竜討伐に向かい、帰らぬ人となった。

一番上の兄は翼竜に掴《つか》まれて、高い所から落とされた。首の骨が折れて即死だった。

二番目の兄は赤竜の爪で切り裂かれ、帰ってきた遺体は手足が欠けていた。

三番目の兄は赤竜の炎のブレスに焼かれて焼死した。焼《や》け爛《ただ》れた皮膚は兜《かぶと》や鎧《よろい》に貼りつき、剥《は》がすことも叶《かな》わず、鎧姿のまま埋葬せざるを得なかった。

竜の脅威に晒《さら》されるたびに、父は何度も何度も国に竜騎士団の出動要請を出した。だが、竜騎士団が間に合ったことなんて殆《ほとん》どない。

ケイシーの故郷ブライトは、リディル王国にとって重要度の低い痩《や》せた土地だ。だから中央の貴族は見向きもしない。

寧《むし》ろ国境に近いこの土地に竜が多いということは、それだけ隣国から攻められる可能性が低くなる。

竜は弱小貴族より役に立つ防衛線だ、などと揶揄《やゆ》する者すらいた。その土地に住まう者のことなど、考えもせずに。

竜に土地を荒らされ、家族を奪われ……絶望の底で足掻《あが》くケイシー達を救ってくれたのが、ランドール王国の騎士団だ。彼らは秘密裏にブライト領まで駆けつけ、竜退治に尽力してくれた。

なんでも、ケイシーの祖母がランドールの侯爵家の人間だったようで、その縁で駆けつけてくれたらしい。

その支援が国から見捨てられていたケイシー達にとって、どれだけありがたかったか。

それからというもの、ケイシーの父ブライト伯爵とランドール王国の貴族は密《ひそ》かに連絡を取り合い、お互いの国の情勢について話し合うようになった。

その中でよく話題になるのが、リディル王国の重鎮クロックフォード公爵。

第二王子の母方の祖父であり、リディル王国で最も権力の強いこの男は、帝国との戦争を視野に入れ、その足がかりとして、ランドール王国を侵略しようと考えているらしい。

このまま第二王子が国王になれば、その悪夢は実現してしまう。

だから、ケイシーは苦悩する父に訊《たず》ねたのだ。

『父様、私に何かできることはある？』

父はすっかり頬のこけた顔で葛藤《かっとう》していた。

葛藤するということは、選択肢が——自分にできることがあるのだ。

だからケイシーは父を想《おも》う娘ではなく、ブライト伯爵家の一員として、父に言った。

『父上、わたくしにできることがあるのなら、なんなりと命じてください』

覚悟を決めたケイシーの言葉に、ブライト伯爵の顔から葛藤が消える。

『セレンディア学園に行き、フェリクス殿下を籠絡《ろうらく》せよ。もし、それが叶わぬのなら……』

ブライト伯爵は引き出しから、小箱を取り出す。

小箱に納められているのは、一見すると赤い宝石をあしらったブローチのようだった。

だが、装飾枠の裏には服に留めるピンの代わりに、三本の長い鋲《びょう》が垂直に伸びている。これは、何かに刺して使う物なのだ。

『これは、暗殺用魔導具〈螺炎〉……いざという時は、これで殿下を殺害せよ』

＊　＊　＊

（一体、何が起こってるの……？）

黒髪の男の肩に担がれながら、ケイシーは混乱していた。

このネロとかいう明らかに学生の年齢じゃないのに制服を着ている男もおかしいが、それ以上におかしいのはモニカだ。

〈螺炎〉の存在をモニカが知っていたことも驚きだが、更にモニカはそれを無力化するのだと言う。

（できっこない……）

〈螺炎〉がいかに強力な物か、ケイシーは父から聞かされている。

〈螺炎〉の欠点は、起動を命じてから発動するまでに少し時間がかかること。そして有効範囲が狭いこと。

だからこそ、ケイシーは事前に念入りに準備をしていたのだ。

〈螺炎〉を起動するなら、アボット商会の花火が倉庫に搬入され、そしてその倉庫にフェリクスが近づくタイミングが望ましい。そうすれば、〈螺炎〉がフェリクスに直撃せずとも、花火の火災で確実に仕留められる。

窃盗犯がアボット商会を騙《かた》って学園に侵入した時は、予定より随分早いと焦ったものだ。

だからあの時、ケイシーはこっそり様子を見に行って……そして、モニカと出会った。

（もし、あの侵入者があそこで盗みを成功させて、学園祭が中止になっていたら、きっと暗殺計画も台無しになっていたわ……馬が暴走して、窃盗犯が自滅したのは幸運だった）

なにより、あの騒動のおかげでモニカと——第二王子と同じ、生徒会役員と親しくなれた。

モニカの友人になれば、第二王子の予定が聞き出せるかもしれない。だから、ケイシーは積極的にモニカと交流した。

茶会の授業でモニカの茶葉を捨てたのも、困っているモニカに手を差し伸べることで、モニカからの絶対的な信頼を得るためだ。そうやってケイシーは、ずっと第二王子暗殺のチャンスを狙《ねら》っていた。

そして訪れた花火の搬入作業。立ち会うのはターゲットの第二王子。

まさに絶好のチャンスだ。既に〈螺炎〉は起動済み。あとは発動を待てばいい。

（……なのに、なんで……）

モニカはいつものオドオドした表情が嘘《うそ》のような無表情で、何かを考え込んでいた。

その横顔をケイシーは知っている。

あれは、竜討伐に向かう——戦うことを決意した、兄達の横顔と同じだ。

＊　＊　＊

旧庭園の前に到着したネロは、門を見て顔をしかめた。

「モニカ、門が閉まってんぞ。流石《さすが》のオレ様もこれを飛び越えるのは、ちょっとキツイぜ」

モニカはネロの肩から降りると、門の錠に指を向け——無詠唱で火の魔術を起こす。

爪の先ほどの小さな火球だ。だが、四重強化を施されたその火球は、モニカの指の一振りで金属製の錠を容易く焼き切る。

金属の焼ける匂《にお》いを漂わせ、錠がゴトリと地面に落ちた。

その光景にケイシーが息をのむ。モニカはあえて前だけを向いて、旧庭園の奥に進んだ。

手入れされていない雑草だらけの旧庭園。その中心にあるのは、古びた噴水。

モニカは噴水の縁《へり》に手をついて、内部を覗《のぞ》き込む。今は使われていない噴水の底には雨水が溜《た》まり、苔《こけ》がびっしりとこびりついていた。

その苔の隙間《すきま》に魔術式が見える。ネロがケイシーを肩に担いだまま、噴水を覗き込んだ。

「これが、お前の同期の性悪ルンタッタが、学園を保護するために張ったとかいう結界か。で、これをどーすんだ？」

「対〈螺炎〉用に書き換えるの……ネロ、ちょっと下がってて」

そう言ってモニカは、噴水の底にある魔術式の一部に指先で触れる。

大規模防御結界の周囲には、その結界を書き換えようとすると発動する罠《わな》が組み込まれている。

この罠がどのような物なのかは、モニカでも読み取ることは不可能だ。

ならばここは、あえて罠を起動させ、無効化するしかない。

モニカはどんな攻撃が来ても、すぐに防御結界を張れるよう警戒しつつ、魔術式に己の魔力を流し込む。

（……あれ、何も起こらない？　リンさんは、罠が仕掛けてあるって言ってたけど……）

「モニカっ、下だっ！」

ネロが叫び、モニカの首根っこを引っ掴んで後ろに飛ぶ。

次の瞬間、噴水の周囲の地面が隆起し、何かが勢いよく飛び出してきた。

一瞬、細い蛇かと思ったが、よく見ると違う。先が枝分かれしたそれは、緑色の蔓《つる》だ。蔓は恐ろしい早さで生長し、噴水を覆い隠す。

蔓には ビッシリと鋭い棘《とげ》が生えていて、ところどころ小さな蕾《つぼみ》があった。その蕾がたちまち膨らみ、鮮やかな赤い薔薇《ばら》の花を咲かせる。

噴水を覆う美しい薔薇の檻《おり》。それは、どこか幻想的な美しさすら感じさせた……が、蔓は鎌首をもたげて威嚇する蛇のように、噴水の周囲でうごめいている。

迂闊《うかつ》に近づけば、あの蔓に搦《から》め捕《と》られて痛い目を見るだろう。

ネロが鼻の頭に皺《しわ》を寄せて呻《うめ》いた。

「なんつー殺意に満ちた結界だよ。モニカ、お前の同期は、どんだけ性格が悪いんだ？」

「……違う。多分これを作ったの……ルイスさんだけじゃない」

「にゃにぃ？」

植物を操るのは、土属性の付与魔術だ。だが、この魔術は非常に難易度が高い。まして植物を一瞬でここまで生長させるなど、誰《だれ》にでもできることじゃない。

それをできる人間に、モニカは一人だけ心当たりがあった。

植物への魔力付与――特に薔薇の扱いに長《た》けた、リディル王国で最も古い歴史を持つ名家の魔術師。

「わたしと同じ七賢人……〈茨《いばら》の魔女〉様の魔術だと、思う」

恐らく学園を保護するための大規模防御結界はルイスが、その防御結界の書き換え防止用の罠の部分は〈茨の魔女〉が作ったのだろう。

いわばこれは、七賢人二人の合作である。

モニカの言葉に、ネロはげんなりした顔で一言。

「……やっぱ七賢人って、まともな奴《やつ》がいねぇんだな」

「あうっ」

モニカが胸を押さえて呻いたその時、薔薇の蔓が鞭《むち》のようにしなって、モニカ達に襲いかかった。

ネロの肩の上でケイシーがヒッと息をのむ。だが、モニカは顔色一つ変えず、無詠唱魔術で風の刃《やいば》を生み出し、蔓を切断する。

恐ろしく切れ味の良い刃物で切られたかのように、蔓はバラバラの残骸《ざんがい》となって呆気《あっけ》なく地に落ちた。

だが鋭利な切断面から、たちまち新しい蔓が伸びてくる。これではきりが無い。

(このまま、薔薇の蔓を攻撃し続けていれば、削り切ることはできるけど……それだと、時間がかかりすぎる)

モニカは風の刃で蔓を攻撃しながら、同時に感知の魔術を発動し、〈螺炎〉の魔力反応を確認する。

西の倉庫に仕掛けられた〈螺炎〉は、もう炸裂《さくれつ》寸前まで魔力が膨れあがっていた。恐らく、発動まであと三分もない。

三分でこの薔薇の檻を破壊し、書き換え防止用のダミー術式を解除し、そして防御結界を対〈螺炎〉用に書き換える――常人には不可能な所業だ。

「で、どーすんだ、モニカ?」

揶揄うような口調のネロの肩の上では、ケイシーが信じられないものを見るような目でモニカを見ていた。

だが今のモニカにはネロの声も、ケイシーの視線も届かない。

深い海の底に音もなく落ちていくかのように、モニカの意識は沈んでいく。

光も音も届かない領域。そこにあるのは、美しい数式と魔術式の世界。

目まぐるしく飛び交う数字と魔術文字をモニカは正しく、美しく、編み上げていく。

永遠とも思えるような恍惚《こうこつ》の時間は、現実では僅《わず》か三秒。

そうして詠唱も無しに完成するのは、膨大な魔術文字を組み合わせた魔術式。

「おっ、久しぶりに見たな、これ」

楽しげに呟《つぶや》くネロの肩の上で、ケイシーが驚きに目を見開き、呆然《ぼうぜん》と呟く。

「なに、これ……」

噴水の上に白い光の粒子が集い、一つの門を形作る。

それはかつてケルベックの空に現れ、竜を撃ち落とした魔術——精霊王召喚のための、門。

その門を生み出した〈沈黙の魔女〉は、閉ざしていた唇を開く。

モニカはほとんどの魔術を無詠唱で使えるが、省略できない詠唱もある。

それは魔術式の構成とは無関係の、儀礼詠唱と呼ばれる詠唱。高位の存在を召喚した時、召喚対象に敬意と感謝を込めて捧《ささ》げる言葉だ。

人前では口を開くことすら怯《おび》えていたモニカが、今はケイシーの前で、その儀礼詠唱を口にする。

「——七賢人が一人、〈沈黙の魔女〉モニカ・エヴァレットの名の下に……開け、門」

閉ざされていた門が音もなく開き、白い光が溢《あふ》れ出した。

強い風が、モニカの薄茶の髪を揺らす。

風に乱れる前髪の下、細められた目が白い光を反射して、鮮やかな春の若草色に煌《きら》めく。

「——静寂の縁より現れ出《い》でよ。風の精霊王シェフィールド！」

＊　＊　＊

西倉庫の前で搬入作業を見守っていたフェリクスは、己のポケットが微《かす》かにモゾモゾしていることに気づいた。

白い蜥蜴《とかげ》に化けた精霊、ウィルディアヌがポケットの中で動き回っているのだ。どうやら、何かを伝えようとしているらしい。

フェリクスはエリオットに一声かけてその場を離れ、木の陰に隠れる。

「ウィル、どうしたんだい？」

「……業務中に申し訳ありません」

ウィルディアヌはフェリクスのポケットからちょこんと頭を覗かせると、落ち着かなげに周囲を見回す。

なにやら普通ではないウィルディアヌの様子に、フェリクスがもう一度「ウィル？」と声をかけると、ウィルディアヌは薄い水色の目でフェリクスを見上げた。

「精霊王を呼び出す門が、この近辺のどこかで開かれました」

「それは精霊王召喚の魔術が使われた、ということかい？」

「はい。この気配は、風の精霊王シェフィールド様かと」

精霊王召喚の魔術は、上級魔術師でも使える者は殆《ほとん》どいない。それこそ、使えるのは七賢人クラスだろう。

（七賢人の誰かが近くにいる？　風の魔術を得意としているのは……〈結界の魔術師〉ルイス・ミラーか？）

精霊王が召喚されるなど、ただ事ではない。大規模な戦闘か、それに準ずる何かが起こっているということだ。

「ウィル、しばらく周囲に警戒を。搬入作業が終わったら、学園内を見て回ろう」

「かしこまりました」

白い蜥蜴は小さい頭を上下させて頷《うなず》くと、フェリクスのポケットに戻っていった。

フェリクスも、感知の苦手なウィルディアヌも気づかない。

すぐそばにある倉庫の奥で、炎の魔力が渦を巻き、今にも破裂しそうになっていることを。

＊　＊　＊

噴水の上に展開された精霊王召喚の門は、かつてケルベックの空で翼竜達を撃ち落とした時のものよりずっと小さい。

だが、目の前にある薔薇を散り散りにするには、充分すぎるほどの力を秘めていた。

門から吹く風は白い光の粒子を纏《まと》って空を舞い、白い刃に形を変えて、噴水を覆う薔薇をズタズタに切り裂く——噴水の底にある、罠《わな》用の魔術式ごと。

まるで巨大な鉈《なた》を出鱈目《でたらめ》に振り回したかのように、薔薇の蔓《つる》が周囲に散らばり、噴水に亀裂が入る。

やがて風が収まり、白い光でできた門は空気に溶けるかのように消えていった。

「……モニカ？」

モニカの背後で、ケイシーの声が聞こえる。

その声は動揺に掠《かす》れ、震えていた。

「……今の、なに……？　それに、さっき、七賢人って……」

モニカはケイシーの方を振り向かぬまま、噴水と向き合う。

「……隠しごとをしてたのは、ケイシーだけじゃないんです」

今のモニカには、そう告げるのが精一杯だった。

なにより今はまだ、やるべきことがある。罠を破壊したら、次は本命——学園全体に張られた大規模防御結界の書き換えだ。

噴水の底に刻まれた結界の魔術式は、モニカが思わず感嘆の吐息を零《こぼ》すほどに素晴らしかった。

流石《さすが》〈結界の魔術師〉ルイス・ミラーが時間をかけて作っただけある。

その繊細な結界構成技術は一流の建築技術に近いものがあった。ルイスもまた、モニカと違った意味で大天才なのだ。性格はちょっとアレだが。

魔術式には、書き換え防止用のダミー術式が複数組み込まれていた。まずはこれを解除しないと、結界の書き換えができない。

「モニカ！　西の倉庫の魔力がやべぇぞ！　破裂寸前だ！」

今のモニカにはネロの怒鳴り声すら届いていなかった。

見開かれた目に映るのは、複雑で難解な魔術式。それをモニカは数式を解くかのように、読み解いていく。

（ダミー術式の分析、解除完了。結界の座標指定。結界発動条件を「外部からの攻撃」から「内側からの攻撃」に変更。対火属性に限定。酸素を排除。あとはひたすら圧縮、圧縮、圧縮……）

それは、精霊王召喚のような派手な魔術ではなく、地味で静かな戦いだった。

ルイスの防御結界を完全に把握したモニカは、それを学園全体を保護するものから〈螺炎〉を覆うサイズに圧縮する。〈螺炎〉は掌《てのひら》に載るサイズのものだから、結界は極々小さくていい。

（…………できたっ）

書き換えが完了した直後、西の倉庫の棚の下に設置された〈螺炎〉が炸裂《さくれつ》する。

まるでギリギリまで詰め込んだ無数のバネを一斉に放ったかのように、渦を巻く炎が撒《ま》き散《ち》らされた。

その炎は近くにいる人間を貫き、花火に引火し、大惨事をもたらすはずだった……が、モニカが書き換えた極小の結界に全《すべ》て押さえ込まれる。

本来、結界とは人間が生命維持をするのに必要な酸素等は通すように作られている。だが、あえてモニカは酸素を通さないよう設定した。

アルコールランプの火に、蓋《ふた》をかぶせて消火するのと同じ理屈だ。結界内で酸素を失った〈螺炎〉は、その勢いが嘘《うそ》のようにみるみる消えていく。

モニカは感知術式で、〈螺炎〉の火が完全に燃え尽きたのを確認すると、深々と息を吐いた。

「〈螺炎〉の無力化……完了」

そう言って、モニカはその場にひっくり返る。

精霊王召喚に、大規模結界の書き換えで、モニカの魔力は底をついていたのだ。

ネロは肩の上で唖然《あぜん》としているケイシーを地面に下ろすと、得意げに笑った。

「どうだ、オレ様のご主人様はすげーだろ」

エピローグ　柔らかな壁

「おーい、モニカー。意識はあるかー？」

噴水の残骸《ざんがい》の中でひっくり返っていたモニカは、ゼェハァと荒い息を吐きながら、ネロの声に応《こた》える。

「……なん、とかぁ」

「おう、すげーな。魔力がほぼスッカラカンじゃねぇか」

「……うん、ここまで使ったの……久しぶり……」

戦闘におけるモニカの基本スタイルは、魔力の消費を最小限に抑えて、正確なコントロールで敵を撃つ、である。

だが、再生力の高い〈茨《いばら》の魔女〉の薔薇《ばら》の檻《おり》を破壊するためには、どうしても最大威力の魔術で挑むしかなかった。

今はただ、この疲労感に身を委ねて眠ってしまいたいが、モニカにはまだやるべきことが残っている。

モニカがゆっくり立ち上がると、ケイシーは酷《ひど》く疲れたような顔で力無く笑った。

「ははっ、取り入ることばかり考えて、モニカの正体を見抜けなかった……モニカのこと、ちゃんと見てなかった私の負けだわ」

「ケイシー……」

ケイシーは憎悪でも怒りでもない、全てを諦《あきら》めたような顔で寂しく笑っていた。

「なんて顔してんのよ。私は、あなたを騙《だま》してた悪い奴《やつ》なんだから」

ケイシーがモニカに親切なのは、フェリクスに近づくためだった。

実際、それは成功した。モニカのそばにいたことで、ケイシーは生徒会役員の予定を知り、こうして暗殺計画を実行したのだから。

……モニカは、ケイシーに利用されたのだ。

「それでも、わたしは……」

モニカは制服の胸元を握りしめ、胸の奥から込み上げてくる言葉を紡ぐ。

「ケイシーが乗馬を教えるって言ってくれた時、すごく……すごく、嬉《うれ》しかったんです」

たとえケイシーの言動の全てがモニカを利用するためだったとしても、それでもモニカはケイシーを憎むことができなかった。

魚のフライをパンに挟んで、豪快に美味《おい》しそうに食べる彼女が。

クローディアとラナが喧嘩腰《けんかごし》になると、さりげなくフォローしてくれる彼女が。

刺繍《ししゅう》を刺した綺麗《きれい》なハンカチを広げ、はにかむように笑う彼女が。

モニカは、好きだったのだ。

「……ダメよ、モニカ」

ケイシーは目を閉じ、緩やかに首を振る。

「私は、殿下の命を狙《ねら》った極悪人なんだから……ちゃんと憎まなくちゃ」

王族の暗殺を目論《もくろ》んだとなれば、ケイシーとその一族の処刑は免れないだろう。

（……処刑）

その一言に、モニカの背筋がサァッと冷たくなる。

バクバクとうるさい心臓を服の上から押さえて宥《なだ》めていると、ネロが空を見上げて舌打ちをした。

「おい、モニカ。やべぇ奴が来たぞ。オレ様、隠れるかんな」

そう言ってネロは素早く身を翻した。恐らく、木陰で猫の姿に化けたのだろう。

遅かれ早かれ、結界を勝手に弄《いじ》った以上、彼が来ることは分かっていた。

モニカはふらつく足で、しっかりと地面を踏みしめて立ち、空を見上げる。

遥《はる》か遠くの空にポツンと小さな黒点が見えた。それは凄《すさ》まじい速さでこちらに近づいてくる……

あれは着地のことを考えているのだろうか？

嫌な予感がして、モニカは数歩、後ずさる。

数秒後、上空から二つの人影が降ってきた——地面に突き刺さるような勢いで、グルグルと回転しながら。

人影の一つ、メイド服の美女は直立姿勢のまま高速回転し、地面に膝《ひざ》まで埋まった状態で着地した。

一方、その背後にいたもう一つの人影は、杖《つえ》を一振りしてギリギリのところでその体を浮かせ、地面に刺さるのを回避する。

「こんんんっの、クソ馬鹿メイドっ。着地方法を改善しろと、あれほど言ったではありませんか」

「トルネードキック着地法と名付けました。攻撃力が高く、かつ非常にスタイリッシュです」

「地面に膝まで埋もれて、スタイリッシュもクソも無いのですよ」

盛大な舌打ちをし、金糸の刺繍を施したローブを着た、長い三つ編みの男──〈結界の魔術師〉ルイス・ミラーは周囲を見回す。

そうして、薔薇と噴水の残骸の中に佇《たたず》むモニカを見て、深々とため息をついた。

「……私の結界がえらいことになってるから、様子を見に来てみれば……やはり犯人は貴女《あなた》でしたか、同期殿」

「お、お久しぶりです、ルイスさん」

モニカがペコリと頭を下げると、ルイスはモニカの顔をまじまじと眺め、訝《いぶか》しげな顔をする。

「おや、珍しい。魔力が尽きかけているようで。貴女がそこまで消耗しているところを見るのは初めてですな。翼竜の群れを殲滅《せんめつ》しても、ケロッとしていた癖に」

ルイスは片眼鏡の奥で剣呑《けんのん》に目を細め、少し離れた所に佇むケイシーを見る。

「さて、そちらのお嬢さんは……この学園の生徒とお見受けしますが、敵ですか？　味方ですか？」

モニカが口籠《くちご》もっていると、ケイシーは軽く肩をすくめ、あっさりと言った。

「敵よ。フェリクス殿下を暗殺しようとして失敗した、馬鹿な敵」

「そうですか。リン、拘束なさい」

ルイスが一言そう命じれば、メイド服の美女は膝まで埋もれていた足をズボッと地面から引き抜き、ケイシーを後ろ手に拘束する。

ケイシーは逆らわず、大人しくされるがままだった。

「さて、同期殿。貴女にまともな口頭報告は期待していませんが……状況を説明願えますかな？」

「えっと、花火の搬入作業をしている西の倉庫に〈螺炎〉が仕掛けられていました」

〈螺炎〉の一言に、ルイスは顔をしかめる。彼もまた、その魔導具の恐ろしさを充分に理解しているのだ。

ましてや、近くに花火があったともなれば、その恐ろしさは言うまでもない。

「それで、えっと、わたしの防御結界じゃ完全に防ぎきれないと思ったので、ルイスさんの結界を、お借りしました」

「防御結界の周囲には、〈茨の魔女〉殿の罠《わな》が仕掛けてあったと思いますが？」

「……精霊王を召喚して破壊しました」

「防御結界そのものにも、書き換え防止のダミー術式を、盛りっ盛りにしていたはずですが？」

「わたし、そういうの見抜くの得意で……あっ、でも、ダミーを見抜くのに一分近くかかったんです。本当です！」

「一分……あれを一分……？　私が一ヶ月かけて組んだ術式を、一分？」

モニカの言葉に、ルイスは虚《うつ》ろな目で頬を引きつらせた。

「今後、私の結界が書き換えられるような事件が発生したら、真っ先に貴女を疑うことにします」

「ふぇっ⁉」

「誰《だれ》にでもできることじゃないと言っているのですよ」

できてたまるか、クソが。という大変物騒な呟《つぶや》きが最後に聞こえた気がするが、モニカは聞こえなかったふりをした。

ルイス・ミラーはお上品ぶっているが、中身は割と物騒な男なのである。

「大体の事情は把握しました。ところで、第二王子には、まだ正体はバレていませんか?」

「は、はいっ、バレてない……はず、です」

「結構。では、〈螺炎〉はこちらで秘密裏に回収しておきましょう。そちらのお嬢さんの身柄も、こちらで預かります。貴女は引き続き、第二王子の護衛を……」

「あ、あのっ!」

ルイスの言葉を遮り、モニカは声を上げる。

モニカらしからぬ態度に、ルイスは「何か?」と眉《まゆ》をひそめた。

「ケ、ケイシーは……そこの彼女は、どうなります、かっ」

「取り調べを行い、暗殺に関わった人間を片っ端から引きずり出します。あまりに口が堅いようなら、精神干渉魔術を使うことになるでしょうね」

自白を強要したり、従順になるよう精神に干渉する魔術は、本来は準禁術だ。

凶悪犯の尋問など特定の条件下でのみ使用が許可されるが、精神干渉魔術は被術者の精神に大きなダメージを与える。最悪の場合、二度と意識が戻らなくなることもあるのだ。

モニカの顔色で言いたいことを察したのか、ルイスは冷ややかな目で薄く笑った。

「精神干渉魔術の使用に抵抗があるようですね? ですが、二度と意識が戻らない方が、いっそ幸せかもしれませんよ? 王族の暗殺未遂ともなれば、極刑は必至。意識がないまま処刑された方が、苦しまずにすむ」

ケイシーの顔がさぁっと青ざめる。

モニカは口の中に溜《た》まった唾《つば》を飲み込むと、震える体を叱咤《しった》してルイスを真《ま》っ直《す》ぐに見上げた。

「ル、ルイスさんは、第一王子派なんです、よねっ？」

「藪《やぶ》から棒になんです？」

「答えて、ください」

ルイスは怜悧《れいり》な眼差《まなざ》しで、モニカの顔を探るように見た。

いつもならすぐに目を逸《そ》らして俯《うつむ》く〈沈黙の魔女〉が、今は真っ直ぐにルイスを見上げている。

その事実が、俄《にわ》かにルイスの興味を惹《ひ》いたらしい。

「ええ、そうですね。私は第一王子のライオネル殿下と学友ですから。第一王子派と言っても差し支えないでしょう。ただ、誤解をしないでいただきたい。私はなにがなんでも第一王子に、王になってほしいわけではないのです」

「……え？」

てっきり、ライオネル殿下こそ次期国王に相応《ふさわ》しい！　とでも言うと思っていたモニカは、少しだけ拍子抜けする。

そんなモニカに、ルイスは一言。

「私が第一王子派を名乗るのは、クロックフォード公爵と第二王子が気に入らないからです」

「…………」

なんともルイスらしい理由である。

だが、ルイスが第一王子の友人であることは事実だ。その事実を確認した上で、モニカは次の手を打つ。

「ケ、ケイシーは、ランドールと繋《つな》がっている、第一王子派です」

ルイスの眉がピクリと動いた。モニカはすかさず言葉を続ける。

「ランドールと繋がりのある第一王子派が、第二王子の暗殺を目論んだという事実が明らかになれば……第一王子派にとって、不利になります、よね？」

第二王子暗殺未遂の事実が明らかになれば、第一王子陣営は圧倒的に不利になる。

そのことをモニカが指摘すると、ルイスは唇の端を持ち上げ、目を細めた。

「政治闘争に無関心な貴女が、私にそういう取引を持ちかける日がくるとは思いませんでしたな……実に小賢《こざか》しい」

「フェリクス殿下も、誰も、暗殺未遂のことを知りません。知っているのは、わたしとケイシーだけです」

「だから、暗殺未遂事件そのものを無かったことにしろと？」

「…………」

そこまで虫のいいことは考えていないが、モニカはなんとかケイシーの処刑を回避したかった。

必死に食い下がろうとするモニカに、ルイスは諭すような口調で言う。

「第一王子派も一枚岩ではありません。第一王子もその母君も、言ってしまえば王位に興味のない人間なのです。正々堂々を好み、暗殺など絶対に望まない……が、第一王子を支援する人間の、誰もがそうとは限らない」

そこで言葉を切り、ルイスは冷ややかにケイシーを睨《にら》む。

「第二王子の暗殺未遂などという、いらん真似《まね》をする馬鹿は、内々で粛清する必要があるのですよ」

「ひ、秘密裏に事を片付けるなら、やりようがあるはず、ですっ」

モニカは唇をきつく噛《か》み締《し》めて、涙目でルイスを睨む。


この時、ルイス・ミラーは密《ひそ》かに打算を働かせていた。

ルイスとしては、ケイシーに精神干渉魔術をかけて過激派の名前を自白させ、その上で関係者全員を粛清してしまった方が、後腐れが無くていい。

だがそれをしたら、きっとこの先、モニカの協力は得られなくなるだろう。

〈沈黙の魔女〉モニカ・エヴァレットの力は、本人が思っている以上に強大だ。協力を失うのはあまりに惜しい。

諸々《もろもろ》を天秤《てんびん》にかけた末、ルイスは一つの結論を出す。

「そちらのお嬢さんが正直に全《すべ》てを白状するのなら、精神干渉魔術は使わないと約束しましょう。身柄は修道院送り。二度と社交界には出られない」

ルイスの精一杯の譲歩に、モニカは深々と頭を下げる。

「ありがとうございます、ルイスさん」

「そのかわり、貴女にはこれからも第二王子護衛任務に協力してもらいますぞ」

「はいっ！」

迷わず頷《うなず》くモニカは、ルイスの言葉を疑いもせず信じていた。これは良くない傾向だ。

ルイスがモニカを第二王子の護衛に選んだ理由の一つが、モニカの人間不信だ。

〈沈黙の魔女〉は人間を恐れ、誰も信じず、誰にも心を開かない。だからこそ、彼女を護衛に指名した。

簡単に他者を信用するような者に、護衛任務は務まらない。

「……少々、絆《ほだ》されすぎですな」

「えっ？」

ルイスはモニカの眉間《みけん》にピトリと人差し指を当て、その顔を覗《のぞ》き込む。

「貴女は七賢人が一人〈沈黙の魔女〉モニカ・エヴァレット……セレンディア学園の生徒、モニカ・ノートンというのは仮初の姿です」

モニカの肩がギクリと震えた。

「そのことを、ゆめゆめお忘れなきよう」

「……は、い」

頷くモニカの視線は泳いでいる。

その態度に、ルイスは小さな不安を抱かずにはいられなかった。

＊　＊　＊

（良かった……とりあえず、ケイシーが処刑されることだけは回避できた……みたい）

モニカはこっそり胸《むね》を撫《な》で下《お》ろす。

ルイスは頭が切れる上に口も回る男だ。交渉の苦手なモニカが簡単に言いくるめられるような相手じゃない。

そんなルイスから譲歩を引き出せたのだから、モニカにしては上出来である。

ルイスはケイシーを拘束しているリンに、早口で指示を出していた。

「リン、そちらのご令嬢をこの近くにある魔法兵団の駐屯所に護送なさい。私の名前を出せば、部屋の融通をしてくれるでしょう」

「かしこまりました。ルイス殿は、どうされるのですか？」

「この原形を留《とど》めていない結界をどうにかします」

リンの言葉に、ルイスは瓦解《がかい》した噴水を顎《あご》でしゃくる。

モニカが借りた結界は、対〈螺炎〉用に書き換えてしまったので、学園全体を防御する機能を失っていた。確かに、このままにしておくわけにはいかないだろう。

そうでなくとも、噴水と薔薇《ばら》の残骸《ざんがい》で目に見えて酷《ひど》い有様なのだ。

モニカが申し訳なさそうに縮こまっていると、リンに拘束されたケイシーがモニカを見て口を開いた。

「モニカ」

モニカの肩がピクリと震える。

これがケイシーとの最後の別れになることを、モニカは理解していた。

もう二度と、ケイシーがこの学園に戻ってくることはないのだ。だが、モニカはケイシーに何を言えば良いのか分からない。

ごめんなさいとも、さようならとも言えず、モニカは迷子《まいご》の子どものような顔でケイシーを見る。

ケイシーは眉を下げて、困ったように笑っていた。仕方ないわねぇ、という声が聞こえてきそうな、そんな笑い方で。

「『ごめん』も『ありがとう』も言わないわよ。私は第二王子の暗殺を企《たくら》んだ人間で、モニカの敵なんだから」

「…………」

「私はモニカの友達なんかじゃないんだからさ、そんな顔しないでよ」

言われて初めて、モニカは自分が歯を食いしばっていることに気がついた。

鼻の奥がツンとする。目が、熱い。

ひぐっ、と嗚咽《おえつ》が漏れた瞬間、目の端から雫《しずく》がパタリと零《こぼ》れ落ちた。

「敵のために泣いちゃダメでしょ」

「だっ、て…………わた、し……は……」

「お人好《ひとよ》しの七賢人様ねぇ。そんなんじゃ、いつか敵に寝首を掻《か》かれるわよ」

呆《あき》れたような口調も、笑い方も、世話焼きで面倒見が良い、いつものケイシーだった。

「ちゃんと憎んで。それができないなら、私のことなんて忘れて」

「……や、です」

モニカはフルフルと首を横に振る。

「絶対、忘れ、ません」

「困った七賢人様ねぇ……」

ケイシーはやっぱり困ったような顔で、ははっと笑う。

モニカがグズグズ洟《はな》を啜《すす》っていると、ケイシーはリンに「早く連れて行って」と声をかけた。

リンが小さく頷き、目を伏せる。

次の瞬間リンとケイシーの体は風の結界に包まれた。このまま結界ごと空を飛んで、護送先まで移動するのだろう。

ふと、ケイシーは何かを思い出したように顔を上げ、モニカを振り返った。

「あぁ、そうだ。私は自分がしたことを謝るつもりはないけど……これだけは」

涙で滲《にじ》むモニカの視界で、ケイシーが寂しく笑う。

「乗馬と刺繍《ししゅう》の約束……守れなくて、ごめんね」

そう言って、ケイシーは今度こそモニカに背を向けた。

リンとケイシーの体がふわりと浮かび上がる。その後ろ姿をモニカは目に焼き付けた。

ケイシーはもうモニカを見ない。ただ、背中を向けたまま一言だけ、告げる。

「さよなら、モニカ」

七賢人様ではなくモニカと、いつもみたいにそう言って。そして、ケイシーの姿は遠ざかっていく。

その姿が見えなくなってもなお空を見上げていると、ルイスが噴水の瓦礫《がれき》を除《よ》けながら独り言のように呟《つぶや》いた。

「貴女は適度に、感情を発散する方法を覚えるべきですな」

「……そういうの、苦手、です」

「適当な雑魚《ざこ》に当たり散らしなさい」

それを躊躇《ためら》わずに実行に移せるのはルイスぐらいのものである。

モニカが制服の袖《そで》で涙を拭《ぬぐ》っていると、ルイスは綺麗《きれい》なハンカチをモニカの顔にグイグイと押しつけ、また噴水の方に戻っていった。

「私は、どこぞのぶっとび魔女がグッチャグチャにしやがった結界の修復に忙しいのです。手伝わされたくなければ、さっさとお行きなさい。先程の令嬢のことは、こちらで適当に誤魔化《ごまか》しておきますから」

「……ハンカチ」

「誕生日に妻から貰《もら》った物です。あとで洗って、アイロンかけて返しなさい」

「…………はぁい」

ルイスらしい態度に、モニカは洟を啜りながら眉《まゆ》を下げて笑った。

＊　＊　＊

涙で腫《は》れた目が多少マシになるのを待って、モニカは生徒会室に向かった。

まだ目元が少し赤いけれど、モニカはいつも俯《うつむ》きがちにしているから気づかれないだろう。

魔力が空になると、人間は貧血に近い症状を起こす。今のモニカがまさにそれだ。

重い体を引きずるようにノロノロと廊下を歩き、モニカは生徒会室の扉を開ける。

生徒会室にはモニカ以外の役員全員が揃《そろ》っていた。どうやら搬入作業は全《すべ》て終わったらしい。

どう声をかけようか悩んでいると、フェリクスが気遣わしげにモニカを見た。

「シリルから聞いたよ。木材が倒れたんだって？　君と友人に怪我《けが》は無かったかい？」

「は、はい、大丈夫、です……」

「そう。それなら、今日は通常業務は無いから、全員これで解散していい。私もこの後、用事があるからね」

モニカはこっそり安堵《あんど》の息を吐いた。正直、もう立っているのもやっとだったのだ。

（うぅ……頭が、ふわふわする……）

途切れそうな意識をなんとか繋《つな》ぎ止めていると、ニールが心配そうにモニカを見た。

「あの、大丈夫ですか、ノートン嬢？」

「……ひゃい」

「返事がもう大丈夫じゃないですよぅ⁉」

他の生徒会役員は皆、帰り支度を始めている。

フェリクスは用事があると言っていただけあって、すぐに部屋を出て行ってしまったし、ブリジットもさっさと寮に戻っていった。

シリルは戸締りの確認をしており、エリオットはチラチラとモニカを見ていたが、すぐにプイッと顔を逸《そ》らして部屋を出て行く。

（魔力切れになったの、久しぶりで、感覚が……）

とにかく戸締りの邪魔にならないように、部屋を出て行かねば……と、ぼんやり考えながら、モニカは重い足を動かす。

すると、下を向いていたモニカの頭に、何かがボフッとぶつかった。壁にしては柔らかい。

「………おい」

なにやら低い声が聞こえる。

だがモニカは頭上の声もろくに聞かず、心地良《ここち》さにほぅっと息を吐いた。

この壁にもたれていると、魔力が少しだけ回復するのだ。それに、触れている額がヒンヤリして気持ちが良いような……。

「ノ、ノートン嬢っ、ノートン嬢っ」

ニールが焦りの声をあげ、モニカの肩を揺さぶった。

その声にモニカがハッと顔を上げれば、こちらを見下ろすシリルと目が合う。モニカがもたれていたのは、彼の背中だったのだ。

モニカはあたふたと後退《あとずさ》りをし、シリルに頭を下げた。

「すすす、すみ、ませんっ！　ちょっと、ぼーっと、しててっ」

そこでようやくモニカは思い出した。

シリル・アシュリーは魔力を溜《た》め込みやすい体質の人間である。それゆえ、ブローチ型の魔導具で余計な魔力を体外に放出している。

つまり、シリルの周囲は他よりも魔力濃度が少しだけ高いのだ。

魔力切れのモニカの体は無意識に魔力を求めて、魔力の濃いシリルに近づいていたらしい。

これは叱《しか》られる、絶対に怒鳴られる。

モニカは怒声を覚悟してギュッと目を閉じたが、いつまで経《た》ってもシリルの怒鳴り声は聞こえてこない。

恐る恐る見上げれば、シリルは眉間《みけん》に皺《しわ》を寄せ、唇を曲げて、何やら複雑そうな顔をしていた。

「シリル様？」

「…………～っ、…………………っ」

シリルは何やら言《い》い淀《よど》んでいたかと思いきや、突然苦悶《くもん》の表情を浮かべて勢いよく頭を下げる。

その行動に、モニカも、そばにいたニールもギョッとした。

「シリル様？」

「ふ、副会長？」

モニカとニールが恐る恐る声をかければ、シリルは苦々しげに言う。

「すまなかった」

シリルが、モニカに、謝った。

モニカは混乱した。

もしかして、謝罪の対象は自分ではなくニールなのではと思ったが、シリルの体は間違いなくモニカの方を向いている。シリルは、モニカに謝罪しているのだ。

「あの、シリル様、頭、上げて、ください。な、なんでシリル様が、謝るんですかっ」

「……搬入時に個数の確認ばかりに気を取られ、ロープの固定具合を確かめていなかった。あの事故は私の確認ミスだ」

「そ、それは……っ」

シリルは何も悪くない。そもそも、あのロープに切れ目を入れたのは、ケイシーなのだ。

しかし、モニカがケイシーを庇《かば》ったことで、あの事故はシリルの不注意ということになってしまった。

（わたしのせいで、シリル様が悪者になった？）

そう気づいた瞬間、モニカの全身からさぁっと血の気が引いた。

頭の中が色んな感情でぐちゃぐちゃになって、物事をうまく考えられない。

「シリル様は…………悪くな……っ」

声に出した瞬間、引っ込んだはずの涙がボロボロと溢《あふ》れ出した。涙腺《るいせん》が決壊したかのように、涙が止まらない。ついでに嗚咽と洟水《はなみず》も。

「……っ、うぇっ、ひぐっ……ふっ、ぅぇぇぇっ……」

突然泣き始めたモニカに、シリルとニールが慌てふためく。

「お、おいっ、ノートン会計っ」

「ノートン嬢、えっと、あの、おおおおお落ち着いてくださいっ」

シリルとニールが声をかけても、モニカの涙は止まらない。

シリルが頭を抱えて叫ぶ。

「私が謝罪して、何故《なぜ》貴様が泣くんだっ⁉」

「すび、ばせ、ん…………ふぅっ、う、ぇぇぇっ……うぐっ……ごめ、なさいっ……ごめんな、さい……」

モニカはその場に力無くしゃがみ込み、ぐずぐずと洟を啜る。

これは悲しみの涙じゃない。罪悪感からくる涙だ。

(騙《だま》してごめんなさい、いっぱいいっぱい嘘《うそ》を吐《つ》いてごめんなさい)

そうして、うずくまったまま泣いて、泣いて、泣いて……気がついたら、モニカの意識は闇《やみ》に落ちていた。

「ね、寝た、のか？」

「泣き疲れて寝ちゃったみたいですね」

モニカは涙だらけの酷《ひど》い顔でうずくまったまま、ぴぃぷぅと寝息を立てている。

シリルとニールは途方に暮れて、顔を見合わせた。


そして、一〇分後。

「……それで、なんで私が呼ばれたのかしら？」

生徒会室に呼ばれたクローディア・アシュリーは、ただでさえ陰気な顔を更に暗く澱《よど》ませて、自分を呼び出した兄をじとりと見る。

シリルはソファに寝かせているモニカを見て、気まずそうな顔で言った。

「ノートン会計が起きたら、寮まで送ってほしい。我々が女子寮に入るわけにはいかんだろう」

「……私は便利屋じゃないのよ？」

辛辣《しんらつ》な妹の言葉にシリルがうぐっと言葉を詰まらせれば、ニールが困り顔でクローディアを見上げた。

「あの、ダメですか……クローディア嬢？」

「気にしないで、私とモニカは親友ですもの。親友を寮まで送るのは当然のことだわ」

鮮やかな掌返《てのひらがえ》しにシリルは頬を引きつらせていたが、ソファですぅすぅと寝息を立てているモニカを見て怒声をぐっと飲み込み、黙ってモニカに自分の上着をかけた。

【シークレット・エピソード】

それは恋心にも似た

It was like a love...

生徒会室を後にしたフェリクスは、周囲に人がいないのを確認し、ポケットを指でつつく。

白蜥蜴《しろとかげ》に化けたウィルディアヌがポケットから顔を出すと、フェリクスは周囲を警戒したまま静かに話しかけた。

「先程、君は精霊王の召喚が行われたと言っていたね？」

「はい。精霊王召喚のための門が、この近辺で開かれるのを感じました」

「職員室に忍び込み、教師達の間でそのことが話題になっていないか調べてくれ」

いくら生徒会長と言えど、用もなく職員室に居座っては不自然に思われる。ならば、目立たず侵入できるウィルディアヌが適任だろう。

「マスターは、どうされるのですか？」

「私は外に異常が無いか、見て回ってくる」

「かしこまりました。何かありましたら、すぐにお呼びください」

ウィルディアヌはフェリクスのポケットを這《は》い出ると、そのままスルスルと素早く廊下の壁を移動して職員室に向かう。フェリクスはそれを見送り、自身は校舎の外に出た。

生憎《あいにく》と彼は感知の魔術を習得していないから、勘を頼りに調べて回るしかない……が、一箇所だけ、どうしても見ておきたい場所があった。

——それは、旧庭園。フェリクスはあの旧庭園の噴水に、学園を保護する大規模結界が仕込まれていることを知っている。彼はその魔術式に興味があって、わざわざ旧庭園の鍵《かぎ》を複製して入り浸っていたのだ。

七賢人が一人〈結界の魔術師〉ルイス・ミラーが作った大規模結界の術式は、素人目に見ても芸術品だった。あんなに複雑で精巧な魔術式は、そうそう拝めるものではない。

（もし、精霊王が召喚されるような非常事態があったとして……学園が外部から攻撃されたのなら、結界が作動したはず）

なんにせよ、結界を確認しておくに越したことはない。そう考え、フェリクスは旧庭園に向かう。

旧庭園へと繋がる門は開いており、錠が地面に落ちていた。その錠を拾い上げたフェリクスは、驚きに目を見開く。

錠は信じられないことに、スッパリと綺麗《きれい》に切れていた。その断面の美しさが、これが経年劣化によるものではないことを教えてくれる。

（僅《わず》かに焦げた跡がある……炎の魔術で焼き切った？　だが、金属をこんなにも綺麗に焼き切るなど、簡単にできることじゃない）

フェリクスは険しい顔で旧庭園の奥に目を向けると、足音を殺し、慎重に奥へと進む。

ツツジの茂みを曲がった先は少し開けた広場のようになっていて、中央には使われていない噴水がある……はずだった。

だが、そこにあるのは噴水の残骸《ざんがい》だ。合間合間に薔薇《ばら》の蔓《つる》と花も散らばっている。

そして、元々噴水があった場所に一人の男がしゃがみ込んで、何やら作業をしていた。

栗色の長い髪を三つ編みにした、若い男だ。金糸の刺繍《ししゅう》を施したローブを身につけ、長い杖《つえ》を手にしている。それを目にした瞬間、すぐにフェリクスはその人物の正体に気がついた。

あのローブと杖は、七賢人だけが持つことを許された物だ。まして、あの長い三つ編みは、一度見たら忘れられない。

（七賢人が一人〈結界の魔術師〉ルイス・ミラー？　……何故、彼がここに？）

結界の定期点検なら、事前に学園側に連絡があるはずだ。だが、フェリクスはそういった連絡を聞いていない。

まして、あの木っ端微塵《みじん》になった噴水の残骸と薔薇の蔓は、どう見てもただ事じゃない。

（あの噴水の底には、防御結界の魔術式が仕込まれていたはず……それが破壊されてる？　一体、何があったんだ？）

ルイスはぶつぶつと詠唱を繰り返しては、結界の調整をしているようだった。

そこにふわりと強い風が吹き、上空からメイド服を着た若い女が舞い降りる。

〈結界の魔術師〉は風の上位精霊と契約していると聞いたことがある。おそらく、あの女がそうなのだろう。

「ルイス殿。護送、完了いたしました」

「ご苦労。そうしたら、次は西の倉庫にある〈螺炎〉の残骸を回収してきなさい」

「なんと精霊使いの荒い」

「こっちは手が離せないんですよ。この結界……完っ全に一から作り直しです。〈螺炎〉を無効化するためとは言え、随分と荒っぽいことを」

フェリクスはこの会話に眉《まゆ》をひそめた。

〈螺炎〉という単語は耳にしたことがある。極めて殺傷能力の高い暗殺用魔導具の名称だ。

……それが、西の倉庫に仕掛けられていた？

少し前まで西の倉庫にいたのは、他でもないフェリクスだ。

（彼らの会話から察するに、私の命が狙《ねら》われて、それを〈結界の魔術師〉が秘密裏に助けた、ということかな？）

だがルイスの語り口だと、ルイスが直接手を下したのではなく、他の誰かが〈螺炎〉を無効化したように聞こえる。

（……いったい誰《だれ》が？）

フェリクスは息を殺して、ルイス達の会話に意識を集中する。

ルイスはげんなりした顔で噴水を見下ろし、呟《つぶや》いた。

「経年劣化で壊れたことにするには、少々派手すぎますなぁ。はてさて、どう誤魔化《ごまか》したものやら。第二王子を守るためとは言え、魔力制御を補助する杖も使わずに、精霊王を召喚するなんて……」

綺麗に整えた髪を雑にかき乱し、ルイスはボソリと吐き捨てる。

「〈沈黙の魔女〉殿も無茶をする」

（…………は？）

ルイスの口から飛び出した名前に、フェリクスの心臓が跳ねる。

（〈沈黙の魔女〉が、精霊王を召喚した？　私を助けてくれた？）

フェリクスの脳裏に、数ヶ月前の光景が蘇《よみがえ》る。

空に開かれた門、白く輝く光を纏った風の槍《やり》。

眉間《みけん》を撃ち抜かれた翼竜の群れ。雪のように静かに舞い降りるその巨体。

あまりにも静かで、美しい魔術。

その使い手の〈沈黙の魔女〉が精霊王召喚？　フェリクスを助けるために？

（……見たい）

大好きな英雄の物語を聞かされた少年のように、フェリクスの胸は高鳴った。

〈沈黙の魔女〉が、この近辺にいた？　たまたま通りすがったのか？　それとも以前から学園に潜入を？　式典で見た限り小柄な人物だが……いや待て、必ずしも女性とは限らない。七賢人の〈茨《いばら》の魔女〉も、魔女を名乗っているが男性だし、〈沈黙の魔女〉が男性ということもありえるかもしれない。そうすると、中等科に潜入している可能性も……いや、やはり教師陣？　いや待て、落ち着け。潜入ではなく、たまたま近くを通っただけという可能性もあるんだ）

いつになく、思考が先走っているのを感じる。それほどまでに、フェリクスにとって〈沈黙の魔女〉とは、憧《あこが》れに近い存在だった。

見たい。会いたい。無詠唱魔術を使う姿をもっと近くで見てみたい。

フェリクスは思わず口角の上がった口元を手で押さえる。

ほうっ、と吐息を掌《てのひら》で押し殺した彼は、自分の頬がらしくもなく紅潮しているのを感じた。

これではまるで、初恋の人を探す少年みたいじゃないか。

（あぁ、こんなにそばにいたなんて……）

フェリクスは高鳴る胸を制服の上からギュッと押さえる。

（僕が、夢中になれるもの）

＊＊＊

「モニカ・ノートンについて、ですか？」

社交ダンス教師リンジー・ペイルは軽く瞬《まばた》きをして、目の前の相手を見る。

リンジーを呼び止めたのは、選択授業でチェスの講師をしているカール・ボイドだった。

ボイドはスキンヘッドに厳《いか》つい風貌《ふうぼう》の大男である。数多《あまた》の戦場を渡り歩いてきたかのような貫禄《かんろく》に満ちた佇《たたず》まいだが、実は名門侯爵家の人間で、非常に聡明《そうめい》な人物だ。

そのボイドが、モニカ・ノートンについて訊《たず》ねてきたのである。

リンジーは顎《あご》に指を当てて、しばし考えてから、口を開いた。

「大人しくて真面目《まじめ》な子ですね。成績は、ちょっとムラがありますが……努力家です」

「社交ダンスの授業で、再試験になったと聞いたが。今も補習を？」

「いいえ、再試験で無事に合格しましたよ。なので、補習はありませんが……」

何故《なぜ》、ボイドがモニカの補習のことを気にするのだろう？　首を傾《かし》げたリンジーだったが、すぐにその理由に思い至り、ポンと手を叩《たた》いた。

「あぁ、もしかして、例の大会の……！」

「モニカ・ノートンを、参加させようと考えている」

重々しく言うボイドに、リンジーは華やいだ声をあげる。

「まぁ、素晴らしいですわ！　編入したばかりで、あの大会の選手に選ばれるなんて！」

自分が担任するクラスの生徒が認められれば、素直に嬉《うれ》しい。

リンジーが目尻《めじり》を下げて喜んでいると、横から誰かが口を挟んだ。

「……あの子、編入生なの？」

振り向けば、最近赴任したばかりの老教諭ウィリアム・マクレガンがこちらを見ている。

マクレガンの担当は基礎魔術学だ。モニカ・ノートンは基礎魔術学を受講していないのに、どうして彼女のことを知っているのだろう？

（あぁ、そうだわ、あの子は生徒会役員だから……それで、マクレガン先生も覚えていらしたのね）

一人納得して、リンジーはマクレガンに微笑《ほほえ》む。

「ええ、高等科二年は、モニカ・ノートンとグレン・ダドリーの二名が今年の編入生ですわ」

「ふうん、そう。あの二人が……」

かつて魔術師養成機関ミネルヴァで、七賢人〈沈黙の魔女〉〈結界の魔術師〉を指導した老教授は、口元を覆う白い髭《ひげ》を指で弄《いじ》りながら惚《とぼ》けた口調で呟いた。

「とても面白いことになりそうね。やっぱりボク、この学園に来て良かったよ」

＊＊＊

リディル王国城の西棟最上階に、七賢人と国王しか入ることが許されない翡翠《ひすい》の間という部屋がある。

この国では少し珍しい八角形の部屋で、その天井は贅沢《ぜいたく》なガラス張りになっていた。

部屋の中央には、円卓が一つと椅子が八つ。国王と七賢人のための椅子だ。

その椅子の一つに腰掛け、ガラス張りの天井越しに夜空を眺めている女がいた。

緩く波打つ銀色の髪を背に垂らし、薄絹のドレスの上にローブを羽織ったその女は、この国最高の予言者にして、七賢人が一人。〈星詠みの魔女〉メアリー・ハーヴェイ。

夜空の星を詠むことで、この国の未来を占う魔女は、ごくごく淡い水色の目を細めて呟く。

「あぁ、やっぱり……何回やっても駄目だわ。どうして、見えないのかしら」

銀砂をちりばめたように輝く満天の星々は、メアリーにこの国の要《かなめ》である人物達の未来を教えてくれる。

それなのに、メアリーにはどうしても未来の見えない人物がいた。

その人物とは、国内で最も権力を持つクロックフォード公爵を祖父に持つ王子――フェリクス・アーク・リディル。

亡き第二王妃譲りの美貌《びぼう》を持ち、社交界で多くの人を虜にする彼は、学業では常に優秀な成績を修め、剣術も馬術も一流。他国の文化や言葉にも詳しく、外交では既に一定の成果を上げている。

彼ならば、きっと歴史に名を残す名君になるだろう、と誰《だれ》もが口を揃えて言う。

メアリーも社交界で、何度かかの王子を目にしていた。確かに彼は傑物だ。単に容姿が優れているだけでなく、その振る舞いに華がある。

それほどまでの人物ならば、きっと輝かしい星の下に生まれた筈《はず》なのに、どういうわけか、彼の星がメアリーには見えないのだ。

夜空には予兆を意味する星がいくつも見える。近い未来、この国で大きな事件が起ころうとしているのだ。けれど、今はまだ星の輝きは弱く、その予兆が意味するものがメアリーには見えない。

「……一体、何が起ころうとしているの」

呟く声に応《こた》える者はない。

星を詠む魔女は銀の睫毛《まつげ》を伏せ、憂いの吐息を静かに零《こぼ》した。

ここまでの登場人物

Characters of the Silent Witch

Characters Secrets of the Silent Witch

モニカ・エヴァレット

七賢人が一人〈沈黙の魔女〉。記憶した図形を正確に再現できるという特技があるが、選択授業で絵画の授業は選ばなかった。曰く「絵が好きなのではなく、図形が好きなので……」。

ルイス・ミラー

七賢人が一人〈結界の魔術師〉。防御結界の扱いに長けているが、その戦闘スタイルは非常に攻撃的。彼がローブの装飾布を取って前を開けたら、振り返らずに逃げるべし。

ネロ

モニカの使い魔。人間に化ける際に、セレンディア学園の制服を再現することに成功した。その制服が自分の外見年齢（二十代半ば）に不釣り合いという事実に気づいていない。

リィンズベルフィード

ルイスと契約している風の上位精霊。最近のマイブームはスタイリッシュな着地方法の研究。スタイリッシュの基準は誰にも分からない。

フェリクス・アーク・リディル

リディル王国の第二王子。セレンディア学園生徒会長。女性のエスコートも、串焼きの食べ方も完璧な王子様。〈沈黙の魔女〉の大ファンと語る彼の真意は謎に包まれている。

エリオット・ハワード

ダーズヴィー伯爵令息。生徒会書記。身分階級に固執し、身分の壁を軽率に超えてくる者や、己の役割を果たさない者を心から嫌っている。それは貴族や王族であっても変わらない。

シリル・アシュリー

ハイオーン侯爵令息（養子）。生徒会副会長。動物を描くと、何を描いてもつぶらな目のウニョウニョになる呪いにかかっている。本人は普通だと本気で思っている。

ブリジット・グレイアム

シェイルベリー侯爵令嬢。生徒会書記。学園三大美人の一人に数えられている美貌の令嬢。フェリクスとは幼少期から面識があり、ダンスや語学を教えたこともある。

Characters Secrets of the Silent Witch

ニール・クレイ・メイウッド

メイウッド男爵令息。生徒会庶務。超絶美人の婚約者がいるせいで、一部の男子から強烈に妬まれている。最近はグレン〈大型犬〉の世話係が定着してきた苦労人。

イザベル・ノートン

ケルベック伯爵令嬢。モニカの任務の協力者である、ノリノリ演技派お嬢様。〈沈黙の魔女〉トークがしたい彼女は、すぐ近くに〈沈黙の魔女〉ファンがいることをまだ知らない。

ラナ・コレット

コレット男爵令嬢。モニカのクラスメイト。父親が豪商で流行に詳しい。モニカほどではないが、計算能力が高い。ピアノを弾くより、算盤を弾いている方が得意。

グレン・ダドリー

セレンディア学園にモニカと同時期に編入した青年。いつも元気で声が大きい〈シリルの怒声に匹敵する〉。肉屋の息子で魔術師見習い。ものすごく怖い師匠がいる。

クローディア・アシュリー

ハイオーン侯爵令嬢、シリルの義妹でニールの婚約者。近寄り難い雰囲気のミステリアスな美人。〈識者の家系〉の人間で非常に博識だが、他人に頼られることを嫌う。

ケイシー・グローヴ

ブライト伯爵令嬢。馬術や刺繍だけでなく、料理や狩りなど得意なことが多い。ナイフ一本あれば、しばらく山で生きていける系令嬢だが、女の子らしい服や小物が好き。

あとがき

『サイレント・ウィッチ』二巻をお手に取っていただき、誠にありがとうございます。

二巻はWeb版の四章から六章に、加筆修正を加えたものとなっております。

今回の加筆作業も残り文字数との睨《にら》めっこで、最終的には担当さんに提示された文字数に対し、本当にギリギリの文字数で初稿を提出しました。

コーナーギリギリを攻めるスリルって……癖になりますね（とても悪い顔）。

Web版執筆時は極力寄り道をせず、最短でエンディングに辿《たど》り着《つ》けるよう意識して執筆していましたが、書籍版では加筆をすることで、寄り道エピソードが増えます。

この寄り道が、登場人物達にとって意味のある寄り道になればいい、と思いながら加筆作業をしました。

そうして意味のある寄り道を目指した結果、画力がアレなことが露呈してしまった、あの人については……その……ドンマイ（小声）。

Web版では掘り下げられなかった登場人物達の一面を、書籍版でお届けできれば幸いです。

書籍版サイレント・ウィッチの一巻を手に取って感じたのは、細かな点で原作の空気を大事にしてもらったなぁ、ということでした。

特に感動したのが、登場人物紹介が本文の前ではなく、後に配置されていることです。

本作は登場人物が多いので、Ｗｅｂ版では二章に一回ぐらいのペースで、本文の後に登場人物紹介を挟んでいました。それが書籍でも再現されています。

本来、本文の前に登場人物紹介を置くのが一般的かと思いますが、あえて本文の後に配置されている——編集部の方が、原作の空気を大事にしてくださっているのだと、とても嬉《うれ》しく思いました。

打ち合わせの時はいつも、担当さんがモニカの成長の在り方について、真摯《しんし》に考えて下さっているのを感じます。

作者として、こんなに有難いことはありません。本当にありがとうございます。

おかげで筆が進んで進んで……いやぁ、加筆楽しかったです（コーナーギリギリを攻める悪い顔）。


藤実《ふじみ》なんな先生、今回も美しいイラストで物語を彩っていただいて、本当にありがとうございます。いつも表紙絵や挿絵を見るたびに幸せな気持ちにしていただいています。

本作は一巻から登場人物が多く、キャラクターデザインが、とても大変だったと思います。どのキャラクターも魅力的にデザインしていただいて、本当に本当にありがとうございます。二巻の登場人物達も、とても素敵です。

某ミステリアスなあの令嬢のニタァ……は、イメージにドンピシャすぎて感動しました。

キャラクターのビジュアルについては打ち合わせ段階で、私が潰《つぶ》れた饅頭《まんじゆう》のようなイメージ画を描いて、「こんなイメージで……」と提出しているのですが、その潰れた饅頭が藤実先生の素晴らしい絵で戻って来るたびに感動しております（※私の画力は、つぶらな目のウニョウニョと良い勝負です）。


以下、宣伝を二つほど……。

現在、Ｔｗｉｔｔｅｒでサイレント・ウィッチの公式アカウントが稼働中です。

藤実なんな先生のカラー設定画や、書き下ろしの会話劇ＳＳなどが公開されているので、もしよかったら覗《のぞ》いてみてください。

また、本作は現在Ｂｓ'-ＬＯＧ　ＣＯＭＩＣ様でコミカライズを連載中です。作画は桟《たな》とび先生です。

情報量が多い序盤の説明パートのコミカライズは、本当に大変だったと思います。

それを単調にならないコマ割りと、魅力的な構図で、上手《うま》くまとめた手腕は素晴らしいの一言に尽きます。

いやもうほんと、あの情報量を一話にまとめた桟とび先生すごすぎる……。

どのキャラクターもとても表情豊かに、魅力的に描いていただいています。個人的にモニカの唇がモゴモゴしてる感じが、とても素晴らしいと思います。

コミカライズはＣｏｍｉｃ　Ｗａｌｋｅｒ様、ニコニコ静画様、ｐｉｘｉｖコミック様など各種サイトでも見ることができます。こちらも是非、よろしくお願いいたします。

最後になりましたが、こうして無事に二巻を出すことができたのは、魅力的なイラストを描いてくださった藤実なんな先生、素敵なコミカライズをしてくださった桟とび先生、宣伝に尽力してくださったカドカワBOOKSの皆々様、作品に真摯に向き合ってくださった担当さん……他にも私の見えないところで、沢山の方のお力添えがあったからだと思います。

沢山の方のおかげで、こうして二巻を出すことができました。

二巻を手に取ってくださった読者の皆々様にも、心から御礼《おれい》申し上げます。本当に本当に、ありがとうございます。

Web版でいただいた感想も、編集部宛《あて》に届いたファンレターも、いただいた言葉の一つ一つが宝物です。

紙のファンレターは皆さん素敵な便箋《びんせん》を使ってくださっていて、広げるたびに素敵だなぁとニコニコしています。

美しい便箋に書き込まれた熱意のある感想、とても嬉しかったです。

大変ありがたいことに、本作は三巻も出していただけることになりました。

精一杯書かせていただきますので、モニカ達の物語に、またお付き合いいただければ幸いです。

依空《いそら》まつり

お便りはこちらまで

〒102－8177
カドカワBOOKS編集部　気付
依空まつり（様）宛
藤実なんな（様）宛

カドカワBOOKS

サイレント・ウィッチ Ⅱ
沈黙《ちんもく》の魔女《まじょ》の隠《かく》しごと

2021年10月10日　初版発行
2022年３月５日　６版発行

著者／依空《いそら》 まつり

発行者／青柳昌行

発行／株式会社KADOKAWA

〒102-8177
東京都千代田区富士見2-13-3
電話／0570-002-301（ナビダイヤル）

編集／カドカワBOOKS編集部

印刷所／大日本印刷

製本所／大日本印刷

Printed in Japan
ISBN 978-4-04-074224-3 C0093

新文芸宣言

かつて「知」と「美」は特権階級の所有物でした。

15世紀、グーテンベルクが発明した活版印刷技術は、特権階級から「知」と「美」を解放し、ルネサンスや宗教改革を導きました。市民革命や産業革命も、大衆に「知」と「美」が広まらなければ起こりえませんでした。人間は、本を読むことにより、自由と平等を獲得していったのです。

21世紀、インターネット技術により、第二の「知」と「美」の解放が起こりました。一部の選ばれた才能を持つ者だけが文章や絵、映像を発表できる時代は終わり、誰もがネット上で自己表現を出来る時代がやってきました。

UGC（ユーザージェネレイテッドコンテンツ）の波は、今世界を席巻しています。UGCから生まれた小説は、一般大衆からの批評を取り込みながら内容を充実させて行きます。受け手と送り手の情報の交換によって、UGCは量的な評価を獲得し、爆発的にその数を増やしているのです。

こうしたUGCから生まれた小説群を、私たちは「新文芸」と名付けました。

新文芸は、インターネットによる新しい「知」と「美」の形です。

2015年10月10日
井上伸一郎